어머니, 당신이 희망입니다

어머니, 당신이 희망입니다

김주현 | 박진옥 | 박현근 | 선학 | 오다겸 | 장예진 |
조아라 | 조은혜 | 최원교 | 최은희 | 추신형 | 홍명진 지음

공감

Mother, you are my hope

깨달음의 길, 어머니

지리산을 '어머니의 산'이라고 말합니다.

어머니의 산은 어떤 산일까요? 남편의 위암 치료를 위해 지리산으로 들어가 살았을 때였습니다. 깊숙이 들어가 지리산이 되어 보았습니다. 52주 동안 짐을 풀고 남원에서 서울로 역 출근하면서 매일 단 하루도 거르지 않고 산에 갔습니다. 새벽 4시 5시 낮 2시 3시 밤 10시 11시 각각의 시간에 지리산 숲으로 들어가 보았습니다.

봄 여름 가을 겨울 사계절을 보았습니다. 우리나라의 자랑이지요. 매주 단 한 번도 같은 모습을 보여주지 않았습니다. 흐르는 계곡에 적게는 15분 많게는 50분을 앉아서 산이 되어 보았습니다. 알 수 없는 외부의 환경에 맞게 그때그때 함께 변화하는 자연의 경이로움 그 자체였습니다. 깊은 밤 계곡에 앉아 하늘을 올려다보면 별과 달이 하늘 옹달샘에 모여와 우리를 쳐다보고 있었습니다. 우주의 가족이 되어서 서로 바라보았습니다.

17년 전, 동아일보와 함께 '어머니 당신이 희망입니다' 공모전을 하여 24명의 당선작으로 책을 펴냈습니다. 해마다 공모전을 하고 책을 펴내고 싶었지만 할 수 없었습니다. 언젠가 꼭 다시 시작하겠다는 결심으로 견디기 힘든 어려움을 겪으면서도 출판사를 포기하지 않았습니다. 어머니의 마음으로 자식을 지켜낸 것입니다. 이번 공저에 주제를 '어머니 당신이 희망입니다'로 정하고 그 꿈을 조심스레 펼쳤습니다. 해마다 11월에 준비하겠다고 결심했습니다. 세상 모든 어머님께 매년 12월 크리스마스 선물로 올리겠습니다.

사계절 내내 계곡의 물은 흘러 내렸습니다. 산을 보고 앉아 있노라면 순하게 또는 격하게 흘러내렸습니다. 어떤 상황에도 굽이굽이 돌아 내려갔습니다. 고여 있다가도 때가 되면 흘러갔습니다. 비바람이 몰아치고 천둥 번개가 치는 큰 장마에도 그 수위에 맞춰 콸콸 쏟아져 내려갔습니다. 계곡을 재정비하듯 새롭게 디자인했습니다. 작은 돌은 굴러 어디로 가버리고 큰 바위조차도 움직여 위치를 바꿨습니다. 우리 어머니의 모습이었습니다.

한여름 푸르고 힘찬 나무숲은 겨울이면 흰 별들의 놀이터가 되었습니다. 푸른 잔디가 누렇게 변하면 이슬이 흰 별이 되어 주었습니다. 어디에서도 보지 못한 보석 빛깔, 어머님의 마음이었습니다. 대지에 깔린 흰 별을 보던 어느 날 봄이 오는 소리가 들렸습니다. 계곡물 합창곡이 바뀐 것입니다. 겨우내 땅속에 얼었던 온갖 영양분을 듬뿍 품은 봄 계곡물은 천상의 선물입니다. 정성껏 차려주신 어머님의 밥상입니다. 겨울 물보다 더 차게 에이는 봄 계곡물은 어머님이 주신 보약입니다.

지리산 계곡물은 어머님의 말씀이었습니다. "참아라! 견뎌라! 이겨내라!" 어머님 말씀이셨습니다. 어머님의 인생이었습니다. 계곡에 코를 박으면 온통 어머님의 향기였습니다. 어머님의 향기는 매번 달랐습니다. 어느 향 하나 놓칠 수 없었습니다. 숲 향기가 어머니이고 어머님이 숲이었습니다. 한 해 동안 열심히 살아내고 한 해를 마무리하면서 12월에 어머님 품에 깊이 안겼습니다.

'어머니 작가'라는 새 키워드를 세상에 내놓습니다. 우리 모두 '어머니 작가'입니다. 우리의 스승인 자연, 어머니 당신이 자연입니다.

듣기만 해도 눈물이 납니다.
"어머니"
"엄마"
"응"
대답만 주서도 감사합니다.
어머니, 당신이 희망입니다.

    – 딸 최원교

contents

chapter 1

엄마가 만들어준 빛나는 인생 2막

김주현　　　　　　　　　　　　　　• 015

chapter 2

자식만을 위하여 살다 간 고귀한 여인, 나의 엄마

박진옥　　　　　　　　　　　　　　• 045

chapter 3

서른여덟, 엄마를 이해하기 시작했다

박현근　　　　　　　　　　　　　　• 073

chapter 4

엄마 딸이라서 해냈습니다

선학 (宣學)　　　　　　　　　　　　• 095

chapter 5

엄마의 기도와 정성으로 빛나는 인생을

오다겸　　　　　　　　　　　　　　• 139

chapter 6

이제 역전되리라

장예진 · 167

chapter 7

나는 엄마를 닮은 엄마가 되고 싶다

조아라 · 205

chapter 8

세상에서 가장 다정한 이름, 엄마

조은혜 · 237

chapter 9

어머니 당신이 희망입니다

최원교 · 269

chapter 10

무례한 세상에 웃으며 대처하는 엄마

최은희 · 303

chapter 11

깡으로 살아오신 울엄마!

추신형 · 337

chapter 12

어머니, 당신을 사랑합니다

홍명진 · 371

chapter 1

엄마가 만들어준 빛나는 인생 2막

Mother, you are my hope

김주현

원하는 삶이 있나요?
그렇다면 머무는 공간의 정리부터 시작해 보세요.
해답을 얻을 수 있을 겁니다.

늦은 결혼과 함께 10년을 전업주부로 지내다가
46살에 엄마로부터 물려받은 좋은 습관으로 정리수납 강사가 되었다.
내가 좋아하고 잘 하는 일을 통해 시작된 빛나는 인생 2막.
정리를 어려워하고 힘들어하는 분들에게
누구나 따라 할 수 있는 쉬운 정리법을 알리고 있다.
강사, 유튜버, 코치로서 사명감을 가지고
나의 지식과 경험을 나누며 더불어 성장하는 삶을 위해
오늘도 배움을 이어가고 있다.

• 정리수납 강사
• 이메일: shkdra@naver.com
• 유튜브, 브런치 : 퀸수키 행복발전소
• 블로그: 행복발전소 정리수납

1. 엄마의 방황 그리고 환생

2. 엄마의 성공습관

3. 윤택한 삶을 위한 인생철학

4. 날개를 달아주는 칭찬의 힘

5. 엄마의 건강 비결

6. 말한 대로 이루어지는 꿈

이제야 당신을 알았습니다

흔히 말하는 요즘 아이들을 보며 입버릇처럼 내뱉는 말이 있다. '밥 먹고 공부만 하면 되는데 그게 뭐가 그렇게 힘들어!' 국민학교 시절을 떠올리면 자존감이 곤두박질친다. 일철이 닥치면 젖먹이 남동생으로 결석하는 날이 잦았기 때문이다. 나는 2남 2녀 중 셋째다. 적어도 이 엄청난 일이 없었다면 3남 2녀 중 셋째가 되었을 테다. 내 아래로 두 남동생이 7살, 4살에 하늘나라로 갔다. 친구와 놀고 싶은 7살 병옥이는 엄마의 부탁인 동생 돌보는 게 싫었고 친구들과 놀겠다며 도망치듯 나갔다. 늦게까지 소식이 없던 동생, 대문 옆에 있던 수돗가에 시멘트로 마감한 욕조에서 힘없는 모습으로 자고 있었다. 축 늘어진 모습으로 엄마를 보자 건넨 한마디 "엄마, 배 아파!"였다. 농사일에 집안일 그리고 누에를 치는 양잠 일로 정신이 없던 엄마는 "그래, 얼른 끝내놓고 보자, 조금만 기다려라" 하시고는 급한 일을 마무리했다. 뒤늦게 아들을 안은 엄마, 온몸으로 느껴진 열감에 시멘트 욕조에서 잤다는 아들이 더위를 먹은 건 아닌지 의심하며 급한 마음에 열을 떨어뜨릴 요량으로 찬물 목욕을 시켰다. 그날 이후, 병원 약도 듣지 않은 채 병옥이는 결국 초등학교 문턱을 넘지 못한 채 우리 곁을 떠났다. 생때같은 자식을 잃은 엄마의 자책과 한탄의 신음이 시작되었다.

병옥이에게는 3살 아래 동생 병희가 있다. 엄마는 일주일 이상 시름시름 앓던 병희를 데리고 십 리 밖에 있던 약국에서 약을 지어 먹이기를 수차례였다. 약을 먹어도 좀처럼 호전되지 않아 뒤늦게 대구에 있는 큰 병원으로 옮겼다. 하지만 뇌막염 진단과 함께 제대로 된 치료 한 번 하지 못한 채 떠나보냈다. 연이어 생때같은 자식 둘을 떠나보낸 부모의 심정이 어땠을까 짐작하고도 남는다. 그렇게 두 동생이 떠난 빈자리를 아버지는 술로, 엄마는 눈물로 보내는 날이 많아졌다. 지켜보던 마을 사람들은 이러다 생사람 잡겠다며 동생을 낳으면 어떻겠냐는 권유로 이어졌다. 그렇게 엄마 나이 39살에 지금의 남동생이 태어났다. 문 없는 대문에는 금기줄이 걸리고 마을 사람들의 축하가 이어졌다. 그렇게 태어난 동생은 엄마 아들이 아닌 마을의 아들로 어르신들의 사랑을 듬뿍 받으며 자랐다. 남동생은 둘째 동생 병희가 환생한 듯 판박이였다. 부모님의 방황과 슬픔은 남동생의 재롱에 조금씩 잊혀지고 있었다. 어린 나이에 두 동생의 죽음을 지켜본 나는 뒤꼍에 있던 대나무 흔들리는 소리가 마치 두 동생의 울음소리 같아 혼자 있을 때면 대낮에도 식은땀을 흘리곤 했다.

그런데 문제는 부모님을 살린 남동생이지만 우리 자매에게는 또 다른 고민의 시작이자 심적 고통을 주는 존재였다. 엄마 못지않게 동생의 재롱을 보는 재미는 있었지만 동시에 이 누나들의 발목을 잡는 걸림돌이었다. 문제는 학교를 가야 하는데 일철이면 젖먹이 남동생으로 결석을 하는 일이 많아졌다. 너무 싫었다. 억울했다. 그럴 때마다 엄마는 어쩔 도리가 없다며 미안하다는 말만 반복했다. 그런 엄마가 야속하면서도 한편으론 또 그 마음을 알기에 가슴이 미어지는 듯한 고통과 통제할 수 없는 뭔가가 마음을 짓눌렀다. 세월이 유수라더니 그렇게 야속했던 엄마는 어느새 팔순의 노모가 되었다. 등교를 두고는 4살 많은 중학생 언니가 가는 게 맞다라며 내게 늘 서운한 결단을 내리셨던 아버지, 돌이켜보니 아버지는 지금의 내 나이가 되기도 전에 돌아가셨다. 지금도 엄마와 언니 이렇게 셋이 모일 때면 자연스레 그 시절 얘기다. 언성이 높아지고 흥분이 인다. 다만 달라진 게 있다면 화가 아닌 추억하는 자의 여유로운 미소로 말이다. 그리고 내 인생의 걸림돌이라고 생각했던 남동생은 앞서간 두 형아의 몫이라도 하듯 반듯한 교사가 되었고 누구보다 엄마를 잘 챙기는 착한 아들이 되었다. 어릴 적 우리 자매의 등교에 걸림돌이었던 남동생, 고등학교 3년은 올케언니가, 대학교 때는 내가 그리고 교사가 되고 결혼하기 전까지는 언니가 데리고 있었다. 그런 형수와 두 누나들의 마음을 알기라도 하듯 틈만 나면 "형수님, 누나들 고마움 평생 잊지않고 잘할게요." 말한다. 어느덧 40대 중반을 바라보는 동생, 그 동생을 대하는 마음도 달라졌다. 젖먹이를 둔 엄마의 마음에서 세상을 나누는 친구 같은 존재로 말이다. 엄마가 막내를 낳으셨던 39살, 나는 둘째를 출산했다. 돌이켜보니 제아무리 힘들었다고한들 자식 앞세운 부모만큼 엄마만큼 힘들었을까 싶다. 세상의 엄마가 다 강하다지만 자식을 낳아 키우며 겪어보니 울 엄마의 노고와 노력에 숙연해진다. 그리고 엄마에게 가졌던 못난 마음이 죄송하다. 울 엄마 같은 사람이 어딨다고!!

딸의 인생 2막을 열어준 엄마의 성공습관

아들은 아버지를 딸은 엄마를 닮는다는 말이 있다. 장모를 보면 아내의 미래가 보인다라는 말도 있다. 그만큼 많이 닮는다는 뜻이다. 나는 엄마요 엄마는 나다. 깜짝깜짝 놀랄 때가 많다. 엄마를 쏙 빼닮았지만 살아온 연륜만큼이나 딸보다 한참 고수인 엄마, 엄마는 또 하나의 귀한 선물 딸의 인생 2막을 열어주셨다. 엄마가 열어준 화려한 인생 2막 나의 직업은 정리수납 강사다. 엄마 따라쟁이가 되었을 뿐인데 아니 원해서 한 따라쟁이가 아니라 늘 정리된 환경, 그 환경이 준 선물 습관 때문이다. 올해로 9년 차, 10년이 코앞이다. 좋아하고 잘 하는 일, 어릴 때부터 함께 했던 엄마의 좋은 습관이 딸에게 이어진 것이다. 46살에 시작된 인생 2막, 강사로 서는 데 일등공신 엄마의 세 가지 성공습관을 들어본다.

첫 번째는 '정리 정돈 습관'이다. 어릴 때부터 귀에 피가 나도록 들었던 말이 있다. '물건을 쓰고 나면 제자리에 딱딱 갖다 놔야지. 다음 사람이 안 찾지.'였다. 이 말로 미루어보면 우리 집의 물건은 모두 제자리가 정해져 있다는 뜻이다. 물건의 과부하 시대인 지금과는 달리 당시는 물건의 부족 시대라 상대적으로 물건 수가 적은 것도 있지만 엄마 덕분에 우리 집 모든 물건은 항상 제자리가 있었고 대접을 받는 듯 빛이 났다. 어쩌면 난 엄마의 잔소리가 듣기 싫어 물건의 제자리를 고수했는지도 모르겠다. 어떤 계기로든 나는 엄마의 좋은 습관 덕분에 길이 열린 셈이다.

두 번째는 메모 습관이다. 팔순을 훌쩍 넘긴 엄마는 오리지널 아날로그 세대다. 엄마는 품삯이 나가거나 자식이 주는 만 원짜리 한 장까지, 모든 물건의 들고남에 있어서는 당신만의 방법으로 꼭 치부책에 꼼꼼하게 적으셨다. 보고 자란 게 무섭다고 했던가! 그 엄마의 그 딸을 인증이라도 하듯 어릴 때부터 메모를 무척이나 좋아했다. 가계부를 비롯해 탁상달력, 다이어리가 증거다. 메모가 일상이 된 지 오래다. 이 또한 엄마 덕분이다. 메모는 정리를 비롯해 불가능한 일을 가능하게 만들어주는 강력한 도구임에 틀림없다. 다이어리에 적고, 탁상달력에 적고, 스마트폰 일정에 적고, 노트북 바탕화면에 띄우고, 스마트폰 배경화면에 띄우고 그것도 모자라 프린트해서 붙인다. 내 책상 앞에는 덕지덕지 메모가 붙어 있다. 어제보다 나은 오늘, 매일 조금씩 성장하는 나는 장담하건대 메모 습관의 힘이 컸다. 적어야 산다. 변화와 성장을 이루는 강력한 도구, 메모 습관이다.

세 번째는 미루지 않는 습관이다. 정리 정돈이라 하면 사용하지 않은 물건을 버리는 정리와 사용하는 물건의 지정석 만들기 그리고 사용한 물건을 미루지 않고 제자리에 돌려놓는 정돈 거기에 쓸고 닦기까지 포함되어 있다. 내 고향 상주는 시골이다. 오전 오후 2대의 버스만 운행되던 그야말로 전형적인 시골이었다. 당연히 부모님의 주된 일은 농사였다. 그리고 대부분의 사람들은 집안일보다 농사일을 우선시했지만 어린 내 눈에도 훤히 들여다보일 정도로 엄마는 농사일과 집안일의 비중이 다르지 않았다. 밭일을 가시기 전에는 늘 집안일을 마치고 나가셨다. 게다가 천정이며 시렁 심지어는 전기선까지 닦고서야 밭일을 나가셨다. 부부금슬 좋기로 소문이 자자했던 부모님, 아버지의 표정이 일그러지는 때는 늘 엄마가 전기선을 닦는 청소에 집중하는 때였다. "자네는 전깃줄을 닦으면 밥이 나오는가 돈이 나오는가?" 이런 엄마 덕분에 우리는 시골에 살면서도 흙먼지 대신 쾌적한 공간에서 살 수 있었다. 정갈하기로 소문난 엄마요 집이었다.

나는 엄마 판박이다. 강의를 갈 때는 물론이고 심지어는 바로 옆 슈퍼에 가거나 이웃집에 가는 등 현관문을 나설 때는 집이 깔끔하게 정리가 되어 있어야 개운하게 외출할 수 있다. 그래야 일이 손에 잘 잡힌다. 엄마가 아이들에게 얘기하는 "숙제부터 하고 놀아"와 같은 이치다. 하고 노느냐 놀고 하느냐 순서 바꾸기가 핵심이다. 특히 정리수납에서는 더 그렇다. 정리 정돈을 힘들어하거나 또 정리 후 이내 정리 전 모습으로 되돌아가는 정리 리바운드 현상을 경험하는 대부분의 이유는 미루는 습관 때문이다. 그런 면에서 나는 엄마의 좋은 성공습관을 제대로 물려받았고 이 작은 습관이 내 인생 2막의 물꼬를 틀어줄 보물이 되었다. 성공으로 이끌어 줄 이 핵심 습관 3가지는 정리수납전문가로 활동은 물론 일상생활 속에서 피가 되고 살이 되는 소중한 경험이요 자산이다. 100세 시대 딸의 인생 2막을 열어준 엄마가 참 고맙다. "엄마, 고마워! 정말, 정말 고마워!!"

윤택한 삶을 위한 엄마의 인생철학

전화벨이 울린다. 엄마다. "나는 왜 이렇게 바쁜지 몰라. 평생이 바쁘다!" 순간 웃음이 났다. "엄마도 그래? 나도 그런대, 엄마 딸이 확실한가 보네."

"너도 그렇나?" 모녀는 누가 먼저랄 것도 없이 박장대소다. "왜 그럴꼬? 밥 먹을 시간도 없으니…" "그러게 엄마!!" 아버지가 돌아가신 이듬해 논농사는 넘기고 자식들과 나눠 먹을 배추, 고추, 콩, 깨 등 밭농사에, 논두렁 비탈에 심은 20여 그루의 감나무가 엄마 농사의 전부였다. 그럼에도 엄마는 늘 바빴다. 이유가 있다. 풀 한 포기도 그냥 두고 보는 성격이 못돼서다. 일을 만들어서 하는 엄마다. 엄마에게 농한기란 없다. 아마 엄마 생전에는 없을 거란 것도 잘 안다. 그래서 더 힘이 쓰인다. 친정에 다니러 갈 때면 들어서자마자 습관적으로 청소기를 드는 나를 보고 엄마는 "깨끗하게 하려면 끝이 없어. 그러다 병나. 네 몸 생각도 해야지." "엄마는 왜 하는데?" "너도 맨날 쓸고 닦지? 지랄 같은 내 성격을 닮아 어쩌노? 건강이 더 중요하니까 적당히 해."

엄마는 열정이 넘친다. 특히 배움에 대한 열정이 많다. 더운 한낮이나 저녁 시간이면 동네 정자에 나와 담소를 나누는 어르신들이 많은데 코앞에 있는 정자건만 엄마는 거기 놀러 갈 시간이 없다신다. 왜냐하면 들일에 집안일에 코로나 터지고는 못 가고 있지만 장수 대학, 요가교실, 노래교실을 빠지지 않고 다니셨기 때문이다. 옆에 챙겨야 할 어린 자식이 있는 것도 아닌데 항상 바쁜 엄마다. 엄마는 뭐라도 배우라고 한다. 뭐라도 배워놓으면 다 써먹힐 때가 온단다. 너무나 공감하는 얘기다.

친정에 들릴 때면 늘 먹거리를 두고 실랑이다. '가지고 가라, 안 가지고 간다', "도시는 사 먹으려면 전부 돈인데, 이웃집에 나눠 먹으면 좋지." 내 대답은 아랑곳없이 결국 먹거리를 넘치게 챙겨주신다. 엄마가 힘들게 농사지은 거 생각하면 나누는 거조차 아깝지만 엄마 마음이 그러시니 지인들과 나눈다. 농사는 엄마가 지었는데 인사는 내가 듣는다. 받을 때보다 줄 때 오히려 마음이 넉넉해지고 기분이 좋아진다. 나눔의 행복이다. 엄마가 항상 하시는 말씀이 있다. "콩 한 쪽이라도 나눠 먹어라. 내 배불리 먹고 남 못

준다. 베풀면 언젠가는 다 돌아온다. 네가 아니면 자식이 좋아도 좋으니까 베풀고 살아. 밥도 네가 먼저 사고." 귓등으로 흘려들었지만 늘 하시던 말씀이라 세뇌가 되었는지 귀에 박혔다. 그래서 가능한 한 나누려고 한다. 심지어는 아랫집에서 받은 김치가 너무 맛있으면 반쪽을 잘라 윗집에 나눠준다. 윗집의 인사가 또 고맙다. 나눔도 순환이 된다. 작지만 결국 더 행복해지는 지름길이 된다.

지난주에 하반기 마지막 수업이 있었다. 내가 먼 상주까지 수업을 가는 이유는 엄마를 보기 위한 강제 환경 설정이다. 돈을 생각하면 진작에 그만뒀을 수업이지만 그럼에도 불구하고 83세인 엄마를 보기 위함이다. 아직은 정정하다지만 앞일은 알 수 없는 거라 볼 수 있을 때 봐야 한다는 생각으로 간다. 일이 없으면 일을 만들어서 하는 엄마, 그 엄마를 쏙 빼닮은 둘째 딸은 엄마의 가르침 따라 오늘도 배움의 열정을 불사르고 있다. 정리수납 강사를 시작으로 사춘기 아이를 키우며 제대로 된 소통을 위해 편입학을 거듭하며 상담심리와 평생교육을 공부했다. 또한 정리는 물론 살아가면서 겪게 되는 모든 문제의 해답은 본인 스스로에게 있는 만큼 변화와 성장을 위해 코치가 되었다. 그리고 삶에 적용하려고 노력한다. 경험이 자산이다. 공부를 하고 적용하는 횟수가 늘어날수록 성장하고 있다는 게 느껴진다. 충분히 잘 하고 있고 너무 많은 걸 한다는 지인들의 조언에도 불구하고 스스로를 채찍질하며 배우고 나눈다.

　엄마 말이 생각난다. "세상에 거저는 없데이. 그리고 하루아침에 되는 것도 없어. 조금씩 하다 보면 되는 거지." 정말 그렇다. 배우고 익히면 못할 것이 없다. 느리지만 매일 조금씩 성장하는 나 자신이 뿌듯하다. 작은 성공 경험이 좋다. 울 엄마 김태임 여사에게 다시 한번 고맙다는 말을 전하고 싶다. "엄마, 엄마말마따나 지랄 같은 성격 물려줘서 고마워!! 그 지랄같은 성격 덕분에 엄마 딸 직업이 생겼네." 엄마가 스스로 지랄 같은 성격이라고 표현하는 건 할 일 있으면 잠을 안 자고 밥을 안 먹고서라도 해야 하고, 먼지 하나도 그냥 넘기지 못하는 성격이라 스스로를 힘들게 한다는 의미로 쓰는 친근한 표현이다. 울 엄마가 강조하는 배움과 나눔은 더불어 살아가는 세상에서 꼭 필요한 덕목이요 삶에 소소한 행복을 주는 소확행의 도구임에 틀림없다. 사람 사는 이치, 엄마의 가르침은 언제나 옳다.

날개를 달아주는 칭찬의 힘

"엄마, 여기 앉아봐. 엄마 딸내미 보여줄게" "여기 있는데 뭘 또 보여줘" "유튜브에 나오는 딸내미 말이지." "유튜브? 노래 듣는 거 그거 말이가?" "어"

154cm의 키에 43kg의 몸무게 가냘프기 그지없는 작은 체구의 엄마, 유별스러운 자식 사랑만큼이나 흥이 많고 노래를 좋아한다. 코로나 이전 관광버스를 타고 여행을 갈 때면 마이크를 놓지 않을 정도로 노래를 좋아한다. 그래서 농사짓는 틈틈이 친구들이 정자에서 편안하게 쉬는 동안 엄마는 노래 교실을 다니셨다. 집에 계실 때는 늘 TV 채널 33번을 고수한다. 손을 빌려야 할 땐 "너 보는 거 없으면 33번 좀 틀어줄래" 하신다. 33번 채널명은 모르지만 하루 종일 노래가 나온다는 건 안다.

노래를 좋아하는 장모를 너무나 잘 아는 남편이다. 엄마한테서 전화가 왔다.

"아야, 이서방이 효도 라디오를 선물로 보냈네. 그런데 내가 말도 안 했는데 우째 알고 내가 좋아하는 노래로만 골라서 넣었네. 이서방은 못하는게 없노. 이서방한테 고맙다고 꼭 전해라."
"엄마, 장모가 좋아하는 노래정도는 당연히 알아야지." 너스레를 떨었지만 내심 남편이 고마웠다. 돈이 문제가 아니라 누군가를 위해 선물을 준비하고 시간을 투자하는 그 정성이 고맙다. 당신이 좋아하는 노래를 어떻게 알았냐고 신기해했지만 노래 교실에서 배우는 노래 위주로 넣다 보니 엄마의 취향 저격이 된 것 같다. 다른 건 다 잊어버려도 효도 라디오는 꼭 허리춤에 차고 다니셨다.

아버지 계실 때부터 있었던 오디오는 작동이 어려워 배경이 된 지 오래다. 버리는 정리를 하고 싶지만, 나중에 한 번씩 들을 거라고 하시니 두기로 했다. 한 번을 쓰더라도 사용하는 물건이라면 가지고 있어야 한다. 지금 사용하지 않더라도 3개월 뒤 6개월 뒤 등 사용이 예정되어 있으면 둬야 한다. 더군다나 연세 드신 분들의 물건은 아무리 하찮게 보이는 물건이라도 함부로 버리면 안 된다. 저마다의 사연이 있을 수 있기 때문이다. 같거나 비슷한 물건을 살 수 있을지는 모르지만, 그 추억까지 살 수는 없기 때문이다. 추억 용품 앞에서는 누구나 망설이는 결정 장애가 따른다. 그래서 추억 용품은 마지막에 정리하라고 권한다. 그리고 가능한 한 사진을 찍어 남기는 디지털 보관을 권하지만, 연세 드신 분이라면 이 또한 고려하고 배려해야 한다.

"엄마, 빨리 앉아봐" 엄마를 옆에 앉혀놓고 딸내미의 유튜브를 켰다. "안녕하세요. 반갑습니다…" "너 아니가? 네가 어째 거기서 나와?" "엄마 딸이 유튜브 하잖아." "여기 나와서 뭐 하는 건데?" "내가 하는 정리도 알려주고 도움 되는 정보도 올리려고 만들었지." 바쁘시다던 엄마는 스마트폰 속 딸의 얼굴과 내 얼굴을 번갈아 보시며 세상 없는 미소로 내리 3편을 보셨다. 그러고는 나를 찬찬히 바라보더니 "누굴 닮아서 이렇게 똑똑한지 모르겠네, 어떻게 알고 이런 걸 만들었을꼬? 신기하네!!" "처음에는 몰라서 엄마 손자 도움도 받고, 유튜브에 검색하고 하나하나 배워가면서 했지." "배운다고 다 하나? 배웠다고 이래 만드는 우리 딸이 대단하다!!" "엄마, 요즘은 배우려고 마음만 먹으면 책이나 학원도 있고 이렇게 유튜브만 찾아봐도 다 나와." "아무리 봐도 너는 천재야. 천재!! 알아도 안 하는 사람이 얼마나 많은데 너는 했잖아 그게 대단한 거다. 아무나 못 해!!"

　자기 자식 다 이쁘다지만 연세 드신 분일수록 자식 자랑 많이 한다지만 딸을 바라보는 엄마의 눈빛에서 진한 감동이 밀려왔다. 그리고는 누가 집에 올 때마다 그것 좀 보여주라고 하신다. 가장 가까운 내 편, 엄마의 칭찬에 힘입어 엄마한테 더 보여드리고 싶다는 생각에 놓지 않았다. 익숙하지 않아서 또 바쁘다는 핑계로 놓고 싶은 유혹도 많았지만 "요즘도 유튜브 하나?"라고 물어올 엄마의 기대에 부응하기 위해 놓지 않았다. 놓을 수가 없었다.

　성공하는 사람과 그렇지 않은 사람의 차이는 단연코 지속하는 끈기에 달려있다. 그런 면에서 지속할 수 있는 효과적인 방법 하나를 꼽으라고 한다면 단연 '환경설정'이다. 환경설정이란 뭔가를 할 수 있는, 할 수밖에 없도록 만드는 분위기다. 반신반의하면서 시작하게 된 유튜브였고 자신이 없었다. 그래서 나를 잡아줄 뭔가가 필요했고 나의 유튜브 사명을 적어 SNS에 공유했다. 선언의 힘, 공표의 힘을 얻기 위해서다. 그 선언의 힘으로 느리지만 계속하고 있다. 그러던 중 유튜브 시작한 지 1년 만인 2021년 6월에 4050대를 위한 구독형 강의 플랫폼 인생 2막 클래스인 인클에서 강의 제안이 들어왔다. 느리지만 꾸준히 했기 때문에 가능한 일이었다. 다시 한번 엄마가 내 옆에 꼭 붙어 앉았다. "이번엔 또 뭐야? 궁금하네!!" "유튜브하고 비슷한데 이번엔 서울에서 연락이 와서 찍은 거야." "서울까지 가서 찍었다고? 서울에서 너를 어째 알고 연락했을꼬?" 궁금한 게 많은 엄마다. "유튜브 보고 했을 거야. 엄마도 코로나 터지고 나서 요가도 노래 교실도 못 가고 있잖아. 정리도 마찬가지야. 정리는 하고 싶은데 방법을 몰라서 못 하는 사람들이 집에서 동영상 보고 배워서 하도록 만든 거지." "그러면 네가 좋은 일 하는 거네. 이렇게 하려면 연습도 많이 했겠는데?" "어, 강의하고 살림하면서 한다고 밤잠 좀 설쳤지. 꼬박 석 달 걸렸어. 힘들었는데 하고 나니 뿌듯하니 좋네!!" "내 딸이라서가 아니고 너는 진짜 천재 맞다, 울 딸내미 자랑스럽네!!" 그러면서 자랑하고 싶으신지 남한테 보여주려면 어떻게 하냐고 묻는다. 구독형이라 돈을 내고 봐야 한다니 그 돈 당신이 주고 보여주면 안 되냐고 또 묻는다. 돈이 얼마냐고는 묻지도 않는다.

부모란, 엄마란 이런 마음이 아닐까 싶다. 적어도 우리 엄마 세대는 자식이 전부다. 자신은 안중에도 없고 오로지 자식을 향한 사랑으로 똘똘 뭉친 헌신적인 삶 그 자체다. 물론 지금은 자식이 전부가 되어서는 안 된다는 생각이다. 나 자신의 삶도 있어야 더불어 행복하게 살 수 있다. 칭찬은 고래도 춤추게 한다는 말처럼 날개를 달아주는 엄마의 칭찬 덕분에 지속할 수 있는 힘과 용기를 얻었고 이로 인해 인생 2막을 잘 살아갈 또 하나의 무기를 만들 수 있었다. 뿐만 아니라 어릴 때부터 엄마가 만들어준 환경설정 덕분에 정리를 잘하게 되었고 생각지도 못한 직업이 되었다. 엄마는 나의 든든한 지원군이다. 별거 아닌 거에도 대단하다고 칭찬해 주고 바라봐 주는 엄마, 그런 엄마가 있어 행복하다. 그리고 나를 돌아본다. 나는 아이들에게 어떤 엄마인가? 제대로 눈을 맞춘 적이 언제였는지 반성하게 된다. 감사한 일이 많았음에도 불구하고 가장 가까운 가족에의 칭찬은 너무나 인색했다. 새해 목표에 가족 챙기기를 꼭 넣어야겠다.

엄마의 건강 비결

엄마가 쓰는 컵은 2개다. 하나는 막걸리용 작은 유리컵이고 또 하나는 물컵 전용으로 쓰는 조금은 투박한 찻잔이다. 엄마 혼자 계시지만 컵은 여러 개가 나와 있다. 대기조다. 이유는 우리 집이 입구에 있다 보니 자연스럽게 왕래가 많다. 집에 떨어지지 않게 준비해놓는 3종세트가 있다. 믹스커피, 박카스, 막걸리다. 막걸리는 주로 특별한 일이 있을 때, 조금 떨어져 사는 집안 아지매가 오실 때나 들 일을 하고 왔을 때 마신다. 막걸리 한 잔이 보약이라는 엄마다. 그래서 상주에 수업 갈 때마다 막걸리를 사다 채워 놓는다. 엄마가 안 계실 땐 막걸리만 사다 놓고 오는데 그럴 때면 늘 전화가 온다. "부탁도 안 했는데 막걸리 사다 놨대 잘 먹을게. 고맙데이!!" 라고 말이다. 소소한 행복이다.

내년이면 84세, 84라는 숫자를 떠올리니 소름이 돋는다. 엄마와 지낼 날이 많지 않다는 것을 직감해서이다. 그럼에도 불구하고 엄마는 100수를 거뜬히 하실 거라 믿는다. 왜냐하면 154cm 43kg의 작은 체구지만 굽은 허리 외에는 특별히 아픈 데가 없다. 평균수명이 늘어나면서 건강에 대한 관심이 많다. 오래 사는게 문제가 아니라 건강하게 오래 살아야 의미가 있다. 여기서 누구나 따라 할 수 있는 엄마의 건강 비결을 보면 물 많이 마시기, 몸 많이 움직이기 그리고 긍정 마인드다.

첫 번째는 물을 많이 마신다. 친정집 다용도실엔 휴대하기 좋은 작은 생수가 많이 있다. 밭일을 갈 때 가지고 가는 용도다. 집에서는 언제나 끓여 드신다. 우엉, 보리, 결명자 등 여러 가지를 끓이는데 특히 말린 우엉을 두고 사계절 차처럼 드신다. 식사 도중에 물을 마시는 일은 거의 없고, 식사 후에는 항상 물을 마신다. 막걸리만큼이나 맛있다는 물이다. 며칠 전 김장을 했다. 70대 후반 ~80대 초반 어르신들 여섯 명이 모였다. 김치를 버무려 도중에 막걸리로 새참을 먹었다. 끝날 무렵 갓 지은 밥과 수육, 막걸리, 두부와 무, 파를 넣은 시원한 어묵탕도 함께 끓여냈다. 식사 끝 무렵에 엄마가 물을 찾는다 "여기 물하고 컵 수대로 좀 꺼내와라." 하셨다. 엄마 말이 떨어지기 무섭게 어르신들이 이구동성으로 "나는 안 먹는다" 하셨다. "자네는 막걸리에 어묵탕을 그렇게 먹어놓고는 물 들어갈 배가 있는가? 나는 배 물러서 못 먹겠네. 나는 안 줘도 된데이." 하셨다. 그러자 엄마는 "그거하고 물하고 같은가 어디, 나는 아무리 국물을 많이 먹어도 물은 꼭 마셔야 되는데 어째 물을 안 마실까?" 의아해하는 엄마다. 나 또한 평소 커피를 많이 마시는 편이라 특별히 갈증이 나거나 약을 먹을 때가 아니면 물을 잘 마시지 않는다. 계절 탓인지 수분 부족인지 부쩍 건조해진 몸이다. 나도 엄마 따라 의도적으로라도 물을 마셔야겠다. 바쁘게 살다 보면 필요한 줄 알면서도 지나칠 때가 많다. 필요한 만큼 습관이 될 때까지 물 마실 때를 알려주는 앱을 활용해도 좋을 것 같다.

두 번째는 몸을 많이 움직인다. 엄마는 정말 많이 움직인다. 밭일을 가실 때도 걸어서 간다. 대신 굽은 허리로는 시간이 걸리니 손수레를 밀고 가신다. 손수레와 한 몸이 된 엄마, 딸내미가 따라가기 힘들 정도로 빠르다. 동네 대부분의 어르신들은 무릎이 좋지 않다는 이유로 걷기 대신 전동스쿠터를 타고 다닌다. 그러다 보니 점점 더 나빠지는 건강이란다. 손수레가 없을 때는 뒷짐을 지듯 작대기를 허리 뒷부분으로 보내 양쪽으로 잡고 다닌다. 당신만의 방법과 페이스로 건강관리를 잘 하고 계신다. 무리했다 싶은 날은 상주 시내 병원에 물리치료를 간다. 엄마는 '물리 찜질'이라는 표현을 한다. "어제 물리 찜질 갔는데 의사가 내보고 아프리카로 가야 되겠다고 해서 얼마나 웃었는지 모른다." "왜?" "내 등이 새까맣게 탔다고, 내 같은 사람은 처음 본다면서… 내 등이 그래 많이 탔나?" 옷을 올리고 등을 열었다. 등과 허리 부분이 벨트를 한 것처럼 선명하게 경계가 나 있다. 아프리카 말이 나오게도 생겼다. 대부분의 사람들이 풀을 메거나 고추를 따거나 하는 등 밭일을 할 때는 쪼그리고 앉아서 한다. 엄마는 앉는 거보다 허리가 굽은 상태로 서서 하는 게 힘이 덜 든단다. 그러다 보니 등이 그대로 햇볕에 노출되고 그것도 잠깐이 아니라 적어도 서너 시간은 기본이니 안 탈 수가 없다. 옷을 뚫고 들어간 햇볕에 이 정도로 타려면 얼마나 뜨거웠을까? 해야 할 일 앞에 뜨거움은 의식조차 하지 않은 엄마다.

세 번째는 긍정 마인드다. 엄마의 긍정 마인드도 건강 유지에 한몫한다. 안되는 게 어딨어 안 해서 그렇지 하면 된다는 주의다. 일이 힘들다는 생각보다는 돈 주고라도 해야 하는 운동인데 이렇게라도 운동할 수 있어 얼마나 좋으냐는 식이다. 일이 운동이 되기는 쉽지 않은데 말이다. 무슨 일이 있으면 "그 사람도 그럴만한 사정이 있겠지!!"라고 넘긴다. "조금 손해 보면 어때. 지나고 보면 손해가 다 손해가 아니다." 하신다. 그리고 되지 않을 일은 빨리 비우는 포기가 홀가분하게 만든다. 허리는 굽고 등은 까맣게 탔지만 엄마는 경미한 골다공증 증세로 먹는 약 외에는 없을 정도로 건강하다. 집집마다 약이 많다. 가정상비약 정도가 아닌 작은 약국을 방불케하는 집도 있다. 이런 풍경은 정리수납 컨설팅 현장에서도 또 우리 이웃에서도 흔하게 볼 수 있는 광경이다.

약 이야기가 나왔으니 잠시 약을 정리하는 방법을 알아보자.

1. 약을 수납할 위치인 장소를 정한다.
2. 약을 전부 꺼내면서 종류별로 끼리끼리 분류한다.

(어른약과 아이약, 바르는 약과 먹는 약으로 구분)

3. 유통기한이 지난 약은 버린다.

(약을 버릴 때는 환경오염 방지를 위해 약국에 비치된 약통에 버린다)

4. 사용하는 약은 각각의 집을 만든다.
5. 한눈에 보여서 사용하기 편리하도록 책처럼 세워서 수납한다.
6. 사용 후에는 제자리에 돌려놓는다.

덧붙이자면 약은 가족이 공동으로 사용하는 만큼 동선을 고려하면 거실 수납이 적합하다. 다만 아이가 어리다면 위험할 수 있어 아이 손이 닿지 않는 곳에 수납하는 것이 좋다. 집을 만들 때는 약이 들어있는 상자나 페트병, 우유팩을 적당한 사이즈로 잘라서 쓰거나 안 쓰는 밀폐용기를 활용해도 좋다. 약 상자를 그대로 활용할 때는 내용물보다 상자를 조금 낮게 잘라내면 꺼내기가 편리하다.

오는 데는 순서가 있어도 가는 데는 순서가 없다는 말이 있듯이 건강은 누구도 장담할 수 없다. 한창때인 4050대의 슬픈 소식도 많이 들린다. 이전 직장에 다니는 또래 동료 2명이 세상을 떠났다. 건강을 생각하게 된다. 83세라는 연세에도 불구하고 특별히 아픈 데 없이 건강하게 계셔주신 엄마가 고맙다. 김장철이다. 지인들에게 김장했냐고 물어보면 시어머니도 친정엄마도 모두 연세가 있어 못하고 각자 해결한다고 한다. 그런데 엄마는 이 연세에도 손수 농사를 짓고 곡식을 내어주시니 죄송하고 또 고맙다. 손이 많이 가는 농사일을 보면 '차라리 사 먹고 말지'라는 생각을 한다. 그리고 오빠도 평생 일만 하실 거냐며 언제부터 그만두라고 하는데도 안 한다 안 한다 하면서도 사 먹는 것과는 다르다며 놓지 못한다. 엄마는 당신 몸을 알고 있는 것 같다. 배움을 멈추면, 성장을 멈추면 늙는다는 말처럼 손에서 일을 놓는 순간 늙는다는 것을 말이다. 나이 들어 경제적인 부분이 아니더라도 일이 있어야 한다. 봉사활동을 하더라도 소일거리가 있어야 한다. 죽도록 하는 일이 아닌 즐기며 하는 일은 일이라기보다는 활력이요 에너지다. 좋아하고 잘 하는 일을 하면 좋은 이유다.

100세 시대를 사는 우리는 끊임없이 내가 잘하고 좋아하는 것이 뭔지 적어보는 게 필요하다. 그리고 아무런 제한이 없다고 가정했을 때 어떤 것을 선택할지를 생각하면 더욱 쉽게 결정할 수 있다. 취미가 일이 되고 일이 취미가 되는 세상이다. 주 1회 봉사라도 좋다. 경제활동이든 취미든 봉사든 어떤 일이든 일을 가지고 있어야 한다. 83세의 엄마가 지금껏 정정한 이유는 할 일이 있기 때문이다. 다만 나이 들어서 가지는 일은 부담 없이 즐겁게 할 수 있는 일이라야 한다. '반드시 해야 하는' 과한 부담이 없어야 한다. 일에도 내려놓음이 필요하다. 길이 없으면 길을 만들고, 일이 없으면 일을 만들어서 하는 엄마다. 농한기가 따로 없는 연중무휴인 엄마지만 사람 사는 집에 사람이 와야 좋다며 지나가는 사람을 불러서 뭐라도 입을 다시게 하고 보낸다. 밀린 일로 그 뒤 시간이 힘들지언정 사람에게서 에너지를 얻고 사람으로 힐링하는 더불어 함께를 실천하는 엄마는 건강할 수밖에 없다. "엄마, 엄마 딸내미가 천재가 아니라 생각해보니 엄마가 천재야! 천재 엄마의 딸내미라 기분 좋네 건강하게 있어줘서 고마워!!"

말한대로 이루어지는 소원

생때같은 두 자식 보내고 방황할 때 엄마의 방황을 잠재운 10살 아래 남동생 곤이였다. 엄마나이 39살, 꽤 늦은 나이였다. 당시 엄마의 소원은 "우리 곤이 장가가는거 볼 수 있겠나, 우리 곤이 장가가는 거만 보고 죽으면 여한이 없겠는데…"였다. 그도 그럴 것이 그 때만 하더라도 평균수명이 낮았다. 말한 대로 이루어진다고 했던가! 우리 엄마의 소원은 모두 이루어졌다. 가족과 마을 분들의 사랑을 온몸에 받으며 자란 늦둥이 곤이는 그에 보답이라도 하듯 반듯하고 착하게 잘 자랐고 교사가 되었다. 교사 아내와 똘똘한 손주까지 안겨드렸다. 업어 키우고 때때로 결석이라는 서러움을 안겨준 만큼이나 나 또한 동생을 대하는 마음이 엄마 같다. 우리 엄마의 평생소원과 메시지는 한결같다.

"나는 괜찮다. 너희들 부부간에 서로 배려하고 형제간에 우애 있게 지내는거, 아픈데없이 건강하게 지내는거 그거 뿐이다."

였다.

형제간에 우애는 넘치게 좋고, 부부간에 트러블없이 행복하게 잘 살고 있다. 당신의 두 아들은 행정공무원, 교육공무원으로 또 두 딸은 필요한 이들에게 사랑을 전파하고 가족을 살리는 분야의 전문가로 각자의 위치에서 맡은 바 소임을 잘 하고 있다. 무엇보다 아픈데 없이 건강하게 아들, 딸 낳고 행복하게 살고 있으니 더 이상 바랄게 없다신다. 말한대로 이루어졌다. 말의 힘이 크다.

이번 공저를 통해 2주에 걸쳐 매일같이 엄마와 4년 전 돌아가신 어머니를 떠올렸다. 어머니란 존재는 실로 대단하다. 지금 내 얼굴은 홍당무처럼 달아올랐다. 오후에 강의가 있는데 열이 나는 건 아닌가 귓속 깊이 체온계를 가져간다. 다행히 정상이다. 곰곰이 생각해본다. 얼굴이 화끈 달아오름은 따뜻한 가르침의 엄마가 내 마음 깊이 자리하고 있음이다. 뼛속까지 내 편이 되고 계심이다. 엄마와 딸, 시어머니와 며느리는 막힘없이 통했다. 그래서였다. 그래서 정리수납 강사가 될 수 있었다. 엄마가 딸의 앞길을 열어주셨다. '하나는 또 다른 하나를 낳는다' 엄마의 지치지 않는 열정 따라 평생 공부를 게을리 않겠다고 스스로와 약속해본다. 그래서 더 붉어졌다. 감사를 넘어 감동이 밀려온다. 그리고 나를 돌아본다. '나는 어떤 엄마일까?' '나는 어떤 엄마가 되고 싶은가?'

chapter 2
자식만을 위하여 살다 간 고귀한 여인,
나의 엄마

Mother, you are my hope

박 진 옥

1952년 인천에서 나다
인천 신흥국민학교 졸업
인천 인성여중·고 졸업
서울철도 간호학교 졸업
1974년 간호사로 미국 취업이민
홀로리다주 도착. 양로원에서 간호사로 일하다
1976년 결혼 캘리포니아에서 살다. 두 아들을 얻다
1988년 이혼하다.
1988-2003년까지 미국, 필립핀, 말레지아에서 크리스찬 자급선교 활동,
미국 테네시에서 유기농업하며 유무상통 단체생활하다.
2004년부터 하와이에서 살다.
2016년까지 간호사(RN)를 하다.
하와이 시니이 헬핑 서비스 사업으로 병원통역과 쇼셜사무 및 정부 보조 신청 업
무. 현재 정부 허가된 노인 케어 홈 운영
2021년 공저 〈경험이 돈이 되는 메신저 이야기〉 글로 작가 데뷔.
자기개발과 시니어 글씨기 메신저 사업 개시하다.

• 이메일 jinokra5@gmail.com
• 전화 1-808-358-8240
• https://blog.naver.com/jinokra

공저 〈경험이 돈이 되는 메신저 이야기〉에 이어 제2탄 공저로 〈어머니, 당신이 희망입니다〉를 쓰게 되어 참으로 기쁘다. 모든 어머니들이 자녀를 돌보는 것은 인지상정이지만 삼대에 걸쳐 살아오신 자취마다 헌신으로 점쳐져 온 나의 엄마에 대하여서는 꼭 글로 써서 세상에 알리고 싶었다. 전혀 자신을 돌아보지 않고 산 인생을 비판할 사람도 있다. 그러나 남편 없고 아버지 없는 형편에서 내 새끼들을 지키기 위한 오직 한 일념으로 살아 온 지극히 자연적인 여인이었기 때문이라 생각한다. 내 엄마의 희생적인 일생을 사실적으로만 써낼 수 밖에 없는 것이 아쉽다. 자신을 논하지 않고 오직 한 지어미의 책임을 다하셨다. 그러나 결코 시대에 뒤떨어지지 않은 삶을 살아간 내 엄마의 열정과 주위에 베푼 인간됨이 많은 사람에 의해 읽혀지기를 바라는 마음이다.

1. 엄마 안녕

2. 엄마의 이력서

3. 엄마가 들려주신 이야기

4. 내가 기억하는 엄마 모습들

5. 엄마 미국에 오다

6. 엄마의 가슴에 무덤을 만들어낸 오빠

7. 손자들이 바라본 할머니

엄마 안녕

내 맘속에 조상신으로 남은 엄마

2012년 나의 엄마는 이 세상을 떠나셨다. 그런데 무슨 일이 있으면 나는 엄마한테 얘기해야지 하며 엄마를 찾아가려 했다. 근데 "참 엄마 없지." 주벌주벌 내 얘기를 전화로 들어 줄 엄마는 더이상 안 계신다. 그런데도 무슨 부탁이 있으면 나는 "엄마"하고 찾고 있다. 엄마는 내 맘속에 둥그렇게 자리 잡고 있었다. 그때마다 "아, 이래서 조상신을 만드는구나."라고 생각하곤 했다. 근데 희한하게도 내가 이 글을 쓰겠다고 한 후로 그 둥그런 자리가 안 느껴진다. 그러나 아직도 나는 엄마를 찾는다.

"나 다시는 너를 못 볼 것 같으다."

"할머니가 돌아가시겠다." 아이들에게 선포해 놓고도 나는 휴가가 다 됐다는 핑계로 "엄마 더 아프면 바로 다시 올게. "엄마에게 약속해 놓고 나는 하와이로 돌아왔다. 인사하는 동안 엄마는 눈을 꼭 감고 나를 쳐다보지 않으셨다. 하와이에 잘 왔다고 전화하니까 "나 널 다시 못 볼 것 같으다," 나는 잠깐 멈칫하더니 "엄마 훌륭했어." 하는 말이 내 입에서 나갔다. " 훌륭했어?" "응." "내가 바로 갈게"

이틀 후

"엄마 상태가 어때?"

엄마 곁에 있는 여동생에게 전화했다.

"아래 다리부터 푸릇푸릇해 와."

"그럼 엄마 보고 나 지금 비행기 타고 가고 있으니까 나 기다리시느라 애쓰시지 말고 편안히 가시라고 해."

밤 8시 하와이 공항 게이트에서 여동생과 나눈 대화이다, 나성 시각으로는 밤 11시이다. 내가 타는 비행기가 나성에 도착하면 내일 새벽 6시이다.

두 조카가 나를 픽업 나왔다. 물어볼 필요도 없는 줄 알면서도

"할머니 돌아가셨지?"하고 물으니까 서로 대답을 못 하고 있었다.

나도 그냥 가만히 있었다. "할머니, she passed away at 1 o'clock." 하며 한 조카가 겨우 대답했다.

집에 엄마는 없었다

엄마가 쓰던 침대에는 아직 엄마의 정취가 남아 있었을 뿐이다. 엄마는 없어도 엄마의 모든 행동이 그대로 보였다. 침대 헤드보드에 텔레비전이 자리를 잡고 있어서 당신은 등을 당신이 베고 자는 베개에 기대고 앉아 계시곤 했다. 그래서 등이 굽었는데도 그 자리만 고수하던 엄마였다. 침대에 앉아 등 긁는 막대기로 옆에 창문 미닫이를 열었다 닫았다 하며 나갔던 식구가 돌아오는 것을 보기에 딱 좋은 거리였기 때문이다. 나무 미닫이 셔터를 등 긁는 나무로 밀었다 닫았다 하시던 그 모습이 눈에 그대로 보였다.

'신부가 신랑을 위하여 준비한 것같이 아름답더라'

엄마를 모신 영구차가 교회당 입구 앞 파킹장에 섰다. 식구들이 모두 모여 엄마의 관을 받을 준비를 하고 있었다. 나는 엄마의 임종을 보지 못했기 때문에 지금, 이 순간이 엄마의 사후 모습을 처음 보는 것이었다.

어떻게 엄마를 만나야 하는지 엄마를 마지막 뵌 순간과 지금 이 자리에서 만나는 순간까지의 공간을 채울 수 있는 내 맘이 영 준비가 되지를 않고 있었다. 고개를 떨구고 엄마를 기다리는 자리에서 빙빙 맴돌면서 생각에 잠겼다. 순간 말씀이 딱 떠올랐다. "신부가 신랑을 위하여 준비한 것같이 아름답더라" 내가 아름다운 신부 같은 엄마를 볼 것이었다. 영구차 문이 열리고 엄마의 관을 내리는 관리인들이 엄마를 교회 입구에 모셔 놓고 엄마의 저고리 옷고름을 제대로 못 맸다고 옷고름을 맬 사람을 찾았다. 사둔 언니를 얼른 불러 옷고름을 고쳐 달라 부탁하고 관의 뚜껑을 열어 주는 대로 엄마의 볼에 내 얼굴을 대니 얼음장같이 찼다. 너무나 차도 잠시 참았다. 옷고름이 고쳐지고 엄마의 누우신 자세를 보니 머리 쪽이 기울어져 전체적인 몸자세처럼 바르지가 않았다. 고쳐 달라고 했다. 또 한 번은 엄마의 관이 당신 땅자리로 내려갈 때도 머리맡 관이 바르지 않아 고쳐 달라고 했다. 일하는 사람들 눈에는 괜찮다고 했다. 아니라고 재차 부탁하여 관이 바로 눕도록 고쳐지고 나니 맘이 너무 편했다. 지금 이 글을 쓰는 이 순간에도 참 마음이 편하다.

엄마가 탄 버스가 환한 빛으로 들어갔대요.

"당신 어머니 새벽 한 시쯤 돌아가셨지요?"

올케언니가 다시 일을 나가니까 옆에 가게 여주인이 묻더란다. 우리 엄마도 모르는 사람인데. "어제 내가 꿈을 꿨는데요 당신 어머니라는 사람하고 같이 버스를 탄다고 섰어요. 그런데 당신 어머니가 나보고 아직 이 버스를 타면 안 되다고 하시며 당신만 올라탔는데 그 버스가 빛이 환한 빛 속으로 들어 가더라구요, 당신 어머니 분명히 천국에 가셨어요."

엄마의 이력서

큰 며느님 고별사 중에서

우리 어머니는 황해도 연백에서 태어나시어 이북에서 30년, 피난 후 인천에서 30년 그리고 미국에서 30년을 사셨습니다.

자녀들을 위해 기도하신 기도자. 형제 우애를 가르치신 교육자, 효부, 현모양처, 할머니, 사업자, 자선가, 인생의 멘토이십니다.

엄마가 들려주신 이야기

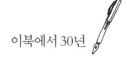

1919년 2월 12일

울 엄마는 한일 합병이 되던 해에 태어나셨다.

어릴 때 동네 야학방에 글 배우러 가셨다가 당신 큰 오라버니에게 야학방에서 끌려 나오신 후에는 글을 배울 기회를 잃으셨다고 말씀하셨다. 야학방 선생이 바람둥이라 당신 큰 오라버니가 그리하셨다고 했다. 결혼은 외삼촌들이 선을 보고 정혼이 됐는데 외할머니가 신랑 될 사람 얼굴 인중이 짧더라고 며칠간이나 이불을 뒤집어서 쓰시고 누우셨었다고 말씀하셨다.

새 부자 나다

농사만 지으면 돈 못 번다고 아버지는 이발 기술을 배우셨단다. 그때부터 아버지 사업을 위한 엄마의 또 다른 뒷바라지는 시작되었다. 술집 등 잡패들이 모이는 배천 읍내에서 정신 똑바로 차리고 남보라는 듯이 성공해야 한다고 아버지를 다짐 시키셨다고 하셨다. 서울로 일 보러 가신 아버지가 기술을 더 연마하신다고 소식 없이 만주로 들어가서서 안 돌아오실 때도 당신이 사람을 찾아 가게를 운영하시었다고 했다. 두 분이 마음에 다짐하신 대로 열심히 사셨던 결과로 돈을 모으신 후 온천이 콸콸 나오는 모텔같이 큰 집을 사셨단다. 그래서 고향 동네에서 새 부자 났다고 칭찬이 자자했단다.

전쟁이 터져 인민군 피한다고 4살짜리 아들 하나 업고 피난 오르신 건데 다시는 영영 고향으로 못 돌아가셨다. 그래서 엄마는 그 해 농사지은 쌀 땅에 묻어 놓고 그 집에서 딱 한 달 살고 나왔다고 늘 말씀하셨다. 그 후에 나온 사람들한테 시부모님들이 화병으로 돌아가셨다는 소식을 들으셨단다.

엄마의 한 로맨틱 스토리

어느 때 얘기이신지 모르지만, 벼 이삭들이 누렇게 익어 논이 황금색으로 물은 가을 저녁 황혼이 깃들었을 때 어린아이를 등에 업고 아버지와 함께 논둑 길을 걸으셨다고 얘기해 주셨다.

내가 기억하는
엄마 모습들

피난 후 인천과 의정부에서 30년

"죽으면 썩을 살을 뭐 하러 아껴"

나의 엄마는 근면, 성실, 절약, 검소, 지혜, 부지런하심, 선하심, 희생 그 자체이셨다. 우리 엄마의 18번은 "죽으면 썩을 살을 뭐 하러 아껴" 이셨다.

인천에 자리 잡고 사시면서 아버지가 항도 이발관을 경영하셔도 관리는 다 엄마 몫이었다. 하루도 안 빠지시고 새벽에 가게 빈지짝 문을 여시고 가게 앞을 쓰시고, 연탄불 피우시고, 수건 빨아 대시고, 물도 나르시는 수고를 도맡아 하셨다.

아버지가 인천에서 제일 큰 뉴욕 이발관과 화신 이발관을 새로 열고 경영하실 때도 의자 커버 등 모든 빨래를 혼자 다 하셨다.

"엄마 어떻게 가게체를 살 수 있었어?" "유리 조각 주워서 팔아 금을 사서 베게 밑에 넣고 베고 잤지."〈She created meaningful lives in two disparate lands.〈per Sunglin' Eulogy〉 절약: 가을이면 김포에서 청약해 놓은 쌀가마를 받아 한 방에 가득히 쌓아 놓으시곤 했다.

교육열

당신이 못 배운 것을 한해서 나하고 오빠에게 과외 공부시키며 열심히 공부하게 하셨다. 따뜻한 밥을 해서 점심시간에 오빠 교실에 갖다 놓으시곤 했다. 우리 엄마는 한글을 천주교회에 나가시면서 깨우치셨다.

음식 솜씨

설날에 콩깨강정, 황해도식 넙적한 판때기 인절미, 팥을 앙꼬내서 고구마 모양의 소를 만들어 넣은 황해도식 콩가루 묻힌 모찌, 연평도 조기를 말려 만든 굴비를 항아리에서 꺼내 부들부들하도록 때려서 짝짝 찢어 주시던 진짜 굴비, 엄마는 나물을 맛있게 무치셨다. 상에는 국이 항상 있었다. 각종 찌개 등, 살이 똑똑 떨어지는 마른 갈치졸임, 편육, 콩국수, 팥범벅, 완두콩 범벅, 풀떼기, 꽈배기, 찐빵 등 많이 해 주시던 간식도 기억난다.

추석 때는 추석 전전날 밤에 밤새도록 혼자서 송편을 빚어 아침에 다 찌고 썻어내시곤 하셨다. 음악도 없는 그 긴 밤 동안에 무슨 생각을 하셨을까.

손바늘 솜씨, 수를 놓으라고 자수를 준비해 주시던 것을 기억한다.

스스로 제사장

엄마가 천주교 나가시기 전에는 가을이면 푸짐한 팥시루떡을 해 놓으시고 두 손을 비비며 절하시던 엄마 모습을 기억한다. 그리고 우리에게 떡을 동네에 돌리라고 시키셨다.

이웃을 돕는 엄마

시골에서 올라온 동네 젊은 부부들이 살림살이에 돈이 필요하다고 하면 엄마는 돈 빌려주어 도시 생활을 자리 잡고 사는 데 도움을 주시곤 했다. 시골에서 올라온 친척 조카를 야간 학교에 보내며 기술도 가르치셨다. 직원들이 찬밥 먹으면 국 끓여서 내주고 거지들이 밥 얻으러 오면 밥 주시고 온 동네 사람들이 늦게까지도 집 안에 있는 우물물을 푸러 오면 그것도 허락해 주셨다.

동네 반장

수금은 최고로 다 확보하는 데 일등이셨다.

우리 엄마 건강

우리 엄마는 젊어서부터 겨울이면 목이 다 쉬고 말소리도 못 내시는 천식으로 고생하셨다. 보통 때도 꼭 식사 때마다 에헤드린을 복용하시던 분이다. 그 증상은 나를 임신 하셨을 때도 가지셨던 증상이라 늘 쌓아 놓은 이불 더미에 몸을 기대고 계셨단다. 또 늑막염이 생겨서 고생하실 때 아버지가 구해 오신 페니실린으로 고치셨다고 엄마가 늘 말씀하셨다. 그리고 머리가 아파 늘 명랑을 하루에 한곽 씩 소모하시던 분이다. 시시때때로 토기가 나고 토하시기도 하셔서 저렇게 하시다 오래 사실까 걱정되시던 분이다.

동네 아줌마들에게 진용이 엄마 필자가 좋다는 소리를 들었는데. 어느 날 갑자기 아버지가 고혈압으로 돌아가셨다. 겨우 향년 46세, 그야말로 얼굴 인중이 짧아서 이불을 뒤집어서 쓰시고 걱정하셨던 외할머니 예견이 적중되었다고나 할까. 멀쩡히 계시다 식사하신다고 앉으시면서 쓰러지셔 병원으로 옮겨지셨으나 몇 시간 후에 돌아가셨다. 그때 엄마는 45세이셨다.

엄마는 아버지가 돌아가신 후에 복막염 수술을 하셨다.

연세가 50대 초반이 되면서 혈압이 높아지고 몸이 붓고 살이 올라서 체구가 커져 계셨다.

어느 날 오한이 나고 떨고 정신이 혼미해져서 병원에도 가셨다.

지금 생각하면 그 증상들이 갱년기에 들어선 여인네들이 겪는 증상이었던 같다. 그래도 일찍 돌아가신 아버지가 그 명을 다 엄마에게 주시고 가셨는가 엄마는 92세까지 정신 좋으시게 사시다 가셨다.

엄마 미국에 오다.

그리고 미국에서 30년

미국 이민 생활

우리 엄마는 나의 초청으로 1981년도 1월에 이민자로 미국에 오셨다.

오셔서 나의 두 아들을 돌보아 주시며 나와 같이 사시다가 작은 아들, 작은 딸이 6개월 후에 이민 수속이 끝나 들어오면서 아파트를 얻어 세 식구가 나가 살게 되었다.

그 후 1988년 오빠네 4식구가 드디어 미국으로 이민해 오셨다. 유치원과 국민학교생인 두 아들을 데리고 엄마 따라 미국에 오신 것이다.

일단 오빠는 엄마와 함께 한 방 아파트에서 이민 생활을 시작했다. 이 미국 아파트 구내에서도 우리 엄마는 또 반장이셨다.

인하 공대 기계과를 나와 현대 양행에서 일하시다. 과장으로 퇴직한 오빠는 미국에서는 장사를 하시고 싶다는 얘기하셨다. 생각대로 마땅한 취직도 안 되면서 6개월이라는 세월이 지나게 되었으니 얼마나 오빠는 물론 엄마 맘이 안타까웠겠는가.

아들이 사업을 하기까지-도토리묵 만들어

갓 이민해 온 아들을 도우시느라 우리 엄마는 동네 도토리나무에서 떨어지는 도토리 주어다가 도토리묵도 만들어 마켓에 넘기시고, 미국 오기 전에 회사 퇴직금으로 베이커리 하다가 올케가 가져온 호두과자 기계로 호두과자를 만들면 마켓에 같이 넘겨주시곤 하며 무슨 길이 없을까 기다리셨다. 그러다가 이웃 지인에게 도움을 받아 옷을 받아다가 스왓 밑에서 파는 일을 시작하시게 되었다. 오빠가 말하던 대로 장사의 길을 걸어가시게 되었다. 이런 오빠의 새 생활을 위하여 온갖 뒷바라지는 여전히 엄마 몫이었다.

또다시 새벽부터

꼭두새벽에 일어나서서 아들 내외 아침 준비해 주시고 점심밥 골고루 챙겨 싸서 내가 보내셨다. 그리고 두 손자 깨워 아침밥 먹여 스쿨버스 태워 학교 보내야 하는 하루의 일과를 진두지휘하셨다. 이런 엄마의 자식을 위한 간절하고 안타까운 헌신의 보답으로 오빠 내외가 열심히 그리고 지혜롭게 스왓밀 비지니스를 이끌어 낸 덕으로 오빠는 일 년 만에 집을 사고 엄마를 모시고 아파트를 떠날 수 있게 되었다. 이때가 엄마가 오빠와 가장 행복했던 시기이다.

오빠와 행복했던 시간들

아들이 손자들 미국 적응시키는 교육장에도 따라다니시고 같이 사진 찍고 웃으시며 좋아하셨다. 아들이 엄마 모시고 하와이에도 여행하시고 또 때마다 이곳저곳 모시고 다니시니 또한 기쁘셨다. 여름 방학이면 조카들까지 대동시켜 물놀이 산 놀이 캠핑으로 아이들을 즐겁게 하는 여유 있는 아들을 보시는 것도 너무 좋으셨다. 장을 봐도 재미있으셨다. 아들 며느리 손자들에게 입맛이 나는 음식을 해 주시는 수고가 하나도 힘들지 않으셨다. 손자들이 미국 생활에 잘 적응 하며 학교 상도 타오니 고생하신 보람을 가질 수 있으셨다.

엄마의 가슴에
무덤을 만들어 낸 오빠

아들의 암 진단에 절망

이민 생활 6년에 살 터전을 잘 잡아냈다. 그래서 아들은 사업을 확장 시키려는 다음 계획을 세우고 진행시키고 있었다.

어느 날 아들이 허리가 아프다는 증상 때문에 의사를 찾았다. 청천벽력으로 폐암이 진단되었다.

본인은 아무런 일도 없다는 듯 의연 하려 했지만 얼마나 억울하고 가슴 칠 노릇이었겠는가.

아직 어린 것들이 10살, 12살인데 아비 없이 저들이 어찌 살아가게 될 것인지 막막한 꼴이 됐다.

아들도 아버지가 일찍 돌아가신 아픔을 가지고 있었는데 그런 똑같은 그 상처를 주는 아들의 마음을 생각하니 얼마나 하늘이 원망스러우셨겠는가.

천연 치료한다고 좋다는 건 다 해 먹여 보려던 엄마는 늘 부엌에서 뭔가를 만들어내시며 아들에게 먹여 보느라 애쓰셨다. 피곤한 몸을 가지고 또 밤마다 오빠 무릎 밑에 앉아 다리 주물러 주며 밤새워 간호하셨다. 며느리와 힘 모아 정성껏 치료 해 보려 했지만 그리하던 보람도 없이 무심히도 오빠는 7개월 동안 병고를 치르시다가 돌아가셨다. 아들을 먼저 보내신 것이다.

당신의 가슴에 아들의 무덤을 만들어 놓게 되셨다.

그러나 엄마는 이런 슬픔을 품고 떠나간 아들만 생각할 수 없었다. 10살짜리 12살짜리 그 어린 손자들을 지켜야 했기 때문이다.

며느리가 다시 일하도록 해 줘야 했기 때문이다. 스스로 내 책임이라 맘속에 비장하게 받아 들이시라고 이제 억울한 슬픔을 디디고 일어나서야 했다.

손자들이 바라본
할머니

큰 손자 성린의 고별사 내용이다

거친 여인, 큰 소릴 치시는 할머니

내 어릴 때 할머니에 대해 얘기한다면 우리 할머니는 불안하도록 큰 소리를 내시는 거친 여인으로 기억한다. 할머니는 우리집 가장이었다. 어린 손자들의 양육을 스스로 책임지시고 온갖 잡일들을 다 해 주셨다. 우리를 다루시는 모든 권한이 다 할머니께 있었다. 차근차근 훈계하시기에 앞서 동네가 다 들리도록 소리 지르시는 할머니의 호령에 따라 우리는 모두 움직여야 했다. 우리들은 할머니를 휘두르는 Iron Fist이라고 불렀다.

나의 사랑하는 무아의 할머니

그래도 우리는 모두 얼마나 할머니를 사랑했고 아꼈는지 모른다. 나이 들면서 지금 이 세상에서는 찾아볼 수 없는 오직 가족을 위한 엄청난 희생과 온전한 헌신으로 할머니가 우리를 키워 주셨다는 것을 알긴 했어도 이제 장성한 성년이 되어서야 비로소 할머니 무아의 헌신을 알게 되었다.

미국 생활이 힘들 때마다 할머니가 중심이 되어 모든 일을 이끌어 주신 이야기를 할머니 장례식 때 식구들한테 듣게 되었다.

할머니가 스쿨버스 타다

엄마와 아버지는 일찍 일을 가서서 우리가 통학버스를 타고 학교를 가야 하는 첫날에 할머니가 우리를 버스 타는 곳까지 데려다 다 주셨단다. 처음 버스를 타고 가는 날이라 우리가 버스에서 내려 학교 들어가는데 길을 몰라 어리둥절할까 봐 할머니가 마음이 불안하셔서 같이 가주고 싶으셨다. 그래서 우리보다 몇 마디 더 아시지도 못하는 영어로 운전사를 납득시켜 할머니는 우리와 함께 버스를 타시고 학교에 같이 가셨다. 운전사에게 노인을 버스에 태웠다는 피해를 안 주실려고 쪼그리고 앉아서 가셨다고 했다. 그리고 운전사가 할머니를 도로 집으로 데려다줬다고 하는 얘기를 들었다.

얼마나 철저하게 우리를 건사하셨는지 너무나 감격스러웠다.

할머니의 부모 역할

할머니는 우리 모두의 기저귀를 다 갈아 주셨다. 우리가 애들 때는 먹고 싶은 것 주문만 하면 다 해주셨다. 매일같이 빨래하시고 바지와 서츠를 구분하서서 옷걸이에 걸어 놓아 찾아 입기 쉽게 해 놓으셨다. 〈사실 이 딸은 나 자신도 그렇게 하지 않은 일을 하시는 것을 보고 놀라던 적이 있었다〉 그리고 우리들을 수영장에 데리고 가시고 데니에게는 어떻게 수영하는지 가르치셨다. 어떻게 자전거를 타는지도 친히 자상스럽게 가르치셨다.

〈이 내용에서 나는 엄마가 하시던 말이 생각난다. 내 여동생 대니 엄마가 한 살 반 빼기 딸을 옆집 할머니에게 맡겼는데 기저귀를 아직 못 떼는 거였다. 그러니까 돌봐주는 할머니가 도리어 자기 보는 아이를 비아냥하면서 오줌을 못 가린다고 하는 소리를 들은 엄마가 화가 나서 아이를 꽉 차고 하루 종일 훈련 시켜서 그날로 기저귀를 뺄 수 있게 만들었다고 얘기해 주셨다.

대니가 자전거를 발로 질질 밀고 끌고 다니니까 옆집 할머니들이 보고 비아냥하는 소리에 엄마가 또 화나서 그날로 손자에게 자전거 타는 것을 가르치서서 제대로 페달 밟고 자전거 타게 하셨다고 했다.

또 데니가 다들 하는 수영을 아직 못하고 있으니까 당신이

옆에 아이와 비교시켜서 경쟁심을 발휘시켜 그날로 수영을 할 수 있도록 하게 만드셨다고 했다

손자 때문에만 웃으신 할머니

나는 할머니 돌아가신 다음에 할머니 사진들을 정리하면서 보니까 다른 사람하고 찍힌 사진은 아무 생각이 없는 듯 무뚝이 계시는 모습인데 우리들 하고 찍은 사진들을 보면 언제나 해맑은 웃음을 짓고 계시는 것을 발견했다. I found in pictures with children, she was usually revering a seren smile,〈per sunglin〉할머니의 관심은 미소를 지을 수 있는 손자들에게만 오직 있으셨다. 작은아들네 손자는 당신이 거두지 못한 것을 늘 미안해하셨다.

손자들 모두가 할머니 임종을 지키다

할머니가 돌아가실 것 같다는 소식에 각 주에 살던 손자들이 다 모였다. 그 어떤 일상도 할머니가 돌아가시는 모습을 지켜보는 것보다 중요하지 않았다. 다 모여 할머니에게 고맙다고 하고 할머니를 껴안고 이뻐해 주고 할머니 팔도 다리도 어루만지고 다 닳은 손톱을 쓰다듬으며 모두 할머니 옆을 꼭 지켰다. 그래서 할머니는 각 손자들에게 하실 말씀도 다 하실 수 있으셨다. 할머니

는 "고맙다"라는 말도 "안녕"이라는 말도 전하셨다. 그중에 할머니와 우리가 서로 나눈 최고의 말은 "할머니 사랑해" "그래 나도"이었다.

이렇게 할머니는 당신의 자녀들과 손자들에 둘러싸인 행복 속에서 당신의 마지막 숨을 거두셨다.

이제 할머니는 우리 곁에 안 계시지만

우리는 우리 한 사람을 위하여 희생하신 할머니를 우리의 마지막 생애까지 기억할 것이다. 우리는 우리를 위해서 희생과 헌신을 해 주신 할머니의 얘기를 우리의 자녀들에게 말해주며 우리 자녀들의 가슴 속에 깊이 새겨 줄 것이다. 참 희생과 헌신이 무엇인지 가르쳐줄 것이다.

〈이렇게 나는 내 엄마의 평생 사신 날 동안의 하루하루 일과를 기록했지만, 이 글을 쓰는 이 딸은 어느 한 가지도 엄마처럼 해 낼 수 없다는 생각이다.〉

손주들은 할머니께 보답했다

매일 보고 듣고 산 할머니의 도전하는 것을 암암리에 손자들이 안 받았겠는가. 당신의 손자들도 해냈다.

당신의 수고 값대로 주렁주렁 열린 손자들의 성공 열매를 보셨다.

엄마 큰아들 큰손주는 UC얼바인 학과 과정 동안 "홀 브라이트" 장학금을 받고 공부를 하다 수석으로 졸업하는 영광을 할머니께 안겨 드렸다.

둘째는 UC버클리를 거쳐 코넬 법대를 나와 변호사가 되었다.

할머니한테 자전거 배운 대니는 UCLA를 거쳐 뉴욕에서 교사 훈련을 받으며 대학원 과정을 마쳤는데 다시 USC 서든 캘리포니아 대학원 박사과정을 거쳐 고등학교장으로 근무하고 있다. 하루에 기저귀 뗀 손녀는 큰 회사 CFO로 일하며 부동산 등 투자에 전력 하고 있다. 내 큰아들은 솔루션 엔지니어이고 작은 아들은 간호사로 일하고 있다. 작은 아들네 손자들도 다 잘 되어 있다.

chapter 3

서른여덟, 엄마를 이해하기 시작했다

Mother, you are my hope

박현근

메신저 스쿨 대표로, 메신저를 양성하는 메신저로 활동하고 있다.
2002년 고등학교 3학년 때 자퇴를 하고,
10년이란 시간을 배달과 청소를 하면서 꿈도 목표도 없이 살았다.
29살 때, 배달이 늦게 왔다는 이유로 뺨을 맞았다.
다른 삶을 살기 위해 미친 듯이 책을 읽고,
배움에 투자한 결과 전국을 다니는 강사가 되었다.
5년 만에 수입은 10배가 늘었고,
지금은 자신의 지식과 경험으로
메신저가 되고 싶은 사람들의 성공을 돕는 일을 하고 있다.

• 네이버 카페 : 메신저 스쿨
• 유튜브 : 박현근TV
• 이메일 : gandhi2018@gmail.com

《고교중퇴 배달부 1억 연봉 메신저 되다》
《메신저가 온다》
《땡큐 코로나, 억대연봉메신저》(공저)
《억대연봉메신저, 그 시작의 기술》(공저)
《경험이 돈이 되는 메신저 이야기》(공저)

1. 초등학교 졸업장과 졸업앨범

2. 육남매, 맏딸로 살아간다는 것

3. 스무살, 출산과 결혼

4. 끊임없이 배우고 나누는 이유

5. 아들 하나 낳아 잘 키우려고

6. 엄마 때문에, 엄마 덕분에

초등학교 졸업장과 졸업앨범

한 달에 한 번 엄마랑 전화 통화를 한다. 통화 시간은 1분이 채 넘지 않는다. 서로의 안부만을 묻는다. "나는 잘 지내고 있으니 걱정 말아요." 하고 빨리 전화를 끊는다. 30대 후반인 아들도 엄마에게는 항상 걱정되는 존재다.

엄마는 병원에서 뇌 수술을 권유받았고, 지금은 수술 대신 충남 금산에 고향집에 내려가서 살고 계신다. 요양보호사 자격증을 취득해서 1주일에 4번 3시간씩 어르신을 찾아가서 돌보는 일을 하고 있다.

"엄마, 왜 요양보호사 일을 하고 있어요?"

"요양보호사 일을 하니까. 돈도 벌고 보람도 느낄 수 있어서 좋아"

할머니가 밥도 못 먹고, 뉴케어 캔 음식만 드셨는데, 이제는 조금씩 식사도 하신다. 청소도 해주고, 맛사지도 해주면서 보람을 느끼고 계신다. 나이 드시고도 남의 집에 가서 일을 하는 엄마가 싫지만, 보람을 느끼신다고 하니 다행이다.

94년도, 내가 어릴 때 엄마는 파출부 일을 다녔다. 우리반 친구네 집 청소를 한 적도 있었다. 왜 엄마가 남의 집에서 일을 해야 하는지? 가난한 우리 집이 싫었다. 식당에서도 일했다. 횟집, 치킨집에서 일하셨을 때는 엄마는 항상 밤늦게 퇴근을 했었다. 건물 입주 청소를 하기도 하고, 기사 식당에서 일하기도 했다. 어린 나를 맡길 곳이 없으니, 엄마 일터에 같이 나갔던 적이 여러 번 있었다.

내가 기억하는 엄마의 모습은 항상 바빴다. 학교에 다녀오면 엄마가 집에 있는 날은 손에 꼽았다. 다른 친구들 집에 가면 친구 엄마가 맛있는 요리도 해주셨고, 집은 깨끗했다. 우리 집은 늘 지저분했고, 엄마는 배달 음식을 시켜 먹으라고 안방 전화기 밑에 만원을 놓고 나가셨다. 나는 그런 엄마가 싫었다.

아침 일찍 나가서 밤늦게 들어오는 엄마. 매일 일을 하면서도 끊임없이 공부하는 엄마. 집에 와서도 밤늦게까지 책을 펴놓고 공부하는 엄마. 나는 평생 엄마가 공부하는 뒷모습. 항상 바쁘게 뛰어다니는 모습만을 보며 자라왔다. 엄마는 자격증이 수십 개가 된다. 엄마가 왜 그렇게 매일 배우러 다녔는지? 왜 엄마는 항상 남을 도와주려고만 하는지? 엄마와의 대화를 통해서 조금씩 이해하게 되었다. 지금 내가 다른 사람들을 도우려고 하는 것도, 항상 새로운 것을 배우려고 하는 것도 엄마의 뒷모습을 보고 자랐기 때문이다.

89년, 나는 중곡동 명문유치원에 다녔다. 서울랜드에 소풍을 갔을 때, 친구들은 엄마와 함께 도시락도 먹고, 엄마 손을 붙잡고 다녔다. 나는 선생님의 손을 붙잡고 다녔다. 맞벌이로 바쁜 엄마는 휴가를 낼 수 없었다. 그래도 엄마는 피곤하고 지친 몸으로 매일 아침 도시락과 간식을 싸주셨다. 초등학교, 중학교 때까지는 도시락을 싸주셨다. 고등학교에 들어가면서 학교 급식을 먹을 수 있었는데, 엄마가 가장 행복해하셨다. 매일 아침 도시락 반찬을 고민하지 않아도 되니까.

64년, 충남 금산군 금성면 화림리. 육남매의 맏딸로 태어나셨다. 동생들 돌봐야 하니 중학교에 가지 말라는 할머니의 말에 하늘이 무너지는 것만 같았을 것이다. 국민학교만 졸업하고 집안 일과 농사를 도우셨다. 그래서 엄마는 항상 배움에 대한 한을 갖고 평생을 살아오셨다. 못 살고, 못 먹던 시절, 육성회비도 제대로 내지 못했다. 졸업앨범도 돈을 내지 못해서 받지 못했다. 어머니는 매년 명절 때마다 가족들이 모이면 초등학교 졸업앨범이 없는 것에 대해 아쉬움을 이야기하셨다.

평생을 아들 하나 잘 키우기 위해서 노력하며 살아오셨다. 일을 했던 것도 어려웠던 살림에 하나뿐인 아들에게 더 많은 것을 해주고 싶어서. 쉬는 날도 없이 일했다는 것을 뒤늦게 깨닫는다. 엄마 스무 살, 아빠 스물한 살. 어린 나이에 내가 태어났다. 부모님도 참 하고 싶은 것이 많았을 나이인데. 나를 위해서 많이 참고 견디었을 것을 생각하니 부모님께 감사하다.

육 남매, 맏딸로 살아간다는 것

96년, 내가 초등학교 때까지는 방학이면 시골에 자주 갔다. 서울에서 대전까지 가는 버스를 타고, 대전 터미널에서 금산가는 버스를 탔다. 금산 시장에서 엄마는 할머니 옷도 사고, 할아버지 간식인 박하사탕과 라디오 베터리를 샀다. 시골에는 큰 슈퍼가 없어서 모든 것이 귀했다. 금산 시내에서 다시 버스를 타고 들어 갔다. 울퉁불퉁한 비포장 길을 1시간 정도 달려서 들어가면 할머 니 집이 있었다. 시골 버스는 울퉁불퉁한 길을 가는데도 항상 시 간에 맞춰 도착하는 것이 신기했다. 버스 시간에 맞춰 할머니가 버스 정류소로 나오셨다. 항상 멀리서 손자가 왔다고 반갑게 맞 아 주셨다.

엄마는 시골집에 도착하자마자. 청소도 하고, 음식도 했다. 나는 아궁이에 불을 때는 것이 재미있었다. 마당을 쓸고 나온 나뭇가지들을 모아서 아궁이에서 불을 지폈다. 엄마 따라 밭에 가서 고추를 따고, 밭일을 했다. 산에 가재를 잡으러 가기도 하고, 집 앞 개울에서 개구리도 잡았다. 밤에는 하늘의 별들이 쏟아질 것 같아서 무서웠다. 방 안에서는 누에고치를 키웠다. 아랫목에서 잠을 자면 뜨끈하니 잠이 잘 왔다. 시골집 앞마당에는 밤나무가 있었고, 산에서 내려오는 개울물이 집 앞 마당을 지나갔다. 비만 오면 쏟아지는 물에 모든 것이 떠내려갈 것처럼 무서웠다. 할아버지는 내가 조금이라도 보이지 않으면 걱정이 되셨는지 큰 소리로 현근아! 현근아! 부르면서 찾아다니셨다.

엄마의 10대, 학교에 가지 못하고, 어린 동생들을 돌봐야 했고, 집안일을 거들어야 했다. 맏딸이니까. 맡아서 해야 할 일들이 많이 있었다. 동네 친구의 소개로 대전에 있는 세진산업에서 3년 동안을 일했다. 받은 월급으로 동생들에게 용돈을 주었다. 이후 친구 소개로 서울에 있는 우진 산업이라는 옷 공장에 다녔다. 책을 쓰면서 처음으로 엄마의 어린 시절 이야기를 물어보았다. 어린 소녀였을 엄마, 공장에서 힘들게 일했을 생각을 하니 마음이 아팠다. 공부할 나이에 엄마는 공장에서 일했고, 힘들게 번 돈으로 동생들을 돌봤다.

20살 출산과 결혼

84년도, 8월 15일. 새벽 2시. 배가 너무 아파서 병원까지 걸어갔다. 병원에 들어가자 양수가 터졌다. 아들이 태어났다. 기쁘기도 했지만, 귀찮기도 했다. 밤새 울었기 때문이다. 아기 때 나는 눈물이 참 많았다. 부모님은 친구 소개로 만났고, 2년을 사귀고, 동거를 시작했다. 월세방. 비키니 옷장, 중고 TV, 밥그릇 2개, 수저 2개. 석유곤로 하나 놓고 살림이 시작되었다. 중곡 4동 감리교회 뒤, 태양설비 앞집에서 우리 가족의 이야기가 시작된다. 아빠는 자개장 일을 했고, 엄마는 옷 공장에 다니셨다. 내가 태어나면서 액세서리 작업과 아동 옷 우라 작업을 부업으로 하기도 했다.

88년, 내가 5살 때 부모님은 아차산역 백악관 예식장에서 결혼식을 올렸다. 그날은 집에 친척들이 많이 왔다. 신혼여행을 갔는데, 나는 엄마를 찾으러 간다고 밤새 울었던 기억이 난다. 나는 엄마가 없으면 항상 울었다.

94년, 우리 집은 반지하 1,500만원 전세에 살았다. 부모님은 열심히 돈을 모아서 빌라 집을 사서 이사했다. 처음으로 내 방이 생겼다. 큰방, 아빠 자개장 작업 방, 내방. 엄마와 손잡고 가구를 보러 다녔다. 침대, 옷장, 책상도 샀다. 나만의 방이 생기니 공부도 더 잘 할 수 있을 것 같았다. 연탄보일러에서 경유 보일러 집으로 이사를 했다. 매년 겨울이면 아빠와 함께 경유를 사러 주유소에 갔다. 얼마 후 우리 집에도 도시가스가 들어왔다. 27년째 그집에서 살고 있다. 부모님의 나이가 되어 보니, 부모님을 이해할수 있게 되었다.

끊임없이 배우고 나누는 이유

"엄마는 왜 항상 배우려고 하는 거예요?"

"내가 부족하니까. 더 배워서 다른 사람들을 도우려고 그러지."

"다른 사람들을 안 도와주고 살면 안 돼요?"

"어려운 사람들을 도와주면 그 사람들이 너무 행복해하니까, 그게 좋아."

우리 집도 힘든데, 여유로운 살림이 아닌데, 엄마는 항상 음식을 해도 2배, 3배를 해서 사람들을 나눠줬다. 선물을 받아도, 다른 사람들에게 나누었다. 가락시장에 가서 쌈채소를 사다가 한 바구니씩 나눠 담아서 동네 사람들에게 나눠줬다. 붕어빵, 호두과자 장사를 할 때도 정량보다 항상 더 많이 주고는 했다. 엄마는 힘들게 일하고 집에 와서는 또 공부했다. 나는 항상 다른 사람들을 먼저 챙기는 엄마가 싫었다. 우리 집 일이나 신경 쓰지 왜 남의 집에까지 가서 봉사하고, 페인트 칠해주고, 도배해주고, 다른 사람들 집에 요리까지 해서 갖다주는 엄마를 도저히 이해할 수 없었다. 하지만, 엄마는 거기서 행복을 느끼고 있었다.

풍요롭고, 여유로워야만 다른 사람들을 돕는 것이 아니라. 내가 힘들고 어려운 삶을 살아봤기에, 힘들고 어려운 사람들의 마음을 더 잘 이해할 수 있다는 것을 나는 엄마를 통해 배웠다. 페인트 자격증, 도배 자격증을 딴 것도 어려운 사람들 집에 페인트칠과 도배를 해주기 위해서였다. 나중에는 광진구청에서 책임자로 일하면서 돈을 받으면서 다른 사람들 집에 가서 도배와 페인트칠을 해주었다.

한 번은 내가 아파서 병원에 갔다. 엄마가 페인트가 잔뜩 묻은 옷을 입고 왔다. 나는 그런 엄마가 창피했다. 우리 엄마도 다른 엄마들처럼 이쁜 옷도 입으면 좋겠는데, 엄마는 항상 작업복을 입고 다녔다. 번 돈으로는 자신을 꾸미기보다. 다른 사람들을 돕는 데 사용했다. 엄마는 자신보다 다른 사람들을 돕는데 더 행복감을 느끼고 있었다.

지금 나는 항상 새로운 것을 배우면 사람들에게 나누려고 한다. 배워서 남주기 위한 삶을 살고 있다. 평생을 나누면서 살아오신 어머니의 뒷모습을 보면서 자라왔기 때문이다.

아들 하나 낳아 잘 키우려고

하나만 낳아 잘 기르자고 부모님은 합의하셨다. 친척들의 권유에도 하나만 낳아 잘 기르자는 마음으로 아들 하나만 낳아 키우셨다. 아버지 육 남매, 어머니 육 남매. 힘들고 어렵게 자랐기에 하나만 낳아 잘 키우려고 하셨다. 부모님은 나에게 먹고 싶은 것, 하고 싶은 것, 배우고 싶은 것 다 하게 해주셨다.

내가 태어나기 전에는 엄마는 옷 공장에서 일했다. 나를 임신하면서 집에서 액세서리 만들기 부업을 시작했다. 아빠는 피우던 담배도 바로 끊으셨다. 엄마는 손재주가 좋으셨다. 집에는 미싱과 오바로크가 있었다. 동대문시장에서 원단, 지퍼, 실 등을 사다가 지갑, 가방 등의 홈패션 소품들을 만들어서 판매하셨다. 지하철 환승 창구에서 자판을 깔고, 장사하다가 역무원에게 걸려서 모든 물품을 빼앗기기도 했다.

엄마가 하루 종일 만든 소품을 가지고 퇴근 시간부터 밤늦게까지 역 앞에 노상에서 판매했다. 집에 혼자 있는 게 싫었던 나는 엄마를 따라다닐 때가 많았다. 엄마를 기다리면서 공터에서 짜장면을 혼자 먹고 있으니, 지나가던 어른이 노숙자로 착각을 하고 걱정을 해주었던 적도 있다.

나는 엄마가 일하러 갈 때마다 따라 나가려고 했다. 혼자서 집에 있는 것이 싫었다. 엄마가 옆에 있어야 마음이 놓였다. 하루 종일 일을 하고도 엄마는 퇴근하지 않고, 저녁에 요리도 배우고, 기술도 배우러 다녔다. 항상 배우기를 멈추지 않으셨다. 나는 엄마 옆에 있는 것이 가장 행복했다.

책을 쓰면서 평생 살아오면서 대화했던 그것보다 더 많은 대화를 엄마와 했다. 엄마의 행복도 엄마의 불행도 나 때문이었다.

"엄마 언제 가장 힘들었어요?"

"아들 하나 밖에 없는 거 잘 키우려고 했는데, 네가 학교 안 간다고 했을 때지, 그때 정말 껴안고 죽어버리고 싶었지"

"엄마 미안해요."

아들 하나만 보고 평생을 살아오셨다. 말 잘 듣던 착한 아들이 갑자기 학교를 더 이상 나가지 않겠다고 했을 때, 엄마는 하늘이 무너지는 것 같았다고 한다.

어떻게 설득해서라도 고등학교까지는 졸업을 시키려고 했지만, 나는 엄마의 말을 듣지 않았다. 나는 이미 학교에서 마음이 떠났고, 빨리 돈을 벌어서 나중에 검정고시를 보려는 계획을 갖고 있었다. 학교에 가지 않고, 집 앞에 있는 중국집에서 알바를 할 때, 엄마가 중국집에 찾아와서 화를 냈다. 학교도 졸업하지 않은 아이를 데려다가 일을 시켜도 되는 거냐고 했다. 담임 선생님도 중국집에 찾아왔지만, 나는 다시 학교에 갈 마음이 없다고 나의 의사를 밝혔다. 엄마와 함께 학교에 도장을 찍으러 갔다. 학교 앞 정문에서 엄마는 세상이 떠나가듯 눈물을 흘리셨다. 다시 한번만 생각해 보면 안 되냐고 했지만, 나는 다시는 학교로 돌아가고 싶은 마음이 없었다. 나는 돈을 벌고 싶었다.

"엄마 언제 가장 행복했어요?"
"우리 아들이 잘나가니까 행복하지."

평생 아들 하나 잘 키우기 위해서 사셨다. 첫 책《고교중퇴 배달부 연봉 1억 메신저 되다》책이 나왔을 때, 100권을 사서 동네 사람들에게 나눠주셨다. 동네에서 만나는 사람마다 현근이 참 고생했었네 라고 말해주었다. 자녀는 부모의 뒷모습을 보고 자란다. 나는 꽃마다 피는 시기가 있다고 생각한다. 아들이 잘되기를 바라는 마음에서 불교에서 기독교로 신앙도 바꾸신 분이다. 어머니의 기도가 없었다면 오늘의 나의 모습은 없을 것이다.

엄마 때문에, 엄마 덕분에

엄마를 생각하면 책상에 앉아 있는 모습부터 떠오른다. 손에는 항상 책이 있었다. 끊임없이 공부하는 엄마의 뒷모습을 보고 자랐다. 엄마는 항상 공부했다. 자격증 시험에 떨어져도 다시 도전해서 결국에는 합격했다. 하나의 자격증 시험에 합격하면, 또다시 시험을 준비했다. 평생을 고시생처럼 사셨다. 엄마의 자격증은 수십 개가 된다.

맏딸로 자라면서 배우지 못했던 한을 극복하기 위해서 엄마는 끊임없이 배우려고 하셨다. 어려운 환경이 오히려 엄마를 더욱 단단하게 만들었다. 배운 지식을 통해 사람들을 도왔다. 도배, 페인트 자격증을 딴 이유도 어려운 사람들을 돕기 위해서였다. 요리 자격증을 딴 이유도 어려운 이웃들에게 음식을 나눠주기 위함이었다.

우리 집도 잘 사는 게 아닌데, 항상 다른 사람들을 챙기는 엄마가 이해되지 않았다.

"엄마는 왜 항상 다른 사람들을 도우려고 하는 거예요?"

"엄마가 배우지 못하고, 없이 살았기에 어려운 사람들을 돕는 거야"

공부하고 나누는 엄마의 모습을 평생을 보고 살았다. 나는 고교중퇴 배달부로 10년을 살았다. 배우지 못했다는 한이 나에게도 있다. 그래서 항상 새로운 것을 배우기 위해 책을 읽고, 강의를 찾아다닌다.

엄마처럼 항상 배우고 나눠주는 삶을 살고 있다. 말 그대로 배워서 남을 주기 위해 살고 있다. 크게 성공해야만 사람들에게 나눌 수 있는 것으로 알았다. 하지만, 내가 가진 것을 조금씩 나누는 것이 시작이라는 것을 알았다. 내가 가지고 있는 지식과 경험은 누군가에게는 반드시 도움이 된다. 현재는 메신저 스쿨을 세워 나의 지식과 경험을 통해 수익을 창출하고자 하는 분들을 돕고 있다.

나는 항상 밥을 먼저 사려고 한다. 밥 사는 걸 즐기고, 지식을 나눠주는 것을 즐긴다. 내가 크게 성공하고, 똑똑해서가 아니다. 어머니를 닮아 기버의 삶을 살아가고 싶을 뿐이다.

아파본 사람이 아픈 사람을 이해할 수 있고, 힘든 삶을 산 사람이 힘들게 살아온 사람을 이해할 수 있다. 내가 힘들게 살아 왔기에 나는 나보다 힘든 사람들을 돕기 위해서 노력하는 삶을 살아가고 있다. 나눠주는 삶이 더 행복한 삶이라는 것을 알았다.

항상 자신보다 남을 더 챙기셨던 엄마가 진짜로 성공한 삶을 사신 분이라는 것을 나는 배웠다.

〈엄마의 상장 및 자격증〉

1995년 바르게 살기 봉사 표창장

1998년 북부여성발전센터 급식조리 수료

2002년 건축인테리어 수료증/서울종합직업전문학교

2003년 그린 직업 전문학교 실업자 재취업 과정 수료/반장 표창장/개근상

2007년 서울 종합 직업전문학교 기능사 야간/한식조리과정수료 6개월

2008년 광진구청장 표창

2010년 조경 교육 / 서울특별시 상계직업전문학교

2010년 우면 꽃 예술 학원 수료

2011년 실내 조경 수료

2011년 산림 관리 특성과정

2012년 실내 조경 수료, 실내 조경 성적 우수 표창장

2012년 전문 출장 요리 과정/여성 능력 개발원

2012년 떡카페테리아 창업과정

2012년 현대 의상 교육 / 서울여성능력개발원

2013년 국화 분재 기술자 양성 교육

2013년 국화 분재 전시회 대상

2015년 노인 운동 재활지도사 자격증 취득

2015년 파워웃음지도사 자격증 취득

2015년 노인 활동 지도사 과정

2015년 귀농 교육 수료 / 서울시 농업 기술센터

2016년 허준 약초학교 /광진구청

2016년 약초관리사 자격증 취득

2017년 생활 원훼 지도사 과정

2017년 제과기능사

2017년 제천 체류형 전문 농업인 양성 교육 과정

2017년 약초학과 성적우수

2017년 제천 농업 기술센터 입교자 교육 과정 수료

2018년 보행안전도우미 직무교육 수료

2018년 식물원 공무직 취업

2020년 종자 자격증 취득

chapter 4
엄마 딸이라서 해냈습니다

Mother, you are my hope

선 학 (宣學)

MCC 마인드컬러코칭 개발자 선학[宣學]은
23년간 수많은 상담과 학문연구로 동양학 석사과정을 마치면서
역술인으로 살아왔다. 심리상담 경험과 깊은 학문연구를 바탕으로
세계최초로 '마인드컬러코칭도구'를 개발하였다.
남녀노소 누구나 쉽고 재미있게 배우 수 있는 '컬러도형심리카드'다.
전문성을 위해 12컬러와 9개 도형에 음양오행(陰陽五行)과 구성(九星)의
원리도 적용하여 연구하였다. 이 도구가 사회를 널리 이롭게 하는
'심리상담 도구'로 바르게 쓰여 지기를 축원한다.
세상을 이롭게 하는 마음으로 '마인드컬러코칭 전문 과정'을 통해
'컬러심리상담사' 및 '마인드컬러코칭 전문가'를 양성하고 있다.
나의 사명은 열정과 노력으로 변화를 추구하는 4050세대를 돕는 일이다.
그들이 전문가로 바르게 활동하고 성장할 수 있게 이끌어준다.
나는 베스트셀러작가, 마인드컬러코칭 전문가, 동기부여 강연가로서
세상에 꿈과 희망을 주는 메신저의 삶을 살고자 한다.
끊임없이 배우고 도전하고 나눔으로서 함께 성장하는
사회 어머니로 존경받는 삶을 살아가고 싶다.
소중한 인연들과 함께 성장하기를 원합니다.
미안합니다. 감사합니다. 사랑합니다.
행복하세요. 그리고 힘내십시오.

석사논문 : 『구성기학 방위적용에 대한 연구』
소논문 : 『부동산투자 방위에 대한 연구』
코칭도구 : 《마컬운세타로 + 가이드북》

• MCC 마인드컬러코칭연구소
블로그 : https://m.blog.naver.com/mjoo8305
인스타1 : https://www.instagram.com/mindcoaching_sunhak
인스타2 : https://www.instagram.com/mindtarot_sunhak

• 유튜브 : MCC 선학TV
• 이메일 : mjoo8305@naver.com

1. 까막눈, 울 엄마를 사랑합니다.

2. 꿈 많았던 10대의 현장공부

3. 수많은 경험에서 배우는 깨달음

4. 큰 아들의 병을 고치기 위해 시작한 체질공부

5. 공부하는 CEO, 원하는 것에 집중하는 삶

6. 마흔 여덟의 깨달음, 나를 찾아서

7. 코로나19로 급변하는 세상, 심리코칭도구를 개발하다

8. 지천명의 돈 공부, 사회 어머니로 살아가고 싶다

까막눈, 을 엄마를 사랑합니다

낙동강 강바람이 치마폭을 스치면 / 군인 간 오라버니 소식이 오네

큰 애기 사공이면 누가 뭐라나 / 늙으신 부모님을 내가 모시고

에 헤야 데 헤야 노를 저어라 삿대를 저어라~ ♬♬♬

　처녀 뱃사공은 울 엄마가 즐겨 부르시던 노래다. 엄마는 바느질을 할 때도 나물을 다듬을 때도 늘 흥얼거리셨다. 오빠와 나는 처녀뱃사공 가사를 적어놓고, 수시로 엄마에게 노래를 가르쳐드렸다. 내가 노래를 한 소절씩 불러드리면 엄마는 따라하셨다. 그 시간이 울 엄마에게는 유일한 낙이었다. 엄마가 이 노래를 즐겨 부르셨던 이유를 내 나이 50이 넘어서 전해 들었다.

　엄마는 12살의 어린 나이에 부모님을 모두 여의고, 동생 3명을 돌보는 소녀 가장으로 살아오셨다. 어려서부터 삯바느질로

생계를 유지하시며 고생고생 살아오셨다. 이런 이야기는 가끔 들어서 잘 알고 있다. 하지만 아버지와의 첫 만남 이야기는 처음 들었다. 그 만큼 엄마하고 대화를 못했었나보다.

아버지가 돌아가신지 10년이 넘었다. 얼마 전 엄마가 아버지와의 러브 스토리를 털어 놓으셨다. 첫 사랑이야기는 언제 들어도 짜릿하다. 당시 엄마나이 18살 소녀였다. 과거의 빛바랜 사진을 보면 정말 예쁘신 미인이셨다. 쌍꺼풀이 있는 큰 눈에 얼굴도 작고, 빨간 립스틱을 바른 수습은 모습이었다. 아담한 몸매를 한 엄마는 단정하게 한복을 차려입고 찍은 사진이 세상에서 가장 아름다웠다. 아버지도 가끔 말씀하셨다. 젊어서 너희 엄마는 진짜 예뻤다고 하셨다. 홀아버지를 모시고 계셨던 울 아버지가 살림을 똑 부러지게 잘 한다는 엄마의 소식을 듣고 찾아가서 프러포즈를 한 이야기다.

아버지는 날마다 엄마를 찾아가서 가마솥에 장작불을 짚어 밥하는 엄마 옆에서 대화를 했다. "나에게 시집오면 이런 고생은 안한다." 아버지의 그 말씀에 엄마의 대답은 한결 같았다. "난 글도 모르는 등신이유."라고 말이다. 아버지는 엄마의 이 말씀에 "여자는 글을 몰라도 살림만 잘 하면 되유~ 걱정말고 나한테 시집와

유." 우리 부모님은 충북 옥천이 고향이시라 말이 구수하다.

그렇게 여러 번 데시를 받고, 아버지에게 시집을 간 엄마는 바로 아버지와 떨어져야만 하는 비극을 겪었다고 한다. 며칠 후 아버지는 6.25사변으로 군 입대를 하게 되셨다. 엄마는 어린 남동생을 데리고, 시집으로 들어가 술을 좋아하시는 홀아버지로 모시느라 고된 시집살이를 하셨다고 했다. 군인 간 오라버니를 눈물로 기다리시면서 처녀 뱃사공 노래를 즐겨 부르셨다. 노래 가사가 딱 우리 엄마에게 공감대를 불러일으키는 노래다. 지금도 살아가시면서 답답할 때면 이렇게 말씀하신다. "엄마는 글도 모르는 등신이여~" 이 말씀을 잘 하신다. 이 말을 들으면 가슴이 먹먹해진다. 어린 나이에 부모님을 일찍 여의시고, 동생들 뒷바라지 한다고 글을 익히 못하신 울 엄마가 불쌍하다. 찢어지게 가난했던 그 옛날에는 그런 어르신들이 많다. 배움에 대해 늘 한 맺힌 삶을 살아가시는 엄마를 보며 다짐했다. 나는 원하는 공부를 다 하겠다고 다짐했다. 그리고 배우고 성장하며 그렇게 살아가고 있다.

나는 어렸을 때, 엄마와 단 둘이 있으면 엄마가 좋아하시는 '처녀 뱃사공' 노래도 불러드렸다. 그리고 엄마가 한글공부를 할 수 있게 틈틈이 봐드렸다.

"엄마 한글공부 할까요?"하고 물으면 어린아이처럼 좋아하셨다. "좋지, 가르쳐줘."하시며 성경책을 들고 오신다. 울 엄마의 한글공부는 '주기도문'으로 시작했다. 우리 엄마는 총명하셔서 1주일 만에 주기도문을 줄줄 읽으신다. 이런 엄마가 너무너무 신기하기만 했다. 나중에 알고 봤더니 엄마는 글을 아는 게 아니셨다. 그냥 외우신거다. 하지만 모른 체 했다. "와우! 우리엄마 너무 잘하시네." 큰 소리로 엄마를 칭찬해드리면서도 가슴이 먹먹했다. 엄마는 딸의 칭찬에 으쓱하시며, 더 열심히 공부하셨다. 한글을 배우고자 하시는 엄마의 그 노력에 코끝이 찡해졌다. 얼마나 답답하실까? 글을 모르시니까 혼자서 어딜 가시는 걸 두려워하신다. 이런 울 엄마를 생각하면서 글쓰기를 하는 지금도 눈물이 주책없이 흘러내린다. 엄마, 미안합니다. 감사합니다. 고맙습니다. 그리고 사랑합니다. 건강하게 오래오래 사세요.

짜증을 내어서 무엇 하나 / 성화를 바치어 무엇 하나
속상한 일도 하도 많으니 / 놀기도 하면서 살아가세~♪♪♪

우리 엄마는 가끔 태평가를 즐겨 부르신다. 여행을 참 좋아하시는 울 엄마.

무식해도 까막눈이어도 엄마가 좋다. 누가 뭐라고 해도 글을 몰라도 9남매를 키워내신 당신이 최고 이십니다. 한글을 모르시는 울 엄마는 돈 계산은 그 누구보다 정확하고 참 빠르시다. 슈퍼에 가서 물건을 사고, 거스름돈이 적거나 많으면 바로 말씀하신다. 그런 엄마가 참 신기하기만 했다.

울 엄마는 정확하게 4남 5녀를 두셨다. 다 키운 딸자식을 꽃다운 21살에 먼저 앞세워야하는 아픔을 경험하셨다. 손재주가 아주 탁월했던 딸자식은 방광염으로 엄마 곁을 떠났다. 자식을 앞세우고 살아가시는 울 엄마의 그 맘을 그 누가 알겠습니까. 엄마는 가끔 내 얼굴을 어루만지면서 떠난 언니를 닮았다고 한다. 엄마가 그러시면 솔직히 싫었다. 내가 언니를 닮아서 생각나게 하니 한편으로는 엄마에게 미안했다. 엄마는 즐겁고 재미있는 게 하나도 없다고 말씀하신다. 난 엄마의 웃는 얼굴을 본지 꽤 오래되었다. 엄마가 웃고 사셨으면 좋겠다. 아주 편안하게 살다 가셨으면 좋겠다.

둘째 오빠는 엄마와 정말 안 맞았다. 평생을 원수처럼 지내던 아들이었다. 두 사람의 대화를 듣고 있으면 참으로 마음 아팠다. 둘 사이에 원망하는 말과 욕설은 끊이질 않았다. 오빠는 정말 똑똑했는데, 집안 형편이 어렵다는 이유로 가고 싶었던 학교를 진학하지 못했다. 그때부터 부모에 대한 원망이 가득한 오빠에게는 엄마의 어떤 말들도 다 듣기 싫었던 것이다. 오빠를 위해 하시는 말도 거짓처럼 들렸던 것이다. 모자의 갈등은 평생 진행형으로 하루도 조용할 날이 없었다. 엄마는 오빠와 언성을 높일 때면, 욕설과 함께 살풀이를 해야 한다는 말을 늘 입에 달고 사셨다. 자식에게 그러는 울 엄마가 무식해보였다. 자식들은 모두 욕쟁이 울 엄마를 싫어했다. 오빠는 나와 같이 대기업 S사에 근무하다가 뇌종양 판정을 받았다. 좋다고 따라다니던 여인도 떠나보냈다. 수술 후 반신불수가 된 오빠는 평생 독신자의 길을 선택했다.

2002년 12월 그 해에서 가장 추웠던 날, 진눈깨비가 내리던 날이었다. 새벽에 운동하러 나간 오빠는 밤이 되어도 돌아오지 않았다. 실종 신고를 하고, 3일만에 찾은 오빠는 뒷산에서 발견되었다. 오빠는 45세의 젊은 나이로 꽁꽁 얼은 채 엄마 품으로 돌아왔다. 기가 막히고 온 몸이 벌벌 떨렸다. 어찌 우리 집안에 이런 참사가 일어나는 것일까? 이 상황을 어떻게 받아들여야 할지 머리가 멍해졌다. 자식들의 죽음으로 인해 하나님은 우리 엄마에게 어떤 깨달음을 주시려는 것인가? 우리가족 모두에게 주어진 과제라고 생각한다. 죽는다고 끝이 아닌데 말이다. 그렇게 떠난 오빠가 원망스러웠다. 자살을 생각하는 사람들에게 전하고 싶다. "죽을 용기가 있으면 그 용기로 멋진 세상을 살아가세요. 제발 부탁입니다."

부모, 자식과의 소통은 정말 무엇보다도 중요하다. 서로가 주장하기에 모두 불통이 되는 것이다. 정말 행복하게 살아가고 싶다면 함께 의논하고 나눠야한다. 절대 주장하지 말자. 사랑과 존중으로 살아가야한다. 내가 존중받고 싶다면 상대를 먼저 존중하라고 했다. 그런데 우리는 그걸 알면서도 행하지 않는다. 상대가 먼저 변하기를 바란다. 진정 행복하기를 바란다면 내가 먼저 변해야한다. 그러면 상대는 자동으로 변하게 되어있다. 나는 변하지 않고, 상대가 변하기를 바란다면 상대는 절대 변하지 않는 법이다. 이것은 우주 자연의 이치요, 진리라는 것을 말하고 싶다. 불평불만 하지마라. 남 탓하지 마라. 현재 있음에 감사하며 살아가라.

울 엄마는 최근에 한 자식을 또 떠나보내야만 했다. 울 엄마가 정말 불쌍하고 불쌍하다. 엄마에게 가장 효자였던 셋째 아들은 6개월간 늙은 엄마에게 간병을 받다가 추석명절 전 날에 조용히 눈을 감았다. 돌아가시기 전날 보름이나 물 한 모금 못 먹었다고 한다. 입술이 나무껍질 같았고, 편도가 부어 열이 38도까지 올랐다. 오빠는 병원에 가기를 간절하게 원했다. 나는 그 소원을 들어주기 위해 119를 대동했으나 코로나19로 인해 모든 병원에서 오빠를 거부했다. 환자가 열이 있다는 이유로 아무데서도 받아주지 않았다.

"오빠, 열이 나서 병원에서 안 받아 준데." 오빠는 "그래? 할 수 없지 뭐."하며 실망하는 눈치였다. 119대원들은 오빠를 다시 집으로 옮겼다. 순간 하늘도 무심하다는 생각이 들었다. 또 한편으로는 대·소변을 다 받아내야 하는 엄마를 위해서라도 하루하루가 고통스러운 오빠를 위해서라도 편안하게 돌아가시는 게 낫겠다는 생각이 들기도 했다. 나는 마지막으로 오빠 기저귀를 갈아드리면서 이상함을 느꼈다. 돌아가실 것 같았다.

다음 날, 오빠는 집에서 마지막을 보냈다. 밤새 기침하느라 잠을 못 잤다고 한다. 아침에 초코파이를 달라고 해서 반 조각과 물을 줬는데, 맛있게 먹고 조용히 잠들었다고 한다. 그것이 셋째 오빠의 마지막이었다고 한다. 명절 전날에 시댁에 가려고 준비하는데 오빠의 사망소식을 듣고 급히 달려갔다.

우리는 코로나19로 인해 무 빈소로 오빠를 보내야만 했다.

그래서 더 미안하고 죄송했다. "오빠, 그렇게 보내드려서 정말 미안합니다. 생전에 더 많은 시간을 함께 하지 못해서 죄송합니다." 오빠는 군대에 다녀와서 20대에 뇌종양 판정을 받고 악성 종양으로 몇 차례 수술을 받았어야 했다. 그 결과 평생을 반신불수로 살다가 안타깝게 떠난 것이다. 유머도 많고 심성도 착했는데, 얼굴도 정말 잘 생겼는데, 너무너무 안타깝다. 인간으로 태어나서 제대로 사람답게 살아보지도 못하고, 생을 마감하는 오빠 인생이 너무나 허무하다. 어찌 그렇게 살다 가시나요.

이렇게 살다 가려고 이 세상에 왔던가. 그 청춘이 너무너무 안타깝다. 덩치가 큰 오빠는 얼마 전, 그렇게 한 줌의 흙으로 돌아가셨다. 코로나19로 처참하게 보내드려야만 했던, 그 순간이 오빠에게 미안하고 죄송하기만 하다. 그렇게 살다가 간 오빠의 죽음 앞에서 매일 밤, 엄마는 사진을 끌어안고 눈물로 지새운다. 그런 엄마를 보고, 큰 오빠는 뭐라 하신다. 울 엄마는 이제 어린아이와 같이 서운한 게 많다. 90세 노모를 모시고 사는 큰 오빠도 힘들겠지만, 그런 엄마를 조금 이해해줬으면 좋겠다.

울 엄마는 알뜰살뜰 억척같이 살아 오셨다. 세 자식을 앞세우고 가슴에 대 못을 박고 살아가신다. 엄마의 그 아픔을 어느 자식이 알아줄까? 어려서 부모님의 사랑을 받지 못하고, 살아오신 울 엄마는 하소연이 참 많으시다. 울 엄마는 자식들의 이야기를 들어주기 보다는 주장하는 편이다. 그런 엄마를 자식들이 자주 찾아뵙지 않는다. 너무 마음이 아프다. 이젠 90이 넘은 울 엄마는 통 알아듣지를 못하신다. 전화 통화는 전혀 생각할 수도 없다. 직접 찾아뵙고 말을 해야지 소통이 약간 가능하다.

엄마를 찾아뵙는 자식은 막내아들(목사)님 뿐이다. 나도 바쁘다는 핑계로 어쩌다가 찾아뵙는다. 강원도 횡성에서 자주 찾아주는 목사님께 감사하다. 큰 오빠는 장남이라는 이유로 고집 센 엄마와 어쩔 수 없이 살아가신다. 60이 넘은 오빠는 그 누구도 비유 맞출 수 없는 엄마를 모시고 살아가고 있다. 엄마 성격이 유별나서 장가를 안 간다는 큰 오빠, 그 성격도 보통이 아니다. 고집 센 엄마와 살아가는 오빠도 엄마와 성격이 비슷하다.

앞에 상대는 내 거울이요, 내 스승이라고 하지 않았던가. 내 앞에 상대를 통해 내 모순을 바라보라고 했다. 평소 자신이 하는 말소리에 귀를 기울여봐라. 그것이 바로 내가 나에게 하는 말임을 알아차려야 한다. 우리 가족이 지금이라도 서로를 사랑하고 존중하면서 살아가기를 기도하고 축원한다.

엄마가 여유로운 마음을 갖고, 말년을 고상하고 여유로운 삶을 사시다가 편안하게 돌아가셨으면 좋겠다. 엄마는 여행을 참 좋아하신다. 엄마와 함께 여행도 다니고, 온천도 가고 함께 시간을 보내고 싶다. 이제라도 모든 것들을 용서하시고, 용서받고, 우리 가족이 모두 행복하면 좋겠다. 서로를 이해하고 존중하고 사랑하면서 하루하루를 그저 감사한 마음으로 건강하게 오래오래 사시길 기도합니다. 엄마, 수고 많으셨습니다. 당신은 누가 뭐래도 최고 이십니다. 세상에 하나뿐인 울 엄마를 사랑합니다. 존경합니다. 미안합니다.

꿈 많았던 10대의 현장 공부

나는 4남 5녀 중 8째, 딸 중에 막내로 태어났다. 어려서부터 글쓰기를 좋아했던 나는 글쓰기 상도 받았던 기억이 난다. 유독 공부하기를 좋아했던 나에게 부모님은 나만의 노트를 쌓아놓고 마음껏 쓸 수 있도록 배려 해주셨던 기억이 생생하다. 넉넉한 형편이 아니었음에도 불구하고, 부모님의 사랑은 새 노트를 지원하는 것으로 대신했다. 까막눈인 울 엄마와 결혼하신 우리 아버지는 선비셨다. 매일 밤, 안방 문갑 앞에 앉아서 매일매일 하루도 빠지지 않고 무언가를 평생 기록하셨다. 아주 깨알같이 매일 엄마가 지출한 돈을 빠짐없이 기록하셨다. 엄마를 대신해서 가계부를 작성하신 것이다. 그리고 중요한 일을 기록하셨다. 자식들이 쓰다가 남은 노트를 엮어 당신의 메모장을 만들어서 사용하시는 우리 아버지는 검소한 생활이 몸에 베이셨다. 뭐든지 늘 아끼라는 말씀이 귀에 딱지가 앉을 정도였다. 아버지가 돌아가시기 전에 우리에게 늘 하셨던 말씀이다. "호랑이는 죽어서 가죽을 남기고, 사람은 죽어서 이름을 남긴다."는 말씀과 "사람이 돈을 쫓지 말고 돈이 사람을 따르게 만들어라."는 말씀이다. 나는 이 두 구절을 평생 마음에 새기고 살아왔다. 그래서 이 말씀대로 살고 있는지도 모른다. 잠재의식에 무의식적으로 새겨진 것이다. 동료들이 남동생과 나를 손자, 손녀냐고 물으며 놀린다고 하신다. 하하하 그렇게 시간이 흘러 아버지는 가족들의 생계를 위해 울산 석탄광에 일하러 가셨다. 술과 국수, 라면으로 끼니를 해결하시다가 영양실조로 쓰러지셨다. 그 이후로 우리집안은 더 힘들어졌다. 우리 엄마는 그 당시 어떠했을까? 어린 자식들이 줄줄이 있었는데….

당시 내 나이 초등학교 6학년 철없는 나이었다. 지금 생각하면 가슴이 매어오고 눈물이 난다. 그 힘들고 막막했던 순간을 엄마는 어찌 견뎌오셨을까?

그런 와 중에 집안에 가장이신 아버지가 쓰러졌으니 얼마나 당황하셨을지 지금에야 조금 이해할 수 있다. 아버지의 건강이 회복될 수 있을까? 우리 집에 내방하셨던 한의사는 가능성을 실험하기 위해 생콩으로 테스트하는 것을 보았다. 생콩 몇 알을 아버지 입속에 넣어 드리고, 드리고 씹어 먹으라고 하셨다. 콩이 비리다고 뱉으면 병을 고칠 수 있고, 비린지도 모르고 맛있다고 먹으면 희망이 없다고 한다. 민간요법이었다. 그런데 아버지께서는 그 콩을 비리다고 인상을 쓰시면서 다 뱉어 버리셨다.

"와우!! 희망이 있습니다."기적이었다. 침과 한약으로 병을 치료하면서 아버지의 건강은 아주 빠르게 회복이 되었다. 아버지는 쓰러지면서 기억을 잃으셨다. 글을 다 잊어버리셨다. 우리는 아버지께 벽 달력에 큰 숫자를 가르쳐드렸다. 1부터 30까지 하나하나 가르쳐드렸다. 가족들의 정성이 하늘에 닿았는지 아버지는 깨어나시고 100일 만에 정상적인 생활을 하게 되셨다. 하늘의 축복으로 아버지는 제2의 인생을 살아가셨다.

우리 가족은 이모님이 계신 수원으로 이사를 오게 되었다. 당시 난 초등학교 6학년 2학기였다. 낯선 환경에서 6개월을 적응하다가 졸업하게 되었다. 그때부터 수원은 제2의 고향으로 나를 성장시켜주었다. 형제들이 많고 먹고 살기에 급급했던 우리 부모님은 자식들에게 학교진학을 지원하기란 생각조차도 못 했던 것이다. 집안의 어려움으로 인해 난 고등학교 진학을 포기해야만 했다. 그런 이유로 모든 자식들이 부모님에 대한 원망이 가득했다. 나는 언니, 오빠들처럼 배움에 한 맺힌 삶을 살기 싫었다. 그래서 고등학교를 보내준다는 공지를 보고, 산업체를 찾아 들어갔다. 감사하게도 집안 형편이 비슷한 친구들이 2명이나 있었다. 우리 3

명은 똘똘 뭉쳐서 서로 응원하고 의지하면서 즐거운 사회생활을 했다.

나의 고등학교 시절은 3교대로 일하면서 학교를 다녀야했 던 치열한 삶을 경험했다. 어린 나이에 야간근무는 지옥이었다. 새벽 2시가 넘어가면 밀려오는 수마와 싸워야했다. 잠을 이겨내 기 위해 믹스커피를 생으로 입안에 털어 넣고, 잠을 이겨보려고 노력했다. 그런 내 자신이 불쌍하기도 했다. 같은 또래들끼리 생 활하는 그 환경에서 참 많은 공부를 했다. 그렇게 고등학교를 졸 업하고 바로 S사에 정 직원으로 입사하게 되었다. 디스플레이 사 업부 생산라인에서 검사원으로 3년 8개월을 근무하면서 사회공 부를 했다.

수많은 경험에서 배우는 깨달음

나의 인생은 호기심 천국이었다. S사 대기업에 검사원을 시작으로 에어로빅 강사, 백화점 알바, B가구점, H가구점, 인테리어 플래너, 분양사무실, S보험사, H출판사, 통신N/W까지 20대부터 아주 다양한 인연들과 많은 경험을 했다. 26살 10월에 결혼해서 바로 첫 아들이 태어났다.

나는 사랑하는 아들에게 좋은 책으로 유아교육을 하겠다고 H출판사를 들어갔다. 내 아이에게 설명해주는 사랑과 정성으로 어린 아이들에게 책과 교구로 놀아주면서 즐겁게 일했다. 신명나서 일하는 나는 고객들에게 인기 짱이었다. 고객들과 진심으로 소통하고 즐겁고 재미있게 영업을 하며 신뢰를 얻었다. 입 소문으로 고객은 점점 늘어났고, 돈은 자석처럼 나에게 척척 붙었다. 돈은 이렇게 버는 거구나! 세상에서 돈 벌기가 제일 쉽다고 느꼈다.

어릴 적 아버지의 말씀은 "사람이 돈을 쫓아가지 말고, 돈이 사람을 따르게 하라." 그 말씀이 어린 나에게는 정말 어려웠다. 그런데 영업현장에서 그 깨달음을 얻었다. 즐겁고 재미있게 일하는 사람에게 돈의 에너지는 모이게 된다. 돈이 자석처럼 척척 붙는다. 그 결과 입사 3개월 만에 최연소 과장으로 승진했고, 수입은 월 1천을 버는 우수사원이 되었다. 그 이후에 난생 처음으로 통신 N/W사업을 알게 되었다. 많은 사람들에게 신용이 좋았던 난 6개월 만에 성공그림을 그렸다. 난 운이 좋은 사람이라고 생각했다. 날마다 들어오는 돈이 마르지 않는 샘물이 될 줄 알았다. 그러나 현실은 그게 아니었다.

덮친데 덮친 격으로 애 아빠도 경험이 없는 사업을 시작한 지 2년 만에 부도가 났다. 신용불량자 40대 두 남자가 영업능력이 뛰어나다는 이유만으로 동업을 시작했다. 그 노하우를 배우겠다고 본인 명의로 식품유통 사업을 시작했다. 20대라서 경험도 없고 몰라도 너무 몰랐다. 믿었던 동업자들에게 당한 것이다. 큰 부도는 아니었지만, 독촉하는 채무를 갚기 위해서 내가 보증인이 되어야했다. 당연히 서명해야 하는 줄 알았다. 그 누구의 보증도 서면 안 되는 것인데, 그 때는 몰라도 너무 몰랐다.

그 돈을 상환하기 위해서 분양받은 아파트도 팔아야했다.

아이 아빠는 충격으로 인해 패인이 되어 게임중독에 빠져 PC방에서 살다시피 하였다. 난 어린 아이를 업고 새벽에 애 아빠를 찾아 다녔다. 온 동네의 PC방을 찾아다니는 내 삶이 비참했다. 우리 부부는 눈만 마주치면 언성을 높여 싸웠다. 그럴 때마다 어린 아들은 "엄마, 아빠 제가 잘 못했어요."하며 더 큰소리로 울었다. 자신 때문에 싸운다고 생각하며 불안에 떠는 아들을 끌어안고 서럽게 울었다. 정신 못 차리는 애 아빠에게 마지막으로 애원도 해봤다. "용석아빠, 젊어서 고생은 사서도 한다는 말이 있잖아. 우리에게는 젊음이 있으니 다시 일어나 보자. 실패도 경험이라 생각하고 열심히 살아보자."고 말해도 소용없었다. 철없는 남편은 끝내 가장의 길을 포기했다. 자녀 교육을 위해서라도 우리는 합의 이혼을 결정했다.

어린 아들을 데리고 혼자 살아가는 삶은 비참했지만, 씩씩하게 살았다. 아빠사랑을 받지 못하고 자란 아들이 불쌍했다. 우리 아들에게 누가 서운한 소리, 한 마디만 해도 참을 수 없는 분노가 차올랐다. 그 당시는 혼자 아들을 키운다고 성격이 무지 예민했었다. 엄마라는 이유로 어린 아들을 책임져야만 했다. 우리 아들은 엄마를 한 순간도 떨어지지 않으려는 마마보이였다. 그런 아들을 좀 강하게 키워야겠다고 생각해서 엄하게 대했다. 홀로서기를 강하게 시켰다. 아들에게는 그것이 좀 힘들었나보다. 아빠도 없는 아들은 외로워했고 늘 자존감이 약한 아이로 성장했다. 그런 아들에게 정말 미안했다. 그래서 삶이 넉넉하진 않아도 아들에게 먹는 것만이라도 풍족하게 먹이려고 노력했다. 아들과 함께 씩씩하게 살았다. 나의 첫 번째 스무 살에서 달콤했던 시간도 잠시였다. 짧은 기간에 다양하게 경험했던 직업들은 나의 성장을 도왔다. 그리고 아이들을 사랑하는 마음으로 즐겁고 재미있게 일하면 돈을 벌려고 애쓰지 않아도 돈이 따라온다는 것을 스스로 깨달았다. 또 하나의 큰 깨달음은 배우자, 자식, 가족이라도 보증은 절대로 안 된다는 것을 절실하게 깨달았다. 평생 원망만 하고 살다가 그것이 잘 난체, 착한 척임을 알게 되었다. 나는 그 대가로 신용불량자가 되어 피눈물을 흘리며 그 값을 치르며 살아왔다. 내가 마땅히 받아야할 죄 값이라는 것을 알았다. 모든 것들은 나로부터 일어나는 것이다. 남 탓을 할 일이 하나도 없더라. 남 탓을 하면 할수록 나 자신만 점점 더 어려워진다는 것을 깨달았다. 나의 경험을 바탕으로 우리 아이들에게 이것만큼은 철저하게 알려주었다. 세상은 절대로 착하게 살아서는 안 된다. 바르고 냉철하게 살아가는 것이 바른 것이라고 훈육한다.

큰 아들의 병을
고치기 위해 시작한 체질공부

큰 아들의 병을 고치기 위해 29살에 체질공부를 시작했다. 환절기만 되면 아들의 열성경기로 응급실을 찾아야만 했던 난 왕초보 맘이었다. 초보 엄마였기에 열성경기를 하는 아들이 너무너무 무서웠다. 의사선생님에게 근본 원인에 대해 물어봤으나 밝혀진 바가 없다는 것이다. 나는 그 증상의 원인을 찾기 위해서 자연치유를 선택했다. 그리고 체질공부를 결단했다.

집도 신용도 아무것도 없이 아들과 난 보증금 500만원에 월 40만원 하는 방 딸린 상가를 얻어 아들과 단 둘이 살아야했다. 부부가 어리석은 판단으로 모든 것들을 다 잃어야만 했다. 인해 신용불량자가 된 나는 막막했다. 사랑하는 아들을 위해 체질공부를 하고 싶었지만 돈이 없었다. 아들의 열성경기를 빨리 잡아주지 않으면 간질이 될 수도 있다는 병원의사의 말에 더 절박했다.

달라 빚을 내서라도 체질공부를 할 수 있기를 간절하게 원했다. 다음날 기적처럼 아는 언니가 찾아왔다. 그냥 지나가다가 들렀다고 한다. 나의 사정얘기를 들어보더니 묻는다. "내가 이 시점에서 너에게 뭘 도와줄 수 있을까?" 하나님처럼 묻는 것이다. 깜짝 놀라서 바로 대답했다.

"아들 건강으로 인해 체질공부를 해 보고 싶어요. 그런데 돈이 400만원 들어요. 언니가 돈이 있으면 빌려 줄 수 있나요?" 그러자 그 언니는 한 치의 망설임도 없이 "얼마씩 갚을 수 있어?" 하고 물었다. 나는 당당하게 "10개월로 갚겠습니다." 하고 그 언니의 도움으로 체질공부를 시작할 수 있었다. 나에게는 참 고마운 천사 같은 분이시다. 나는 그 누구보다도 정말 열심히 해서 체질생식을 판매할 수 있었다. 우리 아들의 건강도 몰라보게 좋아졌다. 선천적으로 간 기능이 약하게 타로 난 아들에게 간 기능을 보해주는 식품과 면역력을 끌어올리는 식품위주로 식단을 관리했다. 그 해에 환절기는 문제없이 지나갔다. 태어나서 환절기에 응급실을 안 가게 된 것은 처음이었다.

정확히 확인하기 위해 뇌파검사를 전문으로 하는 서울 OOOO병원에서 새벽까지 기다렸다가 대기표를 받아 뇌파검사를 한 이상 문제없게 나왔다. "너무나 감사하고 감사합니다." 난 아들이 너무 사랑스럽고 예뻐서 꼭 안아주었다. 엄마가 체질공부를 하면 옆에서 사람들의 얼굴을 꼼꼼하게 살펴보곤 했다.

"삼촌은 얼굴이 검으니까 신장이 안 좋아요. 그러니까 된장과 청국장찌개를 많이 드세요."7살짜리 꼬마의 말에 손님들은 빵 터져 한바탕웃기도 했다.

귀인의 도움으로 정말 배우고 싶은 체질공부를 시작할 수 있었다. 난 불철주야로 달렸다. 한 번 미치면 깊이 파는 성격이라서 아주 재미있게 공부했다. 오행체질을 기반으로 음양오행(陰陽五行)공부를 시작했다. 후천체질을 공부하다 보니 타고난 선천체질에 대한 궁금증이 생겼다. 더 깊은 학문연구를 위해 30대 중반에 '원광디지털대학교_한방건강학과'에 입학했다. 학과장님이 유능하신 한의사였기에 많은 가르침을 받을 수 있었다. 당시 '대장금'이라는 TV드라마가 인기를 끌었다. 난 마치 장금이가 된 삶을 살아가고 있는 듯했다. 체질을 공부하면서 사람을 살려보겠다고 공부에 미쳐 있었다. 그 과정에서 자연치유원을 운영하면서 침, 뜸, 부항을 공부했다.

좋은 인연을 만나 전국을 다니는 '발과 인체' 전문 강사로 활동했다. 나의 공부를 적극 지원해주는 새 인연도 만날 수 있었다. 반포서래마을에서 전통일식을 오래 운영하던 분이다. 남편은 날 만나던 당시 무척이나 어려운 시기였다. 풍요로웠던 삶에서 아주 깨끗하게 먼지하나 없이 탈탈 털어가던 시기에 날 만났다. 대자연이 하시는 일은 정확하다. 나에게 온 경제를 잘 운용하지 못해서 다 빼앗기고 만 것이다.

남편은 당시 40대 후반 노총각이었다. 나를 만나서 첫 가정을 이루고, 육아를 담당했다. 나는 심리상담사로 활동하면서 가장으로 생계를 이어갔다. 자연치유원, M화장품판매, N기능성신발 총판, 음양오행연구소를 운영하면서 꾸준히 공부했다. 두 아이를 출산하면서 학사공부를 이어갔다. 우리 가족들이 함께 희생해서 딴 눈물의 졸업장을 6년에 거쳐 가슴에 안았다. 옆에서 함께 해주신 고모님께 이 자리를 빌어서 감사함을 전한다. 미안합니다. 감사합니다. 사랑합니다.

학사를 졸업하고 쉬는 동안에도 시간이 아까워서 '얼굴경영학과'를 편입했다. 그러다가 서울에 동양학과가 생겼다고 해서 '서경대학교대학원'에서 새로운 동문들과 함께 석사논문을 쓰며 학문연구를 했다. 상담과 소그룹으로 수강생을 가르치면서 학문연구도 소홀히 하지 않았다. 이렇게 내가 원하는 삶을 40대 중반에 모두 이루었다. 나의 목표는 한 분야에 전문가로 활동하는 것이 목표였다. 경제적으로 부자가 되겠다는 꿈은 없었다. 그래서 하루하루를 분주하게 살았지만, 경제는 늘 제자리였다. 주변 언니들은 내게 말한다. "공부하면 돈이 나오니, 밥이 나오니?" 내가 살아가는 모습을 보면 답답하다고 한다. 살아보니 돈도 나오고 밥도 나오더라. 하하하

세 자녀와 함께 하루 벌어서 하루를 살아가는 인생이지만 크게 나쁘지 않았다. 내가 즐겁게 일할 수 있음에 감사했다. 그 삶이 좋아서 안주 형으로 살아왔다. 나의 두 번째 스무 살은 심리상담사로서 학문연구에 올인 하였다.

공부하는 CEO,
원하는 것에 집중하는 삶

지금부터 10년 전만해도 타로 열풍이 불었다. 홍대에 타로 거리는 젊은 사람들로 늘 북적거렸다. 난 상담선생으로 일하면서 수많은 사람들을 만나며 사람공부를 했다. 김밥을 한 줄 사다놓고, 입에 들어갈 시간도 없이 손님들이 연이어 들어왔다. 한 공간에서 선생님 3명이 상담하는데도 그 손님들을 다 받기란 쉽지 않았다. 긴 시간동안 밥도 못 먹고, 상담하기란 쉽지 않았다. 마감시간에는 사람을 보면 헛구역질이 날 정도였다. 이런 경험까지 할 정도로 홍대거리는 인산인해를 이루었다. 이런 환경에서 장기간을 근무하는 선생님들이 참으로 대단하다고 생각한다. 이벤트성으로 고객을 받는 타로#은 내 성격과는 맞지 않았다. 나는 고객과 충분한 시간을 갖고 차분하게 소통하는 것을 좋아한다. 돈도 좋았지만 평생 할 일은 아니라고 생각했다.

건강했던 남편이 갑작스럽게 쓰러졌다. 급성심근경색으로 심혈관에 스텐드 세 개를 박는 시술을 했다. 초밥배달 전문점의 식당은 문을 닫아야만 했다. 보름이 넘게 휴업하는 식당은 망한 것이나 마찬가지였다. 수족관에 물고기들도 다 죽어버렸다. 솔직히 막막했다. 돈도 좋지만 내 사업장을 살려야겠다고 마음먹었다. 그런 이유로 홍대에서 상담하는 일은 과감하게 접었다. 그리고 결단했다. '난 반드시 하고 말겠어. 불가능은 없다. 하면 된다.'는 신념으로 두 주먹을 불끈 쥐고 계획을 세웠다.

다 죽은 가게를 다시 살리기 위해 1차 목표는 월 1천을 목표로 했다. 나는 한다면 하는 사람이다. 나는 나 자신을 믿는다. 지금까지 결정한 일은 잘 해왔기에 누구보다도 자신 있었다. 하지만 식당일은 전문가가 아니라서 벤치마킹을 시작했다. 잘 되는 배달 초밥 매장을 둘러보고, 우리 지역 사람들이 선호하는 메뉴판을 새롭게 정리했다. 메뉴에 맞는 배달용기를 손수 찾아서 구입하고 배달주문 업체에 광고 등록을 했다. 그리고 사장님을 위한 고객서비스 교육 중, 나에게 필요한 교육을 찾아 배우러 갔다. 매주 2회는 공부하는 CEO로 교육에 참여했다. 열정으로 배웠고 배운 그대로 실천했다.

각 분야에 대표님들이 정말 열심히 살아가는 것을 보았다.

그 열정에 물들기 시작했고 서로 성공노하우를 교류했다. 배달은 고객들과 소통할 수 있는 유일한 방법은 리뷰였다. 사랑과 정성으로 만들어진 초밥은 고객들에게 감동으로 전해졌다. 3개월 만에 우리 지역에서 랭킹 1, 2위를 달렸다. 매출은 당연히 쑥쑥 성장해서 했다. 배달의 민족에서 쑥쑥 상까지 받았다. 남편은 신기하게 생각했다. "당신이 있으니까 매장이 사네." 하면서 싱글벙글 좋아했다. 하루에 초밥용기가 70개가 나갔다며 몹시 놀라워했다.

나는 자신감이 생겼다. "조만간에 100개 나가도록 해줄게." 아주 자연스럽고 당당하게 말했다. 직원들은 모두 당당함에 그냥 웃었다. 그 이후로 월1천의 목표를 넘치고, 월매출 3천을 찍었다. 일평균 100만원씩 판 것이다. 주말에는 200이 넘어갔다. 배달대행업체에서 하는 말이 더 웃겼다. "사모님 이게 웬일이래요. 6.25난리는 난리도 아니네요." 그 소리에 빵 터졌다. 일은 즐겁고 재미있게 하면 경제는 자동으로 따라온다. 난 그것을 20대에 경험했기에 너무나 잘 안다. 그리고 중요한 것은 집중하는 것이다. 원하는 것에 집중하면 못할게 없다. 우리는 난생 처음으로 직원들에게만 식당을 맡겨놓고 가족여행을 떠났다. 고생한 남편 셰프님께 준 유일한 휴가였다. 휴가를 다녀왔는데 매출은 180을 올려났다. 참으로 기특하고 감사하고 고마운 직원들이다.

마흔 여덟의 깨달음, 나를 찾아서

늘 감사한 마음으로 살아왔다. 그러나 겸손하지 못했다. 주변에서 잘 한다고 하니까 진짜 자기가 잘 났는지 알고 교만이 하늘을 찔러 그것이 문제였다. 직원들을 존중과 사랑으로 대하는 것이 부족했다. 강하면 부러지는 법인데...

모든 실수는 남 탓으로 돌리면서 남을 원망했다. 사장으로서 대표로서 갖춤을 하지 못했다. 재정 관리도 엉망이었다. 정말로 부끄러운 사장이었다. 돈 버는 능력은 있는데, 돈 쓰는 능력과 관리능력이 없었다. 그 누구보다도 정말 열심히 살았는데, 난 날마다 돈이 없었다. 남들이 보기에는 정말 부자로 살아야하는데, 빛 좋은 개살구, 속빈 강정, 빈 깡통이 요란하다는 말은 나에게 딱 맞는 말이었다. 난 왜 이렇게 살아가는 걸까? 이유가 뭘까? 혼자만 잘났다고 살아온 나는 마흔 여덟에 유튜브를 통해 스승을 만났다.

20여 년을 상담사로 활동한 나는 동양학석사 졸업 논문을 썼다. '천부경'이라는 자료검색을 하면서 우연하게 알게 된 인연이다. 세상에서 가장 잘난 척하고 살아온 나를, 교만하고 오만했던 나를 인간에서 사람이 될 수 있도록 만들어주신 분이다. 어려서부터 동생과 함께 교회도 오래 다녔다. 나는 동생을 전도했는데, 지금은 그 동생이 목사님이 되었다. 참 감사한 일이다.

유독 종교에 대해 호기심이 많았던 나는 이모님을 따라 웅장함이 느껴지는 성당도 다녀봤다. 불교를 믿는 시어머님을 따라 무서운 신장들이 입구를 지키고 있는 절에도 따라가서 절밥도 먹어 보았다. 그 외에도 많은 사람들이 알만한 곳의 종교단체 공부는 다 해보았다. 하지만 그 어디에서도 겸손이란 자신을 낮추라는 것으로 가르쳤다. 마음을 내려놓고 살아라. 욕심을 비워라. 자존심을 죽이고 순수하게 따라와라. 그런 종교지도자들이 이해되지 않았다. 근본을 찾아 바르게 알려주고 이끌어주는 스승을 찾아 다녔다.

어려서부터 우리 아버지께 늘 들어오던 말이 있다. 참을 인(忍)자 셋 모이면 살인도 면한다. 지는 자가 상등자(上等者)다. 학교에서도 흔히 들었던 얘기들이다. 이 말을 듣고 자랐다는 것은 내가 그 만큼 참을성이 없었기에 계속 그 말이 들렸다는 것도 40대 후반에 알게 되었다. 어떤 말들이 계속 들린다는 것은 그 말에 내 공부가 있다는 것을 가르침을 통해 알았다. 나는 2년간 유 선생을 통해 진리의 말씀을 허겁지겁 폭풍 흡입하면서 영혼의 양식을 쌓아갔다. 살아오면서 삶의 무게로 몹시 지쳐있었던 나에게는 사막에서 샘물을 만난 듯 기쁜 일이었다. 내가 만났던 지도자들은 바르게 나를 이끌어준 사람이 없었다. 예수를 믿어라. 하나님을 믿어라. 예수를 믿어야 천당 간다. 존경할 만한 지도자를 만나지 못했다. 종교도 사업이라는 것을 알았다.

겸손이라는 말을 흔히들 사용하면서 한 마디로 풀어내는 사람은 없다. 네이버 사전적 용어로 겸손은 '남을 존중하고 자기를 내세우지 않는 태도가 있음'이라고 적혀있다. 겸손이란? 상대를 존중하는 것이다. 그러면 어떻게 존중하라는 것인가? 많은 사람들은 여기부터 헤매고 있다. 겸손은 그 사람의 있는 모습을 그대로 인정해주고 존중해주는 것이다. 한 마디로 사랑입니다.

존중은 사랑하는 마음에서 비롯됩니다. 겸손에 대해 정확하게 이해시켜 주신 천공(天空)스승님은 내 인생에서 첫 번째 스승이다. 나의 그 오만함과 교만함이 자연스럽게 죽어가기 시작한 것은 유튜브를 통해 들었던 진리의 말씀이었다. 근본을 알면 자연스럽게 변한다는 것도 깨닫게 되었다. 내가 앉아있는 그 자리에서 공부하라는 말씀이 가장 좋았다. 존중과 사랑으로 겸손하게 살아가기 위해 노력한다. 우리의 삶 자체가 공부라는 것을 알기에 나 자신을 밝혀나가는 공부는 놓지 않았다. 지금도 공부하는 것은 생활이 되었다.

그 어디에도 빠지지 마라. 믿는 것 보다 더 중요한 것은 바르게 알아가는 것이다. 예수도 부처도 공자도 바르게 알아라. 그들이 펼친 진리가 무엇인지 바르게 알면 내가 나의 주인이 될 수 있다고 말씀하신다. 세상에 보이고 들리는 모든 것들은 내 공부로 삼고 살아가라. 불평불만 하는 자, 더 힘들어 질 것이다.

세상에는 모두가 환자다. 몸 아픈 사람만 환자가 아니다. 경제가 어려운 것도 환자요, 소통이 안 되서 답답한 것도 환자다. 욕심이 화를 부른다는 말도 있지 않은가. 부자들에게 욕심 많다고 하는데, 그것은 욕심이 아니다. 상대를 내 뜻대로 끌고 가려는 것, 그것이 가장 큰 욕심이다. 그것이 고집이다. 알고도 몰라라. 남 탓을 하지마라. 흔히 들었고 알고 있지만, 행하지 못하고 살아가는 나에게 큰 가르침의 스승이다.

코로나19로 급변하는 세상,
심리코칭도구를 개발하다

　오빛의 속도로 변하고 있는 세상이다. 코로나19 덕분에 많은 사람들이 엄청나게 성장하고 있다. 죽을 만큼 힘들다. 그럼에도 불구하고 도전하고 배우기를 멈추지 않는다. 배움을 좋아하는 난 유튜브에 빠져 살았다. 경제적으로 힘든 나에게 영혼을 살찌우는 영상이 유일한 낙이었다. 성공자의 스토리가 큰 힘이 되었다. 문제는 대리만족이라도 하듯이 듣고 감동하고 끝났다는 것이다. 액션은 전혀 없었다. 어느 날 이런 엄마가 걱정이 되었는지 큰 아들이 말했다. "엄마 우울증 아니야? 요즘 너무나 무기력해요. 밖에 나가서 운동도 하고 그러세요." 이 말에 자극을 받아 나 자신을 점검하기 시작했다. '그래 이렇게 살아서는 안 되지, 원래 내 모습은 이게 아니야. 난 활기차고 열정 넘치는 사람으로 유명한데 이건 아니지.' 나는 변화하기로 결단했다.

삶에 변화는 아들의 말 한마디로 시작되었다. 당시 매일매일 공부한 명언을 불특정 다수들에게 공부 나눔으로 카드뉴스를 만들어 SNS에 올리고 있었다.

온라인에서 켈리회장님은 코로나19로 인해 힘들어하는 사람들을 위해 선한 영향력을 펼치고 계셨다. 세상에 백만장자로 성공하신 분이 뭐가 아쉬워서 무료로 많은 사람들을 이끌어주는 것일까? 내 눈에는 날개 없는 천사였다. 하늘이 보내주신 큰 선물이었다. "감사합니다." 나는 참으로 운이 좋다. 당시 2020년 2월 자기계발, 켈리의 성공습관 만들기에 합류했다. 켈리최생각파워를 먹어버리는 끈기프로젝트에 도전했다. 작심삼일의 대가인 내가 '매일 10분 줄넘기'를 선언하고 끈기프로젝트 운동편 100일을 완주했다.

와우!! 기적이었다. 혼자라면 하지 못했을 것이다. 켈리스 분들과 함께 했기에 가능했던 것이다. '켈리스'의 의미는 하나라는 뜻이다. KELLY가 KELLYS이고 KELLYS가 곧 KELLY라는 뜻이다. 전 세계에서 켈리최_생각파워를 먹어버리겠다고 모인 사람들이 서로를 응원하며 긍정에너지로 소통하며 도전하고 서로에게 배우며 성장했다. 이 프로그램을 통해 자신감이 생겼다.

켈리를 만난 후 하루도 빠지지 않고 지금까지 액션플랜을

습관처럼 하고 있다. 남편이 디스크 수술을 하는 날에도 난 운동을 멈추지 않았다. 병실에서 영상을 찍어 올렸다. 셋째 오빠가 돌아가신 날에도 공원걷기하고 인증했다. 이건 미치지 않고서야 그럴 순 없다. 그럼에도 불구하고 해낸다는 것이 성공자의 정신이다. 어떤 경우에도 해낸다는 것이 성공자의 마인드다. 오빠가 못다한 삶을 대신해서 세상에 빛나는 삶을 살겠다고 약속하고 축원했다. 우리 가족들은 나의 변화하는 삶을 지켜보고 있다. 긍정마인드와 끈기프로젝트로 조금씩 물들어가고 있다.

자기계발을 하면서 내 인생의 수레바퀴를 점검해보았다. 재정상태의 영역은 늘 과제로 남았다. 어떻게 하면 경제적 자유를 얻을 수 있을까? 우리는 오프라인에 길들여져 살아왔기에 급변하는 온라인 세상에서 살아가는 법을 배워야했다. 모든 SNS를 배워서 실천해야 한다는 것을 절실히 느낀다. 마음이 급하고, 불안하니까 독서도 안 된다. 할 일들이 너무 많다보니 내 머릿속은 엉망진창이었다. 그러다가 번 아웃이 왔다. "드디어 올 것이 왔구나!" 하루하루가 너무너무 힘들었다. 세 아이의 엄마로서 상담사로 선생으로 아내로 사업장을 2개나 운영하면서 자기계발을 한다는 것이 쉽지 않았다.

번 아웃은 욕심으로 인해 과부하가 걸렸음을 알아차리고 모든 활동을 정리하기 시작했다. 내가 뭘 원하는지, 지금 현재 나에게 필요한 것이 무엇인지를 찾아 점검했다. 현실에서 힘든 상황들은 얼마든지 버틸 수 있었다. 하지만 방향을 잃고 캄캄한 터널 속에서 헤매는 나 자신은 답답해서 죽을 것 같았다. 포기하고 싶은 마음이 굴뚝같았다. 그래 난 강한 사람인데, 내가 왜 이것을 하고 있는가? 바보짓이 아닌가? 시간을 낭비하고 있지는 않는 것일까? 오만 생각이 다 들었다. '절대 포기할 순 없다. 지금까지 잘 했잖아.'

켈리회장님을 생각하니 그냥 눈물이 왈칵 쏟아졌다. 울고 있는 나에게 켈리회장님의 음성이 들렸다. "멘토를 찾아라!" 당장 네이버를 검색해서 간절함으로 멘토를 찾았다. 이 순간 번 아웃은 크게 성장하기 위한 성장 통이라는 것을 깨달았다. 그 성장 통은 정말로 많이 아팠다. 하지만 이겨내고 나면 크게 성장한다는 것을 확실히 깨달았다. 지금 힘들다면 성장하고 있는 것이다. 포기하지 말고 자신을 다시 점검하라고 말하고 싶다. 방향을 잡아 줄 코치를 찾아라. 각 분야에 코치들이 방향을 잡아 줄 것이다. 기적은 행동하는 자에게 찾아온다. 온라인에서 새로운 인연들을 만나 내 인생은 제 2의 전성기를 맞이하게 되었다. 난 꿈과 목표를 향해 지금도 도전하며 성장하고 있다.

성장이 곧 행복임을 나는 잘 안다. 자식들에게 절대로 가난을 물려주고 싶지 않다. 그래서 도전하고 배우고 공부하는 것이다. 열정은 멈추지 않고 끝까지 가는 것이다. 나의 사명은 힘들고 어려운 사람들에게 바르게 살아가는 법을 알려주고 싶다. 그들이 변화된 삶에 도전한다면 자신의 경험과 지식을 바탕으로 메신저로 살아갈 수 있도록 도와주는 코치로 살아가고 싶다.

올해에 가장 뿌듯한 일은 심리코칭도구를 개발한 일이다. 그리고 어머니 공저에 합류해서 작가로 입문하게 된 일이다. 23년의 심리상담 경력과 학문연구를 바탕으로 마인드파워를 장착한 '심리코칭도구'를 개발하였다. 세상에 하나뿐인 '마인드컬러코칭' 도구는 12컬러에 9개 도형 108장에 대자연의 원리를 담아 연구하였다. 이 심리도구를 통해서 많은 사람들이 자신의 문제점을 알고, 목표를 설정할 수 있도록 돕는다. 많은 분들이 세상에 빛이 되어주는 '마인드컬러심리코칭도구'를 방편으로 사회 어머니로 활동하기를 희망한다. 널리 사람을 이롭게 세상을 이롭게 하는 이념을 바탕으로 사랑과 존중을 위해 노력한다.

지천명의 돈 공부,
사회어머니로 살아가고 싶다

오늘은 사랑하는 엄마를 찾아뵙고 싶다.

"엄마, 9남매 키우시느라 고생 많으셨어요. 누가 뭐래도 당신이 최고입니다. 사랑합니다."

세상에 태어나게 해주신 것만으로 감사하다는 말을 전하고 싶다. 우리 엄마는 글을 모르는 까막눈이라고 하지만, 엄마의 경제관념에는 철학이 있다. 넉넉하진 않아도 나라 세금은 밀리지 마라. 나가지 않아야할 돈은 한 푼이라도 내보내지 마라.

우리 엄마는 사치라는 것을 모르고 살아오셨다. 그 어려운 환경에서도 9남매를 키우시며 채무하나 없이 살아오신 울 엄마가 존경스럽다. 90세 울 엄마는 새치하나도 없는 검은 색 머리카락에 아주 정정하시다. 엄마는 지출관리를 정말 잘 하신다. 엄마의 절약정신을 받아들이기로 했다. 부자들의 생활습관을 공부해 보면 돈 버는 능력보다 더 중요한 것은 돈을 관리하는 능력이라고 한다. 부자엄마로 살기위해 지천명에 돈 공부를 시작했다. 《웰씽킹》을 통해서 부자공부를 하고 있다. 지출관리와 온라인빌딩을 세우는데 집중한다. 나는 부자엄마가 돼서 아이들에게 부자엄마의 마인드를 선물하고 싶다. 그렇게 살아가라고 부자마인드, 성공마인드를 선물하고 싶다. 부자들은 작은 성공습관을 만들어서 시간관리, 기록관리, 지출관리, 지식관리를 잘 한다는 것을 알았다. 그들의 성공 마인드를 바르게 배우고 익혀 나와 인연되는 모든 이들에게 전해주고 싶다. 그들이 성장할 수 있도록 돕는 메신저로 살아가고 싶다.

나는 우리 아들, 딸에게 얘기한다. "엄마의 아들, 딸로 와줘서 너무너무 고맙고 감사해." 하고 안아준다. 그럼 아이들도 "우리 엄마로 와줘서 고마워요."라고 말한다. 이것이 참 행복이다. 열심히 공부하면서 최선을 다해 살아가는 엄마가 돈이 없어도 좋단다.

엄마의 공부와 학문연구를 위해 온 가족이 희생해주었기에 현재의 내가 있음에 감사하고 미안하다. 이젠 경제적 자유, 정신적 자유, 시간적 자유를 누리며 살기를 소망한다. 사랑하는 가족들과 함께 여행도 하면서 건강하고 행복하게 일하고 싶다. 한 가정의 엄마가 아닌 사회어머니로 존경받으며 살아가고 싶다. 나의 파란만장한 삶의 이야기가 그 누군가에게 희망이 되길 바라면서 모두를 위해 기도하고 축원한다.

chapter 5

엄마의 기도와 정성으로 빛나는 인생을

Mother, you are my hope

오다겸

전라남도 광주에서 태어나 극락초등학교와 중앙여중, 송원여상고를 졸업하고 시청사업소 위생처리장에서 1년 동안 관공서 일을 경험하였고, 1988년 20세에 LG카드에 입사 2000년 32세에 콜센터 오픈준비와 콜센터장을 시작으로 12년 동안 인바운드와 아웃바운드 콜센터장을 역임했다.

2001년도에는 조선대학교 무역학과에 만학도로 입학하였고, 2007년 신한금융 그룹과의 합병으로 소속이 변경되었다.

2013년 신한카드 현대백화점 데스크장과 광주지점 마케팅팀장을 하며 약국영 업과 소매 가맹점 무이자 할부 제휴업무 등을 했다.

2007년 전남대학교 일반대학원 전자상거래학과 석사를 입학하여 콜센터에 전 문지식을 함께 갖췄으며, 2009년 전자상거래학과를 수료하였다.

45세에 25년 동안 근무한 직장을 새로운 도전을 위하여 희망퇴직을 제출하였다. 그녀는 퇴직 후 개인 경영 현장에서 실무를 익히면서 수료 된 대학원 과정을 2015년에 졸업하였다.

2017년부터는 초고령화 시대에 따른 전문자격증 요양보호사, 간호조무사, 사 회복지사, 장애인 활동지원사 등 전문 자격증을 갖춰 직무교육에 강의를 시작 하였다.

주요저서로는 공저책『쪼가 있는 사람들의 결단』,『어머니 당신이 희망입니다』등
이 있다.

코로나 펜데믹으로 인한 급격한 환경에 변화에 따른 1인기업 무자본 창업이 대
세이다. 모두가 내가 경험한 것을 돈으로 만드는 최첨단에 와 있다. 나는 경험을
통해 지혜를 돕고 많은 사람들을 세우고 싶다. 콜 받는 것, 콜아웃바운드, 자기 것
을 못 세우는 사람이 있다. 근본은 말하기에 있다. 사람이 나에게 오는 것은 소통
에 있다.

나는 코니아카데미 대표이며 1인 기업가를 성장 시키는 사람이다.

코니아카데미대표
- 이메일주소 epark4865@naver.com
- 블로그주소 https://m.blog.naver.com/epark4865

1. 엄마의 시집살이

2. 어머니의 기도와 정성

3. 엄마의 꿈은

4. 끊임없는 사고와 질병, 자식을 위하여

5. 카르마와 공부의 몫

6. 엄마의 사랑으로 다시 태어난 나

어머니의 시집살이

할머니께서 엄마의 사주를 보시고 아빠와 좋다고 결혼을 시키셨다. 아빠는 좋은 결혼이고 엄마에게는 그야말로 힘든 고생길이 시작되신 것이다.

결혼해서는 큰집의 농사일과 집안일을 하느라 하루도 빠짐없이 큰집 일을 하셨다. 그러나 오는 보상도 없이 일만 하셨다.

그러기를 몇 년 자식들과 먹고살아야 하기에 큰집을 가지 않은 날이면 할머니, 할아버지까지 엄마와 아빠를 오라고 집으로 보내시니 엄마의 마음이 얼마나 힘들었을지 이제야 알았습니다.

큰집의 시집살이와 아버지의 구타와 폭행 속에서 도망가지도 못하고 육 남매를 정성으로 보살펴 주신 어머니의 사랑을 어머니가 돌아가신 후에야 마음으로 후회하고 참회합니다.

낳아 주셔서 감사합니다. 도망가지 않고 키워주셔서 감사합니다.

세 자녀를 농사 지으시면서, 유치원 보내주시고 키워 주셔서 감사합니다.

자존심 세우느라 어머니께 따뜻하게 해 주지 못했습니다.

아버지께서는 엄마가 보이지만 않으면 누구랑 뭣하고 왔냐고 엄마를 때리셨다. 커서 보니 그것이 아버지의 의처증이셨던 것 같다.

새벽부터 일어나 낮에는 일하고 놉을 구해야 하우스 일을 헤쳐나갔기에 밤에는 놉을 엎어야만 되니 일 끝나고 동네 일할 분 알아보고 오는 사이에 사단이 난다. 그 모든 가사일과 농사일 그리고 돈에 관련된 일이 다 어머니의 몫이셨다.

술을 안드신 날은 별로 없으셨는데 그날은 평화로운 날이였다. 그럼에도 불구하고 맞아가면서 일하고 음식으로 지극정성으로 아버지를 살리셨습니다. 어머니는 늘 병약한 아버지를 위해 닭을 잡아 밥상에 올리셨다.

고기가 없는 날이면 "니미얼헐것 먹을것도 없다"고 상을 엎어버리셨다.

자식들이 먹으려고 젓가락이 가면 아비 먹은 것을 뺏어 먹고 싶으냐고 화를 내서서 그 뒤로는 닭고기에 손이 가질 못했습니다.

집에서 키운 닭을 목 비틀어서 잡아서 나오는 피는 아빠를 드렸고 고기도 삶아서 상에 올리셨다.

지금 생각해보면 그렇게라도 몸보신을 해야 술 드신 몸을 버티셨고 솜씨가 좋은 엄마는 이것저것 음식을 해서 아버지를 살리신 것 같다.

빈 속에 댓병 술을 허구한 날 대접으로 거의 매일 드셨으니 몸이 버티는 것이 이상하지 않는가!

어머니가 돌아가시기 전 들었던 이야기로 술로 인해 40대에 간경화가 와서 양동에 있는 동진외과에 입원을 하셔서 치료를 하셨다고 하셨다.

결국은 어쩌다 한 생각 잘못한 것이 술김에 돌아올 수 없는 강을 건너가 말았다.

어머니의 기도와 정성

어머니의 기도로 나는 다시 살아났고 지금까지 버티고 있다. 할머니가 부엌에서 밥을 짓는다고 가마솥 밑에 급하게 서두르다 엎어버린 쌀을 줍지 않고 땔감 나무와 함께 태워버리셨다.

그 일로 미신이라 생각하겠지만 갓 태어난 아기가 온몸에 이유 없이 부스럼이 나기 시작했고 시간이 지날수록 머리부터 진물이 줄줄 온몸에 나고 차도가 없었다고 합니다. 이웃집 춘영이 할머니가 기도를 하러 가실 때 어머니가 따라가셨습니다. 무등산 속에 가시덩쿨을 뚫고 어머니 품속에 저를 안고서 다니시다 설사를 하던 저의 기저귀를 산속 우물가 아래에서 줄줄 흐르는 물로 빨았는데 어느 순간 옆에 있어야 할 제가 보이지 않고 풍덩 소리도 듣지도 못했는데 우물 속에 빠져 있었습니다.

놀래서 꺼냈고 그 일이 있고 난 뒤에 제 몸이 멀쩡하게 나았다고 어머니께 전해 들었습니다. 어머니 따라 다닌 절에서 새롭게 짓는 건물, 종 등 없는 살림에 어떻게든 여덟 식구의 명단을 올려 기도를 하셨습니다. 절에서 하는 방생 기도도 행사에 따라 다니시면서 지극정성으로 하셨습니다.

저도 살리고 큰아들도 살리고 둘째 아들도 살리셨습니다.

여상고를 다닐 때 학교에서 밤 10시에 끝나고 버스 타고 집에 갈 때 외진 곳에 살았던 저는 우리집 방향으로 가는 사람이 있는지 없는지 늘 살펴야 했습니다.

종점에서 민가까지 산이 있고 생이집이 있고 조금 지나면 강을 끼고 돌아야 했습니다. 늦게까지 농사짓고 피곤하실 텐데 귀가하는 저를 위해 종점에 나와서 기다리셨습니다. 엄마도 여자인지라 인기척이 없는 깜깜한 시골 마을에 종점에서 혼자서 기다리다 무서우면 안 보이는 곳에 숨었다가 버스가 도착할 때면 보이는 곳에 서 계셨습니다. 어느 날은 보이지 않자 나오지 않으셨나 보다 생각하고 혼자 달리기하려고 폼을 잡고 있을 때 삐긋이 웃고 나왔습니다. 감동을 주려고 깜짝쇼를 하셨습니다. 어머니는 그렇게 유머도 있고 자식을 위해서라면 온갖 희생을 하시는 그런 분이셨습니다. 벌써 세 번째 기일이 지났습니다.

"나 죽은 뒤에 두 명이 나를 많이 그리워 한다더라" 하셨던 말씀이 그 당시에는 제가 될 줄은 몰랐습니다. 어머니의 대리 만족이고 자랑거리인 큰 딸 제가 투자에 사기를 당하고 빚이 많이 지게 되어 어머니는 췌장암으로 전대병원에서 치료받을 수 있는 마지막 입원 시점에 엄마에게 고백했던 말 "엄마 나 많은 빚이 있어요". 털어놓기 어려운 말을 했습니다. 어머니가 낳아주셔서 돌아가시면 누가 나를 돌봐 주실까 싶어서 말씀드리니 아무런 말씀을 제 앞에서는 못하셨습니다. 여동생에게 제 이야기를 했나봅니다. "이렇게 놔 두면 네 언니 아무래도 죽을것 같다" 하시면서 당신보다 저를 더 걱정하셨습니다.

어머니는 초등학교도 못 나오셨지만 직관력이 탁월하셔서 앞을 내다보는 지혜가 있으셨습니다. 어머니 돌아가시고 정말 살고 싶지 않았으니까요.

지금 어머니의 결단이 없었다면 나는 지금 어디에 있을까?

어머니는 동네분들도 여러 분을 살리셨습니다. 병원이 없는 시절이라 자다가도 아프면 제일 끝 집인 우리집으로 동네분들이 밤중에도 오셨습니다. 엄마는 체를 잘 내리셨습니다. 등을 천천히 만지다 보면 바로 체한 것인지 오래된 것인지를 알아차렸고 엄마 손이 가면 웬만한 것을 다 나았습니다.

어머니의 지극정성과 기도 지혜가 발휘되어 사건·사고와

송사로 일이 많은 오빠는 49세에 가정을 이루었고 7살이 된 아들과 행복하게 잘 살고 있습니다. 오빠는 사고도 많았지만 두 번 죽을 고비를 넘긴 사고는 음주운전 후 하천도로에서 차가 떨어지는 사고에도 구사일생으로 살아났고, 새벽길 출근버스에 오빠가 몰던 차가 들어가는 사고를 당했던 오빠와 친구는 무사히 생명을 건졌고 새차를 뽑은지 한 달만에 폐차까지 했습니다.

몸은 100일이상의 치료를 받고 건강하게 살았습니다.

오빠가 대장암을 앓기 전에도 엄마가 징후를 보고 "아야, 어서 병원에 가서 검사해봐라" 계속 독촉 끝에 병원에 갔는데 대장암이었습니다.

수술을 무사히 받았고 지금은 아주 건강하게 직장생활과 가정을 이루고 계십니다. 부모님 돌아가신 후 저희 육남매의 든든한 후원인으로 부모님을 대신하고 계십니다. 장남은 하늘이 내린다고 했는데 오빠와 올케언니가 존경스럽습니다.

어릴 적 오빠는 사고와 사건도 많았습니다.

버스비가 없어 걸어 다니는 하굣길에 버스 뒤에 타고 가다 떨어진 사고, 헤아릴 수 없는 일들과 사건 속에서 아버지는 나서지 않으셨고 어머니께서 그 일을 다 수습하며 오빠를 살리셨고, 거품 물고 쓰러졌던 남동생도 엄마의 기질로 살리셨습니다.

엄마의 꿈은

어머니는 초등학교를 못 나오셨습니다. 일을 하시다가도 내가 초등학교만 나왔더라면 아쉬움과 배움에 대한 미련을 늘 갖고 계셨습니다.

초등학교는 못 나왔지만 쉬운 영어도 소리내어 읽고 법원, 검찰청, 땅 등기에 관련하여 어느 영역에서는 전문가보다도 깊은 혜안으로 말씀하시는 일이 있었고, 돌아가시기 전에 어머니 집터를 계약하신 부동산에서 어머니가 돌아가신 다음에 50년 농사지은 논을 거래할 때에도 우연인지 필연인지 같은 중개사님과 거래를 하게 되었습니다.

중개사님 말씀이 너무나 잘 아시고 지혜가 있었고 농사지은 상추나 농작물들을 나눠주셔서 맛있게 먹었었다라고 그리워하셨습니다.

어머니는 당신의 꿈이 내가 지은 농작물을 이웃과 나눔하며 베푸는 것이라고 하셨습니다.

어머니와 일을 하며 여쭤본 질문이 어머니의 꿈이 무엇인지를 알게 해주는 소중한 추억이 되었습니다.

농사일도 빠르게 지혜롭게 하시고 부지런하서서 평생 새벽부터 밤늦게까지 일을 하시면서 살림과 경제를 이루셨습니다.

음식은 나누고 베풀고 저희 자녀가 다니던 어린이집에도 겨울이면 김장김치도 드리고 늘 베푸신 분이셨습니다.

농협 노인대학을 졸업하셨고, 우수 조합원상을 돌아가시기 1년 전에 받았습니다. 그때는 미처 몰랐습니다. 조합원 우수상을 받을 때 꽃다발을 들고 갔어야 하는 것을 놓쳤습니다. 지금은 유언으로 남기신 산소에 갈 때면 생화를 헌화하고 옵니다.

끊임없는 사고와 질병,
자식을 위하여

오기가 많아 몽리꾼이라 불리는 아버지를 병수발에 뜻을 다 맞추어야 하셨던 어머니는 오죽하면 30대에 입이 비틀어지셨다. 구완와사가 왔었다.

병원조차 갈 수 없는 시절과 형편에 엄마가 살아내는 방법은 자가 치유와 용화정사에 가서 법문도 듣고 침으로 치료도 하시고 얇은 칼날처럼 뾰족한 것을 피부로 찔러 나쁜 피가 나오면 그것으로 버티시며 병을 이겨내셨다.

퇴근 후 아이들을 보러 친정에 갔을 때 7살 아들이 할머니 허리에 침을 놓고 부항을 갖다 대니 거머리같이 굵은 피떡이 나오는 것을 보고 징그러웠다.

아들은 아랑곳하지 않고 할머니가 좋아하시니 1시간을 넘게 할머니와 함께 치료를 돕고 있었다.

저도 나이 50이 넘고 보니 나도 피떡이 나온 것을 보고 20년 전 엄마를 이상하게 봤던 내 모습을 반성하게 되었다.

아프서도 변함없이 농사지은 것을 무겁게 싸서 소태동까지 버스 타고 다니셨다.

엄마는 젊어서 맞아서 골병이 들어 몸속에서 어혈이 많이 있으셨다.

소태동에 있는 용화정사에 박사님이라는 분이 계셨는데 그 당시에는 병원에 갈 형편도 안되고 농사지으신 걸 갖고 다녀오실 수 있는 곳이 용화정사이셨다. 아버지께서는 유일하게 절에 가는 것은 허락하셨다.

그곳에 가면 박사님께서 침과 머리부터 눈 위를 얼굴 몸 구석구석 여러 곳을 치료해 주셨다. 아빠한테 맞고 안에서 있던 안 좋은 것들이 박사님 손만 가면 숨통이 트인 것처럼 검은 피가 쏙쏙 신문지에 뚝뚝 털어졌다. 그렇게라도 해서 엄마는 버티고 버티고 살아나서서 병을 치료해가면서 그 모진 세월을 살아오셨다.

나도 따라갈 때면 장침도 맞고 나쁜 피도 빼고 그랬다.

무릎 연골이 닳아져서 수술을 해야 된다고 수술날짜까지 받으셨던 분이 수술일정을 취소하시고 스스로 스트레칭하며 무릎이 틀어져서 다리가 밖으로 벌어지고 틀어졌던 것을 새벽이면 일어나서 스트레칭을 꾸준하게 하시고 수술을 안 하시고 돌아가셨다. 고추를 갈다가 검지손가락이 잘리시고, 다리에는 정맥류가 있어서 핏줄이 30대부터 붉어져 있으셨고 50대 초반에 정맥류수술을 하셨다.

눈이 보이지 않아 백내장 수술을 하시고, 부엌에 렌지후드 청소하다 의자가 기울어지시면서 왼쪽 세 손가락이 신경이 끊어지고 74세에 또 눈 수술이 이어졌다.

2017년 12월 췌장암 전이되어 맥섬석지점에 치료를 시작하셨다. 가신지 얼마 안 되어 송년회 때 마이크 잡고 노래를 구성지게 부르신다. 꽃바람 소녀 등 노래도 잘 부르고 흥이 있었고 동네 행사에 장구도 구성지게 잘 치시고 병상에 누워 돌아가시기 전 밤하늘에 별도 세시던 아름다운 분이셨습니다.

카르마와 공부의 몫

저를 21년째 지켜보시던 두 분 내외이십니다.

약국 손님으로 인연되어 30살때 약을 지으러 갔던 날, 내 중세를 진맥하시고 기가 막혀있다고 하셨습니다. 농담인 줄 알고 웃었습니다.

실제 병명이었습니다. 그것이 인연이 되어 퇴근하면 참새가 방앗간 들리는 것처럼 하루도 빠짐없이 김약국에 들러서 약국 문 닫을 때까지 대화하고 지혜를 배웠습니다.

시집은 갔으나 남편은 늦게 귀가하고 신혼인 나는 왜 이리 기가 막히는 일들이 많았는지 둘째를 낳고 생긴 중세였으니, 그 시절에 약사님 내외분이 안 계셨다면 더 힘들게 살았고 친정에도 말도 못하고 벙어리로 살았을 것입니다.

32세 나이에 센터장이 되어 직원들의 미결된 민원 건을 해결하다보니 자고 있을 때도 일이 떠나지 않고 아침이면 쓴 물이 넘어오고 그렇게 내 몸이 망가져 가는 줄도 모르고 회사 일에 매달렸습니다. 자고 일어나니 고개가 안 돌아가고 어느 날은 왼손가락부터 팔꿈치까지 통증도 못 느끼고 무뎌지는 증세가 있어 한의원에서 좌심방이 너무 근심하여 마비증세가 왔다는 진단을 받고 내가 이러다 죽으면 어떡하나 악착같이 치료를 전념했습니다.

점심시간을 아끼어 김밥을 혼자서 조용히 먹었고 3개월이 지나 다행히 감각이 돌아오기 시작했습니다.

나는 왜 이렇게 희생하고 봉사하고 살아야만 하는가?

시댁 일도 친정 일도 집안에서도 노고는 있으나 몸은 고달프고 인정받지는 못하고 희생해야 하는 삶의 연속이었습니다.

남과 비교하니 불행했습니다. 비교하지 말자 나의 길을 가자 결심했습니다.

오로지 바로 서기 위해 직장 일에 충실했고, 자기계발을 게을리 하지 않고 리더십을 발휘하기 위해 새벽 독서모임도 3년 매주 수요일 6시에 만나 1시간 반하고 회사에 출근했습니다.

외부 유명강사가 오는 교육이면 빠지지 않고 다니고 배운 것을 센터에서 신입사원 교육이나 전체교육 리더들 교육에서 활용했습니다.

아버지와 남편의 주사에 피폐해져 갔고 사춘기가 되는 아들마저 저를 시험에 들게 했습니다. 끝없는 방황과 다치는 사건 사고에 중학교 때 담임선생님께서는 친정 어머니께 "이런 학생은 가르칠 수 없다"고 이야기해서 친정 어머니께서 반문하니 그런 말 한 적 없다고 돌리시기도 했다고 하셨습니다.

학교 선도 위원회에서 부모님을 학교에 오라고 해서 갔는데 남에게 피해를 주면 제 자식이라도 학교에 중퇴시켜야 한다고 주장을 남편이 했으니 얼마나 답답했는지 의논할 곳도 없고 하염없이 주체할 수 없는 눈물이 흘렀습니다.

그럴 때마다 약사님께서 남편이 할 일을 대신 도와주셨습니다. 새로 짓고 있는 해남에 절에도 가 보고, 아들에게 "너 이곳에서 스님이 되라."고도 해 보고, "너 호적 뺀다"고도 해 보았습니다. 시간이 흐를수록 아들은 저를 간 보고 있었습니다

중학교 1, 2학년동안 학교에서 호출을 많이 받았는데, 중학교 3학년이 되어 남자 담임선생님으로 배정되고 난 뒤로는 호출이 없었습니다.

나중에 알게 되었지만 남, 녀 성별이 다름에 따른 선생님들의 정체성이 달랐던 것 같습니다. 남자 선생님께서는 넘지 말아

야 할 선을 제시하고 그 안에 자유를 주어서 아들이 문제가 없었고, 여자 담임선생님들은 너무 모범적인 분들이라 그 안에 아들을 하나하나마다 통제를 하고 학습 지도를 하다 보니 아들도 숨이 막히고 그 일로 부모의 호출이 연결되는 아이의 성향을 파악 하는데 시간이 필요한 시기였습니다. 개성이 강한 아들과 모범적인 엄마의 갈등이었습니다.

아들은 덩치가 큰 편이었습니다.

아들이 저에게 괴롭히는 형이 있어 신고를 해야 한다고 했을 때, 어리석은 마음에 학생을 신고 한다는 것이 옳지 않다고 생각했기에 아들을 달래서 신고를 하지 않았고 그 일로 저는 아들을 보호해주지 못했습니다.

결국은 나이가 들어 술을 먹고 호소할 때 알았습니다. 자기를 괴롭힌 형을 이제라도 경찰서에서 조사해서 벌을 줘야 한다고 아우성칠 때 아들을 보호하지 못한 저를 알게 되었습니다.

고등학교에 진학한 후에도 아는 형이 아들의 인터넷 아이디를 도용해서 문제가 생기니 아들이 경찰에 신고를 해서 스스로를 보호했고, 학교에서는 선배가 하교하는 아들을 뒤에서 폭력을 가해서 경찰서에 신고했고, 담임선생님께서도 잘 했다고 하셨습니다.

선배 아버지와 아들의 아버지가 만나서 협의하고 용서를 해 줬던 일이 있었습니다. 그때 참고 사는 게 잘 하는것이다는 생각이 어리석었습니다.

신고를 해야 할 일도 방치한 것을 반성합니다.

고등학교에 진학 후 오토바이를 사주라고 해서 고민하다가 답답해서 법륜스님 즉문즉설에서 질문을 드렸습니다.

2000년도 초쯤 광주시청 회의실에서 열린 법륜스님 즉문즉설에서 저는 질문했습니다. "아들이 오토바이를 사 주라고 하는데 어떻게 해야합니까?"

스님답변은 첫 마디로 엄마가 아니라고 하셨습니다. 청중들이 박장대소하고 웃어서 창피했습니다. 부연설명으로는 필요하면 위험하더라도 사 줘야하고, 안 필요하면 안 사줘지 엄마가 책임 회피한다는 것이었습니다.

망치로 내 머리를 한 대 맞은 것 같았습니다. 강한 임팩트를 경험하니 결론이 정리가 되었습니다.

처음으로 아버지가 남자들은 하고 싶은 것은 해야 한다고 오토바이를 사 줬습니다.

한 달도 안 되어 오토바이가 중앙선을 넘어 아홉 번 빙빙 돌다가 멈췄고, 아들은 공중에 떴다가 의식을 잃고 바닥에 쓰러졌습니다.

사고 소식을 듣고 상무병원에 응급실로 갔습니다. 쇄골이 부러졌고 수술을 하고 나온 아이는 마취로 벌벌 떨고 입은 바싹바싹 타고 오토바이로 배달하며 모은 돈을 찾았는데 어디로 갔는지 80만원 돈이 없어졌습니다.

아들은 펑펑 울었습니다. 아르바이트해서 모은 돈으로 비 오는 날, 금사러 가다가 2차선을 넘어 온 뺑소니 차량이 될 뻔 한 차주에게 사고를 당했습니다.

아들의 오토바이를 부딪히고 그냥 가는 차를 뒤따라오던 친구들이 잡아서 경찰에 신고했습니다. 친구들의 도움으로 뺑소니 사고를 면하게 되었습니다.

고등학교 졸업을 하고 스무 살이 되던 해, 코뼈가 골절되고 코와 이마가 찢어져 30바늘 이상 꿰매는 큰 사고를 당했습니다.

대학교 입학한 지 얼마 안 되어 사고를 당했고, 병원 치료 후 입영통지가 나와 병원 퇴원 후 한 달 만에 아들은 군입대를 하게 되었습니다.

먼 훗날 아들이 고백했습니다. 화생방 훈련을 하고 힘들 때, 죽기 아니면 까무러치기로 버텼다고 훈련 도중 포기하면 외상의 흉터때문에 훈련소에서 내 보내려고 하는 것을 두려워해서 끝까지 포기하지 않고 훈련에 임했다고 했습니다.

모범 병사상과 글지기상 등 군생활 중에 더 멋지게 성장하고 책임감 있는 행동으로 성장하게 될 줄은 예전엔 미처 상상도 못 했습니다.

사춘기가 와서 힘들 때에는 넘고 넘어 줄다리기를 했던 과정이 끝까지 포기하지 않고 "상준아, 사랑한다." 희망의 끈을 놓치지 않고 꼭 잡았습니다. 내가 포기하지 않으면 언제가는 돌아오리라 그 믿음을 배신하지 않았습니다. 특성화 고등학교라서 대학을 가더라도 고 3때는 취업을 나가야 했습니다.

중공업 하청업체 소속으로 수심이 깊은 곳에서 하루 일과가 끝나면 코속이 시커멓게 되어 있어도 한 달 동안 묵묵히 참고 일했습니다. 학교에서 위험한 곳에 취업이 되었다는 민원으로 다시 학교에 복귀하라는 연락을 받고서야 힘들었지만 참고 일했다고 털어 놓았습니다.

말을 잘해서 고3 학생의 신분으로 아웃바운드 영업 조직에 취업을 나가서 일을 시작했습니다. 누구나 한 달 안에 그 일에 대한 회의감은 찾아오는데, 아들도 예외는 아니었습니다. 못 하겠다고 하는 아들에게 꼭 참고 견디어 보라고 이야기를 했습니다. 업무 진행도 알고 카드 업무에 대해 이해도 하고 제법 실적도 좋아질 무렵, 대학교 진학과 군대 입대로 그 일을 그만두었습니다. 그 경험을 삼아 군에서도 카드 업무에 대해 모르는 분들이 있으면 전문적인 것도 알려주고 경험한 것을 잘 활용하는 지혜로운 사회인으로 잘 성장했습니다.

제대 후에는 하루도 쉬지 않고 마트 배달과 상품 정리하는 일을 시작으로 사회생활을 시작했습니다. 하루 아침에 경제력이 없어진 부모자리의 충격을 이겨내고 사회인으로 홀로 자립하기 시작했습니다.

정육일을 시작해 보겠노라고 한 후, 새벽부터 사장님을 따라 다니면서 일을 배웠고 이제는 청년식육식당 사장님으로 사업장을 운영하는 창업자가 되었습니다. 공부가 전부가 아니듯 사회에서 필요로 하는 직업과 적성은 다 따로 있습니다. 자기 진로를 스스로 찾고 그 길에서 리더쉽을 발휘하며 주변 친구, 후배들에게는 기술을 익히고 배우게 하여 일자리를 창출하는데 기여를 하고 있습니다.

자식이지만 자식이 잘하는 영역을 보며 또 다른 영역을 배우고 알게 됩니다.

지금 눈에 보이는 것이 전부가 아닙니다.

믿어 주고 뒤에서 힘이 되어주고, 자녀에게 할 수 있다고 격려하고, 소중한 사람임을 알려주며 일을 즐길 수 있도록 늘 든든한 후원자가 되어 준다면 자녀의 앞길에 밝은 등불이 될 거라 생각합니다. 자녀마다 개성이 다 다르고 진로가 다릅니다. 부모의 눈높이에 가두지 말고 마음껏 진로를 찾을 수 있도록 믿고 지지해 주는 지혜도 배웁니다.

엄마의 사랑으로 다시 태어난 나

지혜로운 어머니의 사랑이 있습니다. 어머니가 끝까지 포기하지 않고 저를 살리신 것처럼 저도 자식의 사랑의 끈을 놓지 않고 세우겠습니다. 가족의 인연은 전생의 인연으로 풀어야 할 숙제가 깊은 사람과의 인연으로 온다고 들었습니다. 사람 인연은 알 수 없기에 결혼을 하려고 만난다면 적어도 사계절은 만나봐야 안다고 하셨습니다.

사람에게 오는 인연도 소중하고 진중하게 포기할 때도 순간에 감정이 아니라 사계절은 심사숙고해서 판단함이 지혜로워집니다. 명상은 약입니다. 아침에 눈 뜨면 배가 아파도 하자, 누워서라도 명상을 해야 합니다. 탁한 것도 맑게 정화하며 다 녹게 합니다. 나와 소통하는 시간입니다.

다 녹게 합니다.

자기도 모르게 허공을 찌릅니다.

콜교육으로 어머니 당신이 희망입니다 연결합니다.

어머니는 나의 희망이었습니다. 어머니에게 저도 희망이었습니다. 어머니처럼 우뚝서고 싶습니다. 나도 아들과 딸들에게 희망이고 싶습니다. 의지를 갖고 경험을 현실로 실천하며 타인을 이롭게 돕고 싶습니다.

살리고 돕고 싶은 나만의 철학이 녹아 있습니다.

요즘 대세는 다 1인기업입니다. 내가 경험한 모든 것을 돈으로 만드는 무자본 창업입니다. 나는 첨단에 와 서 있습니다. 나는 경험을 이렇게 하고 이렇게 해서 많은 사람들 세우고 싶습니다. 콜받는것 콜아웃바운드 자기 것을 못 세우는 사람이 있다. 근본은 말하기에 있습니다. 사람이 나에게 다가오는 것은 소통에 달려있습니다. 그럴려면 고객이 한 전화를 잘 받아야 되는데 나에게 오는 전화만 잘 받아도 성공합니다.

나는 1인기업가를 성장시키는 사람입니다. 12년동안의 콜센터 경험과 노하우를 통해 동기부여를 하고 지혜로움을 돕는 코니아카데미 운영자이면서 타인을 이롭게하는 빛나는 인생을 함께 하고자 합니다.

도움이 필요하시면 언제든 콜 주세요. 1인기업과 함께하는 코니아카데미 오다겸입니다. 감사합니다.

chapter 6

이제 역전되리라

Mother, you are my hope

장 예 진

100세가지 따뜻한 보살핌으로
마음의 상처 치유하는
상담 전문가

학력
보육교사
사회복지사
평생교육사
다문화교원자격증
상담심리치료 박사(PHD)

경력
미술 치료사
심리검사 전문상담
애니어 그램 상담 강사
성폭력 상담전문가
가정폭력 상담전문가
학교폭력 상담전문가
갈등 조정 상담사
상담심리 치료사

• 이메일 : cosmos9377@hanmail.net

• 블로그 : https://m.blog.naver.com/jso0426/222466689265

• 유튜브 : 장예진TV

• 오픈채팅방 : 휘게 라이프 상담연구소

무심에서 감성으로 감성시집(공저)

쪼가 있는 사람들의 결단(공저)

1.보고 싶은 엄마

2.위기 속에 핀 꽃

3.사랑은 치유하는 힘이 있다

4.고난은 인생을 명품으로 만든다

5.시련은 있어도 실패는 없다

6.사막 같은 인생을 에덴으로 바꾸신다

7.하나님은 결코 실수 하지 않으신다

보고 싶은 엄마

구정 며칠 앞두고 21년전 엄마는 천국에 가셨습니다.

어린이집 졸업식 준비에 신학기 준비에 환경정돈, 바쁜 시기에 음력12월 엄마는 3일 동안 전화하셨는데 내가 너에게 꼭 할 말이 있다고 꼭 와야 한다고 말씀하셨습니다.

건강하셨고 류마티스 관절염 외에는 아무 병도 없으셨는데 "엄마! 지금 제일 바빠서요. 졸업식 끝내고 제가 찾아뵐게요."

4일째 되던 날 엄마는 식사도 잘하시고 과일도 드시고 커피까지 맛있게 드시고 언니한테 나 때문에 17년동안 고생많이 했지? 고마워!

큰딸 허리아픈것도 엄마가 갖고갈거니까 이제 안아프게될 거야.

그런데 예진이가 보고 싶다. 그말씀 하시더니 소파에 앉으

서서 엄마는 그대로 넘어가셨는데 의정부 성모병원으로 모시고 가서서 달려갔지만 엄마는 이미 아무 말을 하실수 없으셨고 혼수상태 셨습니다.

그때서야 엄마가 가실려고 그러셨는데~

엄마 얼굴을 만지면서 엄마 엄마 말 좀 해봐요.

엄마 찾던 딸 지금 왔어요. 엄마하시고 싶은 말 해주세요.

엄마는 감각이 없으셨다. 손발 몸이 따뜻하셨다.

이렇게 가시면 나는 어떻게 살아요.

나도 교통사고로 죽었다가 엄마가 나 때문에 울까봐 살아났는데 엄마도 살아나셔야 해요. 이튿날 주일날 이었다.

장모님! 제가 예배드리고 오겠습니다. 나는 엄마손을 밤새도록 놓을수가 없었다. 엄마 다시 깨어나셔야 해요.

엄마는 끝까지 예배드리고 오는 사위를 기다리셨습니다.

장모님! 저 왔어요 목사님은 기도를 해주셨고 엄마가 제일 예뻐하는 손자 손녀왔어요. 언니네 동생들 다 점심 먹으러 나갔고 우리 네식구 가족만 있었습니다. 남매가 양손을 잡고 아들이 "할머니 저 왔어요." 딸이 "할머니 저도 왔어요." 그 소리를 다 들으시더니 눈물이 양쪽눈에서 갑자기 주르륵 흐르시더니 입에서 분비물이 나오면서 숨을 거두셨습니다.

엄마는 우리 가족을 기다리고 계셨구나. 눈물로 대답으로 마무리하셨습니다.

엄마 이렇게 가시면 안 되서요. 죄송해요. 제가 잘못했어요. 엄마의 얼굴은 88세의 연세인데 얼굴에 주름이 없이 깨끗하셨습니다. 구정 전날이 장례식이었습니다.

나는 꽃가게에서 카네이션 백송이를 사서 엄마가 생전에 좋아하시던 빨간색으로 관에 덮을 십자가를 울면서 만들었습니다. 백제 화장터를 갔을 때 21년 전에는 화장을 4시간 동안 했었는데. 호상이라고 모든 친척과 가족들은 다 식당에 가고 나는 유리 앞에서 그 화장이 끝날 때까지 통곡 하고울었습니다.

"엄마 죄송해요. 엄마 저 용서해주세요. 엄마 제가 잘못했어요."

나는 혼자 앉아서 4시간을 울다가 끝났다고 해서 뒤를 돌아보니 남편과 아들과 딸이 맞은편 의자에서 꼼짝도 안하고 나를 지키고 함께 울고 있었습니다. 왜 밥 먹으러 안갔어요?

"그렇게 슬프게 우시는 엄마를 두고 우리가 어떻게 밥을 먹어요."

"우리 엄마가 목놓아 우는 모습 처음봤어요."

구정 전날인데 사람들이 많이 오셨습니다.

외갓집 식구들도 오랜만에 만났습니다. 점촌에서 경찰하셨던 막내 외삼촌도 많이 우셨습니다.

한줌의 가루가 되어 항아리에 담겨졌습니다. 이제 사랑하는 우리 엄마는 다시 못 안아 보는구나. 엄마를 납골에 안치하고 돌아설수도 없었습니다. 천국가신지 20년이 지났는데 지금도 누가 엄마 소리만 불러도 나는 눈물이 난다. 시낭송 선생님이 엄마! 엄마! 엄마! 하면서 시낭송을 하는데 난 얼마나 눈물이 흐르는지 살아계실 때 마지막 음성만 남기고 가시다니

'엄마! 사랑해요 천국에서 다시 만나요.'

사랑 많으시고 베푸는거 좋아하시고 성내실줄 모르시고 인자하시고 조용하시던 엄마 안아드리지도 못하고 헤어진 아픔이 늘 아쉽습니다.

엄마는 눈물을 남기고 천국 가셨습니다. 엄마는 형부와 언니가 지극한 효녀인데도 모든 말은 나한테 하셨는데 살아계실 때 들어주지 못했던 것이 지금까지도 나는 엄마 소리만 불러도 아직도 눈물이 난다.

어머니라는 이름이 이렇게 아름답고 귀하고 땅에 내려놓을 수 없는 이름입니다.

어머니가 계셔서 나는 태어났고 어머니는 언제 어디서든 내

마음속에 늘 함께 하고 계신다.

여자의 일생 어머니는 자식을 낳아서 가실때까지도 자식 염려 하셨습니다.

내가 사고로 죽었을 때 우리 엄마와 언니는 잠도 안주무시고 깨어나기를 기다리셨을때는 나는 의식이 없어서 몰랐는데 이제야 얼마나 애절하셨을까?

나는 마지막 엄마를 불러 드리지 못했습니다.

내가 눈을 떴더니 엄마는 살아나서 고맙다고 엄마가 금반지를 껴주셨고 언니는 왼쪽에 금반지를 끼워주셨습니다.

엄마는 나를 죽음 앞에서까지도 끝까지 계셨는데 엄마가 많이 아픈데도 없으셨는데 그렇게 쉽게 가실 줄 몰랐습니다. 그 이후로 나는 엄마 있는 사람들에게 애들한테도 자주 전화도 하고 엄마가 보고 싶다 하거든 언제고 달려가라고 말해줍니다.

사람 생명은 우리가 예측할 수가 없었습니다.

그렇게 편안하게 순간에 가실 수가 있을까?

살아생전에 불효한 적은 없었어도 보고 싶은 우리엄마!

엄마가 류마티스 관절염이 심하실때 병원에서 고칠 수 없다고 61살에 뜨거운 여름에도 뜨거운 곳에 손 찜질을 하셨고 손을 쓰실수 없어서 며느리가 시어머니를 감당하기 어려울것 같아서 엄마를 17년 모시고 형부와 언니가 고쳐 주셔서 우리 엄마는 평생 깨끗하고 큰딸 덕분에 호강하시면서 세상 떠나실 때도 그렇게 편안하게 예쁜모습으로 고생없이 천국 가셨습니다.

입관할 때도 살아 있는 사람 같이 부드럽고 깨끗하셨습니다.

부모는 언제 어느 때 이 세상 떠나실지 모릅니다. 나도 순간에 두 번 가봤기 때문에 누구한테든 명절만 가는 것이 아니라 평소에도 자주 통화하기를 말하게 되었습니다.

가시고 나면 다시 부를 수 없는 어머니입니다.

나도 뇌졸중으로 병원에 있을때 내가 낳은 아들 아들 딸이 많이 보고 싶었는데 글 쓰다보니 더 어머니가 보고 싶어집니다.

위기속에 핀 꽃

교통사고로 장수옥은 죽었었다.

나는 칠보산 기도원에 갔다. 강사 목사님께서 성경봉독 하시더니 2백여명 넘는 그 자리에서 나를 지명 하여 부르면서 당신은 교통사고로 죽었었다.

하나님이 당신을 쓰시기 위해서 천사를 보내서 당신을 응급실에 데려다 놓았고 당신을 살리신 거다.

이제는 예수 안에서 진리를 가르치는 지도자로 살아야 한다.

당신은 하산하고 건강회복 하면 신학교를 가야 한다고 말씀 하셨다.

응급실에 적혀 있는 전화번호로 담임목사님께 은혜갚을수 있도록 찾아 달라고 말씀 드렸는데 전국에 모든 교단을 찾았지만 그 이름도 번호도 없다고 말씀하셨다. 전화도 불통인 전화였다.

그 목사님을 찾을 수 없었던 것을 알게 되었다. 그때는 목회 하기 전 남편이 돈을 많이 쌓여있을 때라 은혜를 갚아야 한다고 노력했는데 너무 놀랐다.

믿지 않는 남편은 차 안에서 지루했기에 들어와서 함께 그 얘기를 듣게 되었다. 말씀을 마치고 기도시간에 하나님 다시 태어난 이름도 주세요. 이제는 장예진의 이름으로 예수 안에서 진리를 가르치는 지도자로 살아야 한다.

남편의 이름은 요셉이라고 하셨다. 남편에게 기도원 데려다 달라고 요청한 것이 그렇게 찾아도 찾지 못한 그분이 하나님이 보내신 천사였음을 알게 하시려고 인도 하심을 깨닫게 되었다.

"여보! 나를 기도원에 데려다주세요."

"기도원은 왜? 뭐 하는 곳인데?"

"집에 전선줄 끊어지면 깜깜하지요? 전선줄이 이어지면 불이 들어와서 환해지듯이 나는 기도원에 전선줄 붙이러 가야해요. 그러면 내가 살 수 있어요."

나를 데리고 와 준 남편이 고마웠다.

원집사님은 생명 다 되었다고 엄마가 만들어 놓은 수의도 옆에 있었다.

의사가 곧 숨이 멎으면 옮기신다고 아들, 며느리에게 옆에 있으라고 하셨다.

돌아가신다고 박권사님이 급히 요청해서 갔었다.

원집사님 나이는 76세, 집사님은 나만 쳐다 보셨다. 살고싶은 눈으로 멈추지 않으셨다.

"제가 모시고 저희교회로 모시고 갈까요?"

눈을 깜빡이셨다.

나는 아들 며느리에게 말했다. 엄마는 이제 돌아 가셨다.

"이제 내가 모시고 가도 될까요?"

아들 며느리 한테 허락 받고 모시고 왔다.

교회로 모시고 와서 방 한 칸에 모셨다. 한이 많이 쌓여 있는 분이셨다. 자고 났는데 요와 이불에 변을 많이 싸셨다. 집사님 두 분을 불렀다. 요와 이불을 사고 잠옷과 속옷을 샀다. 눕힌 채로 깨끗하게 씻기고 미음을 준비 했다. 한 수저 두 수저 드시기 시작 했다. 얼굴색이 바뀌면서 안정을 찾기 시작 했다. 국도 드시고 밥도 드시고 얼굴 표정이 바뀌기 시작하셨다.

한 달만에 걸을수 있게 되셨다. 함께 예배드리고 너무 편안 해 하셨다. 건강이 회복되시고 안양에서 전철타고 인천까지 오셨다.

청소년 5명, 잊을 수 없는 감당 안 되는 망가진 학생들, 많이 마음고생 했지만 군대가기 전까지 고생 했고 군대가서 사고 칠까봐 많은 대화로 들어주면서 따뜻한 엄마가 되어 준 결과 달란트대로 직업 선택 한 결과 잘 살고 있다. 어느새 40세가 되었고 한 가정의 아빠들이 되었다. 헤어져서 못 만난 청년들도 있다. 아빠가 되었을텐데 이 책을 읽게 될수도 있을지도 기대도 해본다.

위기속에 핀꽃 목차를 쓰다가 예전 일들이 생각난다.

나도 죽음에서 버려졌지만 나는 위기 속에 핀 꽃의 주인공이다. 살아 있다보니 이렇게 책도 쓰고 강의도 듣고 책을 쓰는 작가도 되었고 예기치 않고 생기는 일들이 얼마나 많은 세상인데….

광산 무너 졌을 때 끝까지 생존했던 분, 지하철 화재사건, 다리가 무너졌을 때 그 위기 에서 살아난 사건, 생명은 내 권한이 아니다. 그 아픔속에서도 살고 있음에 감사하고 엄마라고 부를 수 있게 자리에 있는것도 감사하고 40일동안 링겔을 맞으면서 누워 있었던 병원 침대가 생생하게 떠올라서 눈물도 난다.

회복된 후 신학교를 가게 되었다. 체력 때문에 전철에서 쓰러질 때도 있었다. 총알 택시가 질주해서 내 차를 폐차 시키도록 머리를 심하게 충격 받아서다. 천둥 치는 소리에 마구 부딪히고 죽었으니까.

2년 동안 걷지 못했고 누워 살 때는 세상에서 가장 부러운 사람이 자기 다리로 걷는 사람이었다. 나는 누워서 구두방 사장을 집으로 불러서 하이힐 구두 3개를 맞춰서 옆에 두고 "나는 이 힐구두 신고 반드시 걷는다."라고 날마다 말했다. 남편과 아들 딸이 침대 차를 만들고 밖에 데리고 나간 적도 많았다.

6개월 지나고 우리 식구들은 나를 주일 오후 시청 광장에 데리고 나가서 걷기 훈련을 시켰다. 믿음도 없고 세례도 받지 못한 남편인데, 아내가 다니는 교회 목사님을 매주 월요일은 고생하신다고 갈비를 대접했다.

부흥회 때 강사목사님은 정말 극진히 대접해 주는 남편에게 강사목사님들이 식기도 해줄 때마다 사장님은 목사가 되어야 한다고 말씀 하셨다. 어느 때는 대접하고 나면 "하는 사업이 폭삭 망할 지어다"가 안수기도였다.

정말로 부도가 나 때문에 나게 되었다.

부산 사시는 사촌 시고모님이 우리집에 놀러 오셨다가 첫 마디가 우리집에 복덩이 며느리가 들어 왔는데 "너 목사 안되면 너가 사랑하는 처는 사고로 죽게 될거야!" "미친 소리 할거면 가세요. 내 마누라가 사고로 죽는다구요?"

사촌 시고모님은 식사도 못하시고 부산으로 가셨다. 그런데 사고가 나서 아내가 부서져서 이런 모습이 되었다. 나는 밤을 석 달을 안 자도 코피도 안 나는건강한 사람이었는데 몸살도 감기도 아파본 적도 없던 사람인데 사고 이후로 몸이 아프기 시작 했다. 아내의 죽음 앞에 남편은 순종하고 목사님 손에 이끌려서 신학교를 가게 되었다.

그렇게 친구도 많았고 술도 좋아 했는데 모든 걸 다 버리고 결단한 남편이 존경스러웠다. 아내가 죽을까봐 순종 하게 되었다.

길병원 응급실에서 내가 깨어나지 않았을 때 소리소리 지르면서

"하나님인지, 내마누라 살려내라고 내가 목사 되주면 될 거아냐?"

"고모, 응급실이 떠내려 가도록 고모부께서 소리치고 우셨다."고 조카한테 들었다. 이 사건으로 남편이 목사님이 되었고 아들도 목사가 되었고 불교 집안이 주의 종의 가정이 되었다. 죽음의 위기를 통해 온가족이 신앙 생활 하게 되었다.

사랑은 치유 하는 힘이있다

2019년 11월 둘째주 추수 감사절, 화분 사리 화원에 갔었다. 난 화분 2개, 아름다운 화사한 꽃으로 담고 계산하려는데 난 2줄기가 버려져 있었다.

"왜 버리셨나요? 병들어서 버렸어요."

"제게 주세요." "가져가도 못살아요. 버리세요." "제가 살려 볼래요."

사장님이 비닐 봉투에 담아주셨다. 집에 와서 빈 화분에 거름담아서 심으면서 말했다. "나도 3명이 타고 가다 교통사고 났을 때 조카 2명은 데려 갔고, 나는 죽었다고 버려졌었는데 새벽에 나를 구겨진 차 속에서 차문을 부수고 어떤 분이 꺼내서 응급실에 데려다 놓았는데 이틀 후 깨어났단다. 고생은 했지만 이렇게 살고 있단다. 너도 살수 있어 내가 보살펴 줄게."

2021년 1월 11일 난줄기 6개가 되었고 난꽃이 피었다.

"여보! 난꽃 올라 왔어요!"

"너도 살았구나. 나에게 보답해줘서 고마워."

남편이 했던 말이 생각 났다. "여보! 살아나서 고마워!"

이 글을 쓰는데 왜 눈물이 나지?

내가 죽었다고 119가 버려서 일까?

화초를 좋아 해서 살아나서 꽃이 피어서?

버려졌던 트라우마로 쓰레기통에 버려지는 화초도, 쓰레기 더미에 버려진 행운목도, 눈 속에 쌓여 있던 버려진 호야식물도, 마당에 버려진 물고기도, 너도 나처럼 버려졌구나. 식물도 물고기도 생명이 있는데 나는 외면을 못한다. 집으로 데려와서 보살펴서 모두 살렸다.

버려진 열대어가 새끼를 낳고 너무 예쁘다.

낙심과 절망 속에서 우왕좌왕 할 시간이 없다. 어떤 고난이 닥쳐오고 아무리 큰 실패를 경험했을지라도 또 누군가 어떤 상황이 넘어뜨리려 해도 인생의 밑바닥까지 왔을지라도 나는 하나님만 바라보고 행복한 모습으로 감사하며 살아간다. 버려졌으나 내 생명 버리지 아니 하시고 가족과 함께 살아 있음에 감사하며 살아간다. 하나님은 천사를 보내 살려 주셔서 따뜻한 보살핌으로 마음의 상처 치유하는 전문 상담가로 생명 살리는 사명감으로 사역하고 있음에 감사하며 기쁨으로 상담하고 있다. 외면하지 않고 데려와서 난꽃 4년 만에 2020년 1월에 꽃 피우고 2021년 12월 3일 또 난꽃이 피었다. 2021년 8월, 하나님이 만나게 해주신 나를 치료해주신 천사 최원교 대표님. 만나본 적도 없는 분이신데 나를 지명하여 살려 주셔서 날마다 감사기도를 한다. 가장 어려운 현실에서 아무나 할 수 있는 일이 아니다. 예수님의 마음을 본받은 특별한 분이시다. 엄마는 내 딸은 사랑받는 인복과 건강의 복을 타고 났다고 하신 말씀이 생각난다. 죽음의 고통에서 꽃을 피우는 삶이 되었다. 난이 꽃 피듯 나도 이제 새롭게 다시 살아났다. 두 번째 공저 책을 쓰고 있음에 행복하다. 인생의 소풍길에 함께 걸어 가니 감사하는 일상이 되었다.

혼자 걸어가면 발자국만 남지만, 같이 걸어가면 길이 된다.

고난은 인생을 명품으로 만든다

나는 조카 둘이 아스팔트에 던져져 죽는 꿈을 꾸고 자다가 남편 사업장으로 나갔다.

'여보! 오늘 당신이 나와 조카들을 태우고 가면 우리 모두 안 죽어요."

"자다가 헛꿈을 꾼 걸 가지고 사고는 무슨 사고? 셋이 타고 와요. 집에서 만나요."

병철이는 운전하면 상기는 항상 조수석에 앉아 온다. "상기야, 오늘은 고모 옆으로 앉자." 영문도 모르고 옆으로 왔다. 시청 사거리를 지나가는데 다섯 명 태운 총알택시가 과속으로 그냥 와서 박고 진동에 또 박고 차는 안면 다 없어졌고 조수석 없어졌고 뒷문 다 찌그러졌고 나는 상기의 머리를 안고 주여! 부른 것이 끝이었다. 나는 죽었다고 버려졌다. 택시 5명, 조카 2명 데려갔고 이튿날 새벽 지나가던 분이 목사님이라고 하는 분이 전화번호를 남기고 나를 길병원 응급실에 데려다 놓고 가신 천사 덕분에 이틀 만에 살아났으나 머리를 박아서 병원에서 40일 동안 링겔 맞고 살면서도 40일 금식하는 마음으로 작정기도를 했었다. 6개월 만에 정신을 차렸는데 허리가 움직일수 없어서 다시 병원 갔다. 허리 인대가 1센치만 남고 다 파열된 것을 그때야 알게 되어 다시 입원하게 되었고 퇴원 후에도 몇 달 동안 남편은 응급실을 달려야 했었다. 뇌의 충격이 두통이 너무 심해서 "차라리 죽게 가만히 두라고. 그래야 당신이 살아요." 남편은 내가 곤히 잠들면 "여보." 하고 흔들어 깨운다. "나자는 거에요." "미안해 여보!" 그 다음부터는 손가락을 코에 대보곤했다. 1년이 지나도 햇볕도 볼 수 없었고 너무 못 먹어서 다리를 걷지 못해서 나는 남편에게 강남 금식 기도원에 데려다 주고 가라고 남편은 울고 돌아섰다. 내가 혼자 걷기 전에는 절대 오지 말라고 했었다.

유권사님과 박권사님 성전에서 밤이 새도록 함께 기도했다. 여기서 하나님 앞에 해결 받지 않으면 가족이 더 힘들어지기 때문에 집에 들어갈 수 없다는 각오로 기도했던 기억이 난다. 남편과 자식이 없다면 나는 극복하지 못했을 텐데 너무 힘들게 하는 시어머니 때문에 남편은 나를 태우고 나와서 차에서 재울 때도 있었다. 애절하게 기도했다. "하나님 천사를 보내서 저를 살리셨는데 걸을 수 있도록 치료해주세요. 사람처럼 살고 싶어요." 하나님은 외면하지 않으셨다.

3일 만에 다리를 걸을 수 있게 되어서 남편에게 전화를 걸어서 남편이 우리 셋을 데리고 집으로 왔다. 함께 하셨던 믿음의 어머니는 96세에 천국가셨다.

함께하는 사랑은 치유하는 힘이 있다.

입원중 병실에서 생일날 조카 둘에게 케이크와 액자를 받았다.

동판에 두사람이 있었고 양 옆에는 두천사가 있었고 성경책이 있었다.

고모부와 고모예요. 우리는 고모가 살리셨어요.

고모부는 목사님이시고, 고모는 사모님이셔요. 고모가 혼수상태로 응급실에 실어 오셨을 때, 고모부가 큰 목소리로 우시면서 "하나님인지 나발인지, 내가 목사가 되어 주면 될 거 아냐? 내 마누라 살려내라고?" 조금 후에 고모가 신음소리 잠시 하더니 또 잠이 드셨어요.

눈을 뜨게 되었는데 눈을 뜰 수가 없었다.

누군가 눈을 불며 솜으로 털어주고 눈을 떴는데 시댁식구,

친정식구, 교회식구가 모두 보였다.

"왜 모두 울었어요?" 모두 울었다. 또 잠이 들었다. 눈을 떴는데 남편이 보였다. 반가우면서 근심이 있는 눈빛이었다. "여보! 목사된다고 했어요?"

"웅!" 하더니 흐느껴 우는 남편에게 "당신 그 좋아하는 친구들, 매일 마시던 술 어떡해요." 손을 잡고 나를 보더니 "하나님이 당신 살렸잖아."

후정 고모님께서 부산에서 처음 오셔서 한 말씀, "너 목사안 되면, 니 마누라 사고로 죽게 될 거라고 말씀하시고 미친 소리 한다고 내 마누라가 왜 죽어요? 쫓겨 가셨던 일이 생각났나보다.

한 사람이 목숨을 던졌는데 조카 둘을 살렸고 조카 둘이 동판에 새긴 모습대로 목사님이 되셨고 위기 때 마다 돕는 천사 만남의 복을 주셨다.

책을 쓰면서 시각화의 힘!

나는 사모가 되었고, 아들도 목사, 딸은 전도사, 불당에 새벽마다 물 올리시던 시어머님은 권사님, 막내시누도 사모가 되고, 친정엄마, 언니까지 가족구원을 이루게 되었다.

시련은 있어도 실패는 없다

일상생활에서 무엇이 가장 고통이라고 생각하시나요?

지금 환경이 너무 힘들어서 모든 것을 포기하고 싶은가요?

지금의 아픔이 나의삶에 최악의 고통이었지만 어린 남매 데리고 부도 났을 때, 더 힘든 날도 극복하고 지금껏 살아왔는데 나는 절대 포기하지 않을 것이다. 다시 건강 회복하고 다시 일어선다. 다시는 일어서지 못할 뇌졸중도 하나님이 고쳐주셨는데 끝까지 인내했더니 하나님은 나를 외면치 않으셨고 돕는 천사를 만나게 하셨고, 명의 의사 김시효원장님을 만나 그 한약을 먹으면서 3주 만에 회복시키셨다. 코로나 덕분에 줌이라는 세상을 만나 백디와 백친방에서 지금 아픔이 내 인생의 최악의 고통의 환경에서 [쪼가 있는 사람들의 결단]이라는 책에 [아픔은 나에게온 기회]라는 제목으로 공저작가로 책을 쓰게 되었고 [어머니 당신이 희망입니다를 공저로 또 글을 쓰고 있다.

이런 아픔 속에서도 우울해하지 않고 절망하지 않고 웃음을 잃지 않고 잘 견디어내는 나는 내가 정말 좋다.

나를 사랑하고 날마다 격려하고 칭찬한다.

어떤분은 내게 지금 미쳐서 웃고 사는거죠?

나는 하나님이 나를 바로 역전시켜 주실 것을 믿기 때문에 웃고 살았다.

내가 살아있음에 눈을 뜨면서부터 감사기도로 시작하고 하루 일상이 끝나고 잠자리에 누울 때는 갑절로 감사기도로 잠자리에 든다. 여러 차례 죽음의 고비를 통과했기 때문이다. 인생은 말하는대로 이루어진다.

목표를 음성화하면 멘탈이 강해지고 목표를 정확하게 인식하게 된다고 했다.

어떤 일을 하더라도 나는 절대로 포기하지 않는다. 나는 절대 절망하지도 않는다. 고난 뒤편에 하나님 아버지는 축복의 보따리를 들고 계시기 때문이다.

"예진아! 괜찮아!" 하나님께서 역전시켜 주실 것을 믿기 때문이다.

"밤이 지나면 새 아침이 밝아오지?"

강남 진로 상담다닐 때였다. 오륜교회 집사님의 안내를 받고 해마다 2013년 11월 1일부터~21일까지 교파를 초월해서 함께 하는 다니엘기도회를 지금까지 저녁기도회를 해왔다. 2021년 다니엘 기도회는 더많은 은혜와 용기와 소망과 비전과 마음과 생각을 새롭게 설계하게 되었다.

기도하며 기대하며 5년을 기다려왔다. 바로 역전되리라 믿는다.

나는 정말 행복한 사람이다. 나는 날마다 내 하나님과 동행하고 있습니다.

우리 교회는 25년동안 주일날마다 하는 인사다.

금년 기도회는 우리교회 김성하 집사님을 하나님이 살려주셨다. 인하대 병원에서 폐혈증으로 21일 혼수상태에서 깨어났다. 이제 밥도 먹고 재활치료하고 있다. 하나님은 결코 실수하지 않으시는 분이시다.

나는 날마다 감사기도만 한다. 밥을 내 손으로 먹을 수 있고 걸을 수 있고 말할 수있는 것, 심장이 뛰고 있는 것, 가족이 있다는 것, 기도할 수 있다는 것, 나의 영 혼 육에게 감사하는 것.

영.혼.육이 분리 되는 체험도 보여 주셨고

도전에 영.혼.육이 도와주고 있으니까

나의 작은 한마디도 듣고 계시는 실수 하지 않으시는 내 아버지가 나와 동행하고 계시기 때문이다.

나의 아팠던 것 힘들었던 것 사람에게 말하지 못하고, 하나님 아버지께 모두말한다. 위로와 평안과 소망을 주신다.

사막 같은 인생을 에덴으로 바꾼다

내가 여호와께 간구하매 내게 응답하시고 내 모든 두려움에서 나를 건지셨도다. (시편34편4절)

멘토를 찾아라

다른 사람 속에서 위대함을 찾고 나와 접촉시킨다. 뇌경색으로 인한 두통과 어지럼증, 엄마닮은 류마티스 관절염, 양발은 깁스, 대상포진까지 최악의 건강은 어지럼증으로 일어설 수도 없었다. 건강으로 무너져서 어지럼증으로 먹지도 못하고 혼자 누워 보내는 나에게 코로나 덕분에 펼쳐진 줌세상을 만나 영감을 주고 나에게 비전을 일깨워주고 동기부여해 주시는 최원교 대표님을 멘토로 삼았다. 먹지 못해서 딸이 수목원을 보여주고 돌아오는 차 속에서 카톡을 열고 만난 분이다. 어려서부터 모든 삶의 이야기를 들으면서 그렇게 노력하고 일해서 세운기업이 순간에 억울하게 잃어버린 환경이 공감이 되었고 그 상황 속에서 오뚜기처럼 일어서는 모습을 본받고 싶어서다. 자신을 지켜가고 작은 체격이신데 회복하기위해 열정적으로 기획하고 실천하시는 모습과 목적과 목표가 뚜렷하고 이웃을 내 몸과 같이 사랑을 실천하는 모습이 본이 되기 때문이다. 눈물이 있고 배려가 있고 남다른 사랑이 있고 좌절하지 않고 반듯한 모습으로 행함으로 보여주는 삶이 존경받으실만 하기 때문이다. 예의까지 겸비하셔서 말이 아름다운 존중감 대화법이시다. 나는 한걸음 한걸음 따라쟁이로 가고 있다. 나는 여리고 담대함이 부족하기 때문에 하나님이 만남의 복을 허락하셨다. 줌 세상을 만나 심청이 마음 학교 교장 선생님은 양발 깁스로 뇌경색 두통으로 약에 취해 잠들면 깨워주면서 언니처럼 많은 배려와 보살핌으로 누워서 감성시집 공저도 쓰게 되었다. 누워서 화면도 못키고 들을때도 많았다. 처음 줌방이어서 친정같은 방이다.

2019년 8월 박현근 코치를 만나 책읽고 독서 나눔을 하고 독서모임을 했었다. 박현근 코치는 타고난 재능과 능력으로 가득 채워진 모습이었다. 고교 중퇴 배달부를 했다고 했다. 함께 긴 세월 하게된 것은 그의 열정과 남다른 노력이 보였다. 배려와 책임감 감성도 있었고 책 읽고 나눔할 때 자신감 넘치는 목소리 톤이 마음이 시원해지고 문장과 단어를 많이 남기게 되었다. 우리집 냉장고 두 개와 화장대는 박현근 코치가 남긴 말을 적은 메모지로 가득차 얼굴을 볼수가 없다. 노트에도 많이 남기게되었다. 작은 체격에 총각인데 그많은 회원들을 챙긴다. 그리고 가르쳐서 살림을 내고, 요청하면 찾아가주는 행함이 본받을 모습이다. 어떤 사람이든 함부로 대하지 않고 모두를 세우는 달란트가 있다. 한없이 퍼준다. 베푸는 만큼 다른 나무에서 열리는 모습을 자랑하지 않고 세워가는 실천을 배운다.

청소력과 놓치고 싶진 않은 나의 꿈, 나의 인생을 하면서 독서 치료라고 말하고 싶다.

든든한 멘토가 내 곁에 함께 하고 있다면 나는 시간을 지배당하지 않고 지배하는 사람이 되기위함이다. 지금까지 늘 시간에 쫓기고 살았는데 이제는 여유 시간을 갖고 내가 좋아하는 생활을 하고싶다.

어린시절 아끼꼬 선생님이 어린 주일학교 시절 멘토이셨다.
중학교 때 이선예 선생님이 뵙고 싶어진다.
직장생활 할때는 전박사님이 계셨고, 사업할 때는 부사장님이 부도났을 때 아무것도 없는 빈 집에 몇억을 채워 주셔서 열심히 갚았고 사기꾼을 2억을 포기시키면서 건져 주셨다. 감사한 그 은혜를 갚기 위해 새벽부터 뛰면서 갚게 되었다. 찾고 싶고 만나고 싶다. 이 책을 통해 살아계신다면 꼭 만나고 싶은 분이시다. 어려움 당할 때마다 주님은 때에 따라 돕는 천사를 나에게 붙이셨다. 그곳에서 차용한 보증금을 갚고 이사는 가야했고 내가 할 수 있는건 새벽기도였다. 아들은 엄마가 섬기는 교회로, 딸은 고등학교 1학년 아빠 섬기는 새벽기도 반주로 예배드리며 기도했다.

부활절날 길에서 떡을 돌리다가 어느 아주머니에게 "혹시 이 동네 비어있는집 구할수 있을까요?"라고 여쭤보았다. 그 아주머니는 내가 30대로 보였다고 하셨다. "새댁 나를 따라와요." 햇볕 드는 반지하였다. 그런데 제가 보증금이 없어요. 웃으시면서 내가 젊었을 때 새댁같은 세월을 살았다고 하시면서 아무 걱정말고 집 살 때까지 마음편하게 살라고 하셨다. 빈 손으로 보증금없이 월세만 송금하기로 하고 오순란 아주머니를 만나 3일 만에 이사를 했다.

아무것도 없는 텅빈집 넓은 사막에 풀도 없고 나무 한 그루 없는 사막같았다. 예상치도 못했던 훈련을 우리 세 식구는 살아남았고 3년을 벗어나서 아늑한 지하로 이사하게 되었다. 이사하는 날도 노인 섬기는 사역을 나갔는데 사랑하는 예쁜 딸이 이모 전화 받고, "이모 우리 이사해요." 그 한마디에 언니 형부 올케 모두 와서 집에 돌아왔더니 완벽하게 정돈해주셨다. 부도 나고 있었던 넓은 3층집이 넓어서 부사장님 도움으로 모든 어려움을 정돈하고 살게 하셨고 겨울은 많이 춥고 여름은 새벽까지 더웠는데 1층 같은 반지하 빌라는 아들 딸의 얼굴이 너무도 밝았다.

아들, 딸이 욕실에서 교복을 빨고 있더니 "엄마! 이집이 천국 이예요. 방문 열면 주방이고 내 방문 열면 바로 엄마방이고 맞은편 오빠방이고 아늑하고 포근해요." 방3개를 열어보았다. 우리 가족은 감사 기도했다.

첫날인데 냉장고도 언니가 가득 채워 주셨고 밥도 해 놓고 가셔서 바로 먹을 수 있었다. "하나님! 감사합니다."

3년 논산 훈련이 끝났구나. 언니는 우리 남매를 너무 사랑해주셨는데 무슨 예수를 그렇게 믿는건지, 형부는 똑똑한게 어떻게 그렇게 멍청하게 사는건지 우리 처제 바보라고 언니는 동생 때문에 10키로 빠졌다고 정말 이해 못하겠다고 하셨다. 이제 제가 훈련 통과 했어요.

이 때부터 언니와형부는 모든 먹을 것을 냉장고 채워 주셨다. 이제 내가 살 것 같다고 저나 고생하지 왜 아들 딸까지 고생시키냐고 하셨다. "우리 가족은 한배를 타서 풍랑도 함께 맞이 해야 해요. 내가 낳은 자식 힘들어도 엄마라서 누구한테 못맡겨요."

온 가족의 마음이 이렇게 기쁘고 사막에서 아늑한 지하방을 남매가 천국이라 했고 행복해하는 남편과 아들, 딸, 에덴의 가정으로 회복시켜 주신 아버지께 감사의 찬양을 부르게 되었다.

말이 변하면 인생이 변한다.

"하나님, 아들 주셔서 감사합니다."

"하나님, 딸을 주셔서 감사합니다."

그대로 주셨다.

아버님의 소원을 효도했다. 남편소원 4남매는 포기했다.

감사하는 마음으로 살면 감사한 일만 생기게 되고 나도 모르는 사이 행복이 찾아온다. 따뜻한 말 한마디는 상대방을 감동 춤추게 한다.

하나님은 결코 실수 하지 않으신다

하나님의 역사는 반지하에서 시작되었다. 81년도에 가장 상위층 삶이었고 차있는 사람도 없을 때, 목사님 가정과 교회의 어려운 문제를 아무도 모르게 감당하며 신앙 생활했었다. 목사님, 사모님이 천국 가시는 날까지 섬겼다.

강단 꽃꽂이를 30때부터 세 교회를 봉사하며 신앙생활 했었다. 부도나서 어려움 당할 때 꽃회원들과 공무원들이 몰려와서 전국 1등의 매출이 바탕이 되었기에 훈련이 속히 끝날 수 있었음을 책을 쓰면서 감사를 갑절로 느끼게 된다.

하나님 앞에 헌신은 헛된 삶이 아니다.

성전강대상 꽃꽂이를 마치고 집에 돌아오는 길에 알림방신문이 눈에 보여서 집에 갖고 와서 보게 되었다. 55평 2층이 해약되어서 다시 나온 건물이었다. 가보니 교회였다. 모두 다 준비되어 있었다.

목사님께서 다른 교회 초청으로 강원도로 가시게 되셨고, 딸은 학교 때문에 교회 맞은편 주공아파트에 두고 왔는데 예배함께 드리게 해달라고 부탁하셔서 첫성도가 되었다. 나는 아이들 좋아하는데 어린이집을 하면서 목회를 시작하게 되었다. 시설을 해야 하는데 나승표 집사님이 생각나서 전화했는데 퇴근하시면 오셔서 바닥을 단열재를 깔고 전체 온돌호스를 깔고 잔돌을 깔고 그 위에 세면을 하셨고 모든 전기 시설까지 주방부터 베란다, 세면시설부터 한주간만에 공사 완료하게 되었다. 너무 신기하고 행복했다.

"사모님, 평화철물 물건대금만 분할로 납부해 주시면 됩니다." 또 감격의 감사기도를 하게 되었다. 55평이 기름도 작게 들고 따끈따끈 했다. 집사님이 장로님이 되셔서 임직식때 참석하고 왔다.

남편은 전도사 사역을 마무리하고 이제 우리 가족이 함께 모였다. 지하 살면서 남편과 나는 신학교를 졸업하고 지하에서 이사를 오게 되었다. 우리가족은 20평을 사택으로 만들어줘서 함께 모였다. 아들, 딸이 단 한번도 짜증 없었고 성 낸적 없었기에 감사하고 사랑하는 아들, 딸을 주셔서 나는 희망을 주는 어머니로 살 수 있었다. 오순란 아주머니는 "새댁, 우리 지하가 복이 많은 집이었네요."라고 말씀하시며 축하해 주셨다.

원아모집이 쉽게 모집되었고 사택이 맞은편 주공아파트로 이사하고 방 4칸을 만들었다. 목회가 시작되었다. 매주 금요일 교사 선생님들 신우회20명이 온전히 철야예배를 드리고 따끈한 바닥에서 2시간 잠을 자고 출근을 하셨다.

남편은 믿음없을 때 나를 전선줄 이어준다고 데려다준 칠보산 기도원으로 들어가서 21일 금식을 하고 보식은 친정언니가 해주셨고 막내 여동생이 어린이집 운전을 해주었다. 보식 끝나고 목사 안수식를 받게 되었다. 폐수약품 할 때는 두산이고 거래처 사람들과 날마다 술로 살던 남편이 목사안수를 받게 되었고 아들 목사도 선하고 지혜로운 예쁜 사모를 만나게 하셔서 목사 안수를 받았다. 현재 캐나다에서 담임목사님으로 시무하고 있다. 예쁜 딸은 전도사로 봉사하고 있다. 너희는 가만히 서서 하나님이 하시는 구원을 보라. 힘들게 하셨던 시어머님은 권사님으로 천국가셨고, 막내 시누는 보스턴 하버드대 교수며 교회를 시무하는 목사님 사모가 되었다.

인생을 역전 시키시는 하나님께 감사와 영광을 돌린다.

아들, 딸을 출산한 엄마여서 모든 환경을 극복할수 있었다.

나폴레온 힐은 이렇게 말했다.

모든 실패는 더 큰 성공의 씨앗을 동반하게 된다.

환경의 감당못할 어려운 장애물은 내게 성장의 기회가 되었다.

뇌경색, 류마티스 관절염, 대상포진 통증의 고통 속에서 넘어갈 수 없었던 장애물을 한 순간에 넘기게 되었다. 70세에 3편의 책을 쓰게 되었다. 최고의 보람있는 한 해를 보낼 수 있었다.

엄마가 활동하는 모습에 우리 가족은 행복한 삶이 되었다.

마음의 상처 받고 물질도 피해보고 건강도 무너지고 그토록 열심히 살아왔는데 사방에 보이는 현실은 절망할 수밖에 없는 모든 상황 속에서 내가 왜 이런 고통의 자리에 와 있을까?

괜찮아요.

그대로 당신은 참 소중한 사람이란 것을 잊지 마시고 기억하시면 좋겠습니다.

chapter 7

나는 엄마를 닮은 엄마가 되고 싶다

Mother, you are my hope

조아라

교육행정직으로 근무하고 있는 워킹맘이며
꿀잠습관 메신저로 활동하고 있다.
2011년~2019년 중등수학교사로 근무하다 휴직하고, 교육행정직으로 이직했다.
공감대화(비폭력대화)와 책『아주 작은 습관의 힘』을 만나며
제2의 인생을 살게 되었다.

"내가 경험하는 모든 것에 항상 100퍼센트 책임을 진다"는 말을
신조로 삼고 있다.
내가 선택한 느낌과 행동에
100퍼센트 책임을 지는 삶을 살기 위해 노력하고 있다.

우울증과 갑상선암을 겪으며 건강의 중요성을 깨달았다.
꿀잠자기 프로젝트와 꿀잠독서모임(새벽독서모임)을 운영하고 있다.
건강습관과 독서습관을 평생습관으로 장착하도록 도와주는 습관코치로
공감대화의 씨앗을 뿌리는 강사로 사는 것을 인생의 목표로 살고 있다.

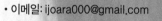

- 이메일: ijoara000@gmail.com
- 블로그: https://blog.naver.com/ijoara000
- 유튜브: 꿀잠메신저 조아라tv
- 인스타그램: https://www.instagram.com/joara95/
- 오픈채팅방 〈꿀잠방〉: https://open.kakao.com/o/g9nwgLOd

1. 처음부터 엄마인 사람은 없다

2. 언제나 든든한 내 편, 엄마

3. 엄마가 되며 조금씩 이해되는 것들

4. 생명을 키워내는 엄마

5. 내가 절반의 실패도 하지 않길 바라신 엄마에게

6. 꿀잠습관 메신저와 독서모임 리더로 건강하게 사는 나

처음부터 엄마인 사람은 없다

앤서니 브라운의 〈우리 엄마〉라는 그림책을 읽으면 우리 친정엄마가 떠오른다. 이렇게 따뜻하고 품이 넓은 엄마가 있어서 나는 정말 행복한 사람이라는 생각이 들었다. 그리고, 내가 이런 엄마가 되려면 많이 성장해야겠구나 깨달았다.

우리 엄마는 예전부터 손이 빠르고 살림도 잘하시고 섬세하셨다. 전업주부셨고 초등학교 급식 조리사로 일하시기도 했다. 할머니 할아버지를 도와 농사도 도와드렸는데, 이제는 농사를 전업으로 하고 계신다. 맏며느리로서도 성실하시고 천상 맏며느리감으로 보이는 우리 엄마.

나는 우리 엄마가 가족을 이렇게 정성으로 돌보시고, 상대방을 더 배려하는 모습이 당연하다고 생각했다. 우리 엄마는 원래 그렇구나 하고 말이다.

엄마도 한 명의 사람이고 초인(일반적으로 인간의 불완전성이나 제한을 극복한 이상적 인간을 일컫는 말)이 아닌데도, 나는 엄마를 희생하는 사람으로 믿고 있었다.

우리 엄마도 처음부터 엄마는 아니었구나 라는 생각을 한 건, 내가 10살 즈음이었다. 엄마의 앨범 속 결혼사진을 보며 의문점이 생겼다.

"엄마는 결혼식인데 왜 이렇게 고개를 푹 숙이고 있었어?"

결혼사진 속의 엄마는 고개를 완전히 숙이고 계셨다. 결혼식 진행 중에 찍은 사진이었는데, 서너 장의 사진 속에서 모두 고개를 숙이고 있어서 이상했다. 인사를 하고 계신 걸까?

하지만, 고개를 들고 늠름하게 미소짓는 아빠의 모습을 보니, 하객들에게 인사하는 순서도 아니었다.

결혼식 후에, 앞을 바라보며 찍은 기념사진 속의 엄마는 참 화사하고 예쁘셨다. 엄마는 왜 결혼식 도중에는 내내 고개를 숙이고 계셨을까?

엄마와 아빠는 지인의 소개로 맞선으로 처음 만나셨고, 만난 지 3개월 만에 결혼하셨다. 엄마는 27살, 아빠는 29살이셨다. 엄마는 결혼이 두려웠다고 한다. 만난 지 3개월, 횟수로 4번 정도

만난 사람과 결혼을 하고 같이 살게 된다는 것, 시댁에서 시부모님까지 모시고 살아야 한다는 것을 생각하면 앞이 막막했을 것이다.

엄마의 풋풋하고 싱그러운 처녀 시절 사진을 다시 보았다. 엄마는 처음부터 엄마가 아니었고, 오빠와 나를 낳아서 키우시며 엄마가 되셨다. 사실 당연한 말이다. 그림책 〈우리 엄마〉에 나오듯이, 우리 엄마는 사장님이 될 수도 있었고, 요리사가 될 수도 있었고, 멋쟁이 골드미스가 될 수도 있었는데도 우리 엄마가 되었다. 그리고 사랑과 정성을 듬뿍듬뿍 주시며 우리를 키워주셨다. 지금도 엄마는 4시간 거리에 멀리 살아서 나를 더 도와줄 수 없음에 안타까워하신다. 나는 엄마의 결혼식 사진을 떠올리면 가슴이 먹먹해진다.

나는 어떻게 엄마가 되었을까 돌아보았다. 나는 학창시절 사춘기도 없었고, 부모님 말씀 잘 들으며 착하게 성실하게 자랐다. 나는 남자친구를 부모님께 소개해준 적이 없었다. 열여섯부터 스물넷까지 남자친구가 여러 번 있었지만 나는 야학교사 활동에 빠져있었고, 너무 야학에 몰입한걸 들킬까 봐 남자친구가 있다는 사실도 숨겼다. 보수적인 부모님의 허락을 받고 사귄다는 건 상상할 수 없었다. 하지만 내가 너무 시도조차 하지 않은 것이 후회가 된다. 꼭 소개가 아니더라도 엄마와의 대화가 더 필요했다.

나는 스물 일곱 4월 3일에, 지금의 우리 신랑을 처음 만났다. 부모님께 소개를 하고 싶고, 결혼하여 얼른 독립하고 싶어 안달이 났다. 소개를 처음 하기 위해 말을 꺼냈고, 몇 번 시도하였다. 우리 딸은 아직 어리다는 생각을 하고 계셨던 부모님은 거절하셨다. 나는 너무 속상하고 힘든 시간을 보냈다. 그런 우리에게 복덩이(태명)가 찾아와 주었다. 나는 위기였지만, 기회라 생각했다. 나와 우리 신랑은 편지를 써서 찾아가서 부모님께 빌며 허락을 구했다. 집에도 못 들어오고 다음 날까지 차에서 뜬눈으로 기다렸던 우리 신랑에게 지금도 미안하고, 우리 엄마 아빠도 사위에게 미안해하신다.

　　우리는 평화 성당에서 결혼을 하고 복덩이, 금동이를 낳아 잘 살고 있다. 나의 초고속 결혼과정과 두 아이를 둘 다 이른둥이(미숙아)로 낳은 일을 생각하면 나의 엄마 되는 과정은 참 어려웠다. 그리고 지금도 7살, 9살을 키우는 엄마로서 부족한 점이 많지만 매일 배우며 엄마로 성장하고 있다.

언제나 든든한 내 편, 엄마

나는 시골에서 태어나 대가족 속에서 자랐다. 한 살 위에 오빠가 있어서 어쩔 수 없는 비교 속에서 자랐다. 모든 가족들은 오빠를 좋아했다. 물론 나도 사랑받았다. 내가 태어난 것을 기뻐하시며 아빠가 조아라라고 이름 지은 것을 보면 말이다.

하지만, 다들 오빠만 좋아하는 것으로 느껴졌다. 가부장적인 문화가 있어서였을까, 내가 샘이 많아서였을까. 나는 둘 다라는 생각이 든다.

오빠는 외향적인 성격이었고, 나는 내향적이었다. 나는 오빠가 남자인 게 부러웠다. 오빠의 성격, 붙임성, 남자다움, 털털함도 나는 부러웠다. 할머니가 가끔 하시던, "다른 사람 열 트럭을 갖다 줘도 우리 장손 현이가 최고지." 라는 말씀이 아직까지 기억에 남는다.

돌이켜보면, 아들이고 장손이라서, 온 가족이 더 우대해주었고, 오빠의 성격과 듬직함을 좋아했던 것 같다. 또 할머니는 가부장적 옛날 문화 속에서 자라서, 남자아이를 선호하고 장손을 좋아했던 것이었다. 내가 좀 더 넓은 세상을 빨리 알았더라면 어땠을까 하는 생각이 든다.

어쨌건, 나는 내 자아정체성을 형성하는데 오빠의 영향을 많이 받았다. 그 중 가장 힘들었던 건 우리 엄마, 아빠도 나보다 오빠를 더 많이 좋아한다고 믿었던 것이었다.

나는 어렸을 적부터 잘 울었다. 오빠랑 싸워서 울고, 놀이에서 져서 울고, 하던 일이 잘 안되어 울곤 했다. 나는 그때마다, 엄마 아빠의 뚝 그치라는 엄격한 말씀을 들으며 겨우겨우 울음을 진정시켰다. 우는 것은 안 좋은 것이고 숨겨야 하는 것으로 인식했다.

내가 마지막으로, 신체적 힘으로 오빠와 맞섰던 날이 아직도 기억난다. 우리는 다투었고, 나는 주먹으로 오빠의 무릎을 때렸다. 오빠도 주먹으로 내 다리를 때렸는데, 너무 아프고 속상해서 울고 말았다. 그때, 우리 둘을 중재했던 부모님과 할머니는 나를 달래주셨지만, 마지막 말씀은 내 마음에 콕 박혀 아픔이 되었다.

"오빠한테 힘으로 맞서서 뭐하려고 그래. 이기려고 하지마."

라는 말이었다.

동생이니 대들지 말라는 말씀이셨다. 한 살 차이 밖에 안 나는데, 왜 나는 오빠를 이길 수 없다고 하실까. 나는 오기가 생겼다. 나는 '힘이 안되면, 다른 방법으로 오빠를 이길 거야'라고 다짐했다. 나는 그래서 초등학생 때부터 스스로 모범생이 되기를 선택하고 공부를 열심히했다.

초등학교 5학년때 즈음인 것 같다. 부모님이 오빠를 훨씬 더 좋아한다는 느낌과 차별받는다는 생각이 들어서 너무 속상해 엉엉 울었다. 그리고 나는 엄마 아빠가 오빠편을 더 많이 들고, 오빠를 더 좋아한다며 울면서 따져 물었다.

엄마는 내 말을 묵묵히 끝까지 들어주시고 미안하다고 말씀을 꺼내셨다. 그리고 우리 딸과 아들을 얼마나 똑같이 사랑하는데, 차별받는다는 느낌을 받고 있었다니 엄마도 속상하다고 하셨다. 엄마의 목소리도 떨리고 목이 메고 있었다.

나는 그때 엄마의 속마음을 알았다. 엄마가 우리를 똑같이 사랑하고 계시구나. 아빠도 똑같이 사랑하고 계시는데 표현을 못하시는구나 하고 깨달았다. 엄마도 딸로 자랐고, 딸로 받는 차별을 겪으며 살아오셨다. 우리 남매는 정말 똑같이 사랑으로 키우고 싶다고 하셨다.

이제는 똑같이 사랑을 준다는 것도 중요하지만, 더 중요한 게 있음을 알게되었다. 한 배에서 나왔지만 사람마다 다르다. 그 다름을 존중하고 한 명 한 명을 아끼고 사랑해주신 엄마의 마음이 느껴진다.

나는 교사생활을 하며 바닥을 치는 우울감에 빠졌었다.

내 주변 사람들이 나를 평가하고 손가락질할 거라는 생각으로 너무나 힘들었다. 울면서 잠들고, 부은 눈으로 일어나 겨우 학교에 나갔다.

휴직원을 내고 1년 뒤에 사직원을 내면서도 나는 너무나 두려웠다. 나 혼자 곧게 뻗은 길을 벗어나 풀숲으로 뛰어드는 게 아닐까. 결국 나는 무엇 하나 성취감을 못 느끼는 게 아닐까. 걱정에 잠 못 이루기도 했다.

나는 교사를 하며, 무조건 잘해야 한다는 강박에 사로잡혔었다. 내가 선택한 길이었고 잘하고 싶었다. 학생들을 짝사랑하며 노력을 기울였지만, 반응이 잘 안 나올 때마다 내 능력이 부족함을 스스로 자책했다. 내 성격은 왜 이리 소심하고 나약할까 라는 생각도 들었다.

사실 나는 엄마에게도 힘든 이야기를 조금 밖에 털어놓지 못했다. 그냥 아이들을 대하기가 너무 힘들다고, 적성에 안 맞는다고 두루뭉술하게 이야기했다. 휴직을 선택하는 나에게도, "네가 잘하려는 마음 안다. 생각처럼 되지 않아서 속상하지." 하시며, 엄마는 나를 있는 그대로 인정해 주시고 믿어 주셨다. 엄마는 온전히 내 편이 되어 주셨다. 나는 행정직에 합격하고 이직을 결정하고 나서야 말씀드렸다. 엄마는 "공부하기 힘들었을 텐데 말하지 그랬어. 집이 멀긴 해도 엄마가 애들을 조금이라도 봐주었으면 좋았을 텐데… 애썼다, 우리 딸."

너무나 감사하고 행복했다. 나는 우울증을 점점 떨쳐낼 수 있었고, 편안한 마음으로 새로운 곳에 적응했다.

점점 평생직장이 없는 시대, N잡러 시대가 되고 있다. 나는 내가 하고 싶은 일에 계속해서 도전하고 있다. 바로, 공감대화 강사가 되는 것과 건강습관 코치가 되는 것이다.

엄마는 걱정하시고 마음을 또 많이 쓰실지도 모른다. 나는 부모님을 한 번에 설득할 수는 없다. 내 일상과 나의 꿈을 조금씩 공유하고 내가 조금씩 성장하는 모습을 계속 보여드릴 것이다.

누구나 나를 믿어주는 단 한 사람만 있으면 살 수 있다고 한다.

나에겐 항상 든든한 내 편이 되어준 엄마가 계셔서 내 삶을 힘차게 살아내고 있다. 나도 엄마의 든든한 딸이 되어야겠다. 엄마 마음을 들어주고 공감하는 딸이 되고 싶다.

엄마가 되면서
조금씩 이해되는 것들

고등학생 때, 시험 기간이라 독서실에서 공부를 하고 밤잠도 그곳에서 잔 적이 있다. 공부 핑계로 친구랑 밤을 지새우는 자유를 누리는 게 좋았다. 다행히 엄마 친구가 운영하시는 독서실이기도 했다. 그때, 엄마가 도시락에 넣어주신 편지에 정말 행복했다. 나는 그 힘으로 공부하고 그 힘으로 조금씩 도전할 수 있었다.

그런데 교원임용 삼수생 시절, 엄마의 편지를 우편으로 받고 눈물이 났지만, 너무 힘들기도 했다. 엄마가 내 모습에 너무나 감정이입을 하시는 게 느껴졌다. 나는 그때 노량진에서 공부하고 있었는데, 발목을 접질러서 골절상을 입었다. 그래서 목발을 짚고 다니며 수험공부를 하고 있었다. 나는 스터디를 하고, 개인공부시간을 확보하며 노력하고 있었다. 그런데, 엄마의 편지를 읽자 부담감이 몰려왔다. 이번에도 임용시험에서 떨어지면 엄마의 마음은 또 얼마나 무너지실까 하는 마음에 두려웠다.

함께 공부하던 친한 언니에게 편지를 보여주었다. 언니가
내 마음을 토닥여주었다. 자기라면 너무 부담되겠다고 말해주었
다. 왜 우리 엄마는 이렇게까지 걱정하시고 부담을 주실까 라는 생
각이 들었다. 털털한 엄마를 둔 그 언니가 부럽기도 했다. 하지만,
언니의 공감해주는 한마디에 나는 다시 마음을 잡을 수 있었다.

5년이 흐르고, 나는 둘째 아이로 딸을 낳았다. 첫째 아이는
아들이었고, 나는 아들과 딸을 둔 엄마가 되었다. 그리고 딸아이가
7살이 된 요즘, 딸이라서 더 감정이입이 많이 된다는 것을 느낀다.

우리 딸은 29주 6일에 태어나서 몸이 작고 약했다. 50일간
신생아중환자실에 있다가 퇴원할 수 있었고 정성 다해 열심히 키
웠다. 그런데 아이는 6개월이 되어도 뒤집기를 못하고 발달이 늦
었다. 아이가 3살이 되던 2017년, 우리 부부는 서울 세브란스 병
원에 딸아이를 입원시키고 뇌 MRI 검사와 재활치료를 받기로 결
정했다. 내가 아이를 데리고 병원 생활을 6개월 정도 했다. 약을
사용해 마취를 해서 통 안에 들어가는 뇌 MRI 검사가 너무나 무
서웠고 속상해 눈물이 났다. 아이를 29주에 이른둥이로 낳은 것

이 너무나 미안했고, 검사받게 하는 자체가 미안했다. 검사결과, 아이는 약한 뇌 손상으로 다리가 좀 불편한 장애를 갖고 있었다. 나는 내가 대신 장애를 가지면 좋겠다는 마음이 들었다. 아이가 구내염으로 열이 계속 오르고 아파할 때면, 내가 대신 아파주고 싶었다. 내가 감정이입하고, 아이와 나를 동일시하는 엄마가 되어 있었다.

아이는 두 돌이 지나고 조금씩 두 발로 걷게 되었다. 이젠 쑥쑥 자라서 '재잘이'라는 별명도 가진 일곱 살 꼬마 숙녀로 잘 자라고 있다. 요즘은 한글을 어떻게 더 재밌게 배울까, 책 읽는 습관을 어떻게 길러줄까, 친구들을 잘 사귀도록 어떻게 도와줄까를 고민한다. 피아노도 더 잘 치길 바란다. 점점 욕심내는 나를 느끼며 '이러지 말아야지'하는 생각이 든다. "초심을 생각하라"라는 말처럼, 내 품에 와준 소중한 보물인 아이에게 고마운 마음을 가져야 겠다. 너무 과도하게 아이에게 감정 이입해서 아이에게 부담을 주지 말아야겠다.

우리 엄마는 요즘도 쪽지와 편지로 나에게 감동을 주신다. 이젠 부담 주시는 엄마가 아니다. 수험생일 때 내가 느낀 부담감도 결국, 내가 내 상황에 빠져서 심각하게 받아들여서 힘들었던 것 같다.

엄마가 우리집에 다녀가시며 남겨놓으신 쪽지엔 이렇게 적혀있었다.

"딸, 몸 생각하면서 했으면 한다. 건강이 최고니까.

먹는 것도 우선해야 건강 잃지 않거든. -엄마가"

엄마, 무리해서 책보고 글 쓰는 제가 많이 걱정되셨죠? 갑상선암으로 수술도 받았는데 말이에요. 반성할게요. 엄마의 한없는 사랑을 받을 수 있어 정말 행복해요. 제 몸 꼭 챙기고 건강하게 생활할게요. 엄마랑 시간 더 많이 보내고 더 많이 웃으며 지내고 싶어요. 사랑해요, 우리 엄마.

생명을 키워내는 엄마

할머니 할아버지는 경북 김천에서 평생 농사를 지으셨다. 할아버지는 작년에 하늘나라에 가셨고, 할머니는 여전히 농사를 지으신다. 이제는 아들들에게 포도밭을 모두 물려주시고, 조언해 주시며 일손을 도와주신다.

나는 부모님 두 분이 평일에는 직장에서 일을 하시고, 주말에는 시골에 가서 포도 농사를 도우시는 모습을 항상 보며 자랐다. 나랑 오빠는 도랑에서 물고기와 다슬기를 잡고, 마당에서 흙으로 성을 쌓으며 놀았다. 그래서 어릴 적 그 일상을 나는 참 당연하게 생각하고 살았다.

자라고 보니, 그건 아무나 할 수 있는 일이 아니었다. 엄마, 아빠는 부모님 농사를 도와드리며 정성으로 모셨고, 가족 친지들에게도 과일, 김치, 제사음식 등을 끊임없이 나누는 삶을 사셨다.

맏아들과 맏며느리의 역할과 짐이 너무나 크셨을 것 같다.

엄마는 결혼 후 전업주부로 사셨다. 그러다가 나랑 오빠가 초등학생일 때, 조리사 일을 시작하셔서 10여 년간 일하셨다. 우리는 서부초등학교에 다녔는데, 엄마는 다른 학교인 동부초등학교 급식소에서 일하셨다. 나는 어린 마음에 그게 참 다행이라고 생각했다. 같은 학교에서, 밥과 반찬을 식판에 올려주시는 엄마를 보면 친구들이 볼까 봐 부끄러울 것 같았다. 엄마와 친구분들이 우스개로 스스로 "밥쟁이", "솥뚜껑 운전사"라고 하시는 말씀을 들었다. 나도 덩달아 '밥해주는 일은 중요한 일이 아니다', '전문직이 아니다'라는 선입견을 가졌던 것이다.

하지만, 나는 엄마가 조리사 자격증을 따고 일하러 다니시고, 친구분들도 많이 만나며 즐겁게 사시는 모습이 참 좋았다. 그 당시 엄마는 한 친구분(컷트머리 멋진 아줌마셨다)을 따라 스쿠터를 사서 부릉부릉 운전하고 다니셨다. 나는 엄마 뒤에 타고 장보러도 가고, 어디든 놀러갈 때 타곤 했는데 정말 신나고 즐거웠다. 아빠는 결혼 초에 차가 없어서 오토바이를 타셨다. 오토바이에 젊은 우리 엄마 아빠, 꼬맹이였던 우리 남매가 다함께 타고 있는 사진이 남아있다. 나는 지금 서른여섯이다. 지금의 내 나이의 부모님 사진을 다시 보니, 엄마 아빠를 더 이해할 수 있을 것 같다. 엄마 아빠와 대화도 많이 하고, 여행도 하며, 함께하는 시간을 더욱 소중히 보내고 싶다.

엄마는 우리 네 식구를 먹이기 위해, 가족 친척들과 나누기 위해 음식을 하셨다. 하지만 나는 음식에 관심이 없었고 자취할 땐 특히 귀찮았다. 이제는 아이를 낳아 키우며, 암진단을 받고 수술을 받으며 음식이 중요함을 깨달았다.

우리 엄마는 생명을 키우는 일을 하신다. 자식 농사를 지으셨고, 포도 농사를 짓고 계신다. 오빠랑 내가 아이를 두 명씩 낳았으니 자식 농사가 끝나야 하는데, 아직도 여러 가지 김치를 담가주시고 반찬을 해서 나눠주시느라 여념이 없다. 너무나 감사하고 죄송한 마음이다.

우리 엄마는 꽃과 식물들, 동물들도 사랑하신다(너무 길고 꿈틀거리는 건 싫어하시지만). 나는 엄마, 아빠 집에 갈 때면 꽃나무와 포도나무를 볼 생각에 신이 난다. 엄마가 뿌듯한 마음으로 포도나무를 자랑하시는 모습을 보면 나도 너무나 행복하다. 생명을 키워내시는 엄마를 닮고 싶다. 나도 육아와 살림을 통해 생명을 키우는 사람이 되겠다고 다짐한다.

내가 절반의 실패도 하지 않길
바라신 엄마에게

〈딸아, 너는 절반의 실패도 하지 마라〉라는 책을 읽었다. 제목을 보고 내용이 너무나 궁금해져서 읽은 책이었다.

우리 엄마는 내가 절반의 실패도 하지 않길 바라는 마음으로 나를 키우셨구나. 그래서 내가 실패를 겪어낼 때, 나보다 더 아파하셨구나 하는 생각이 들었다.

하지만 나는 한편으로, 책 제목에 대한 반발심이 생겼다. 나는 깨지고 부딪치고 실패하며, 또한 성장할 수 있다고 믿는다. 나는 실패할 용기를 내고 싶다. 엄마에게 나 실패해도 괜찮다는 것을 말해주고 싶다. 다시 일어설 수 있다는 것을 보여주고 싶고 들려주고 싶다.

나는 주로 이길 수 있는 경기만 주로 한 것 같다. 초등학생 때는 달리기를 할 때면 좋았다. 운동회를 하면 무조건 1등을 해서 노트 세 권을 받았다. 하지만, 나는 체육 시간을 좋아하지 않았다. 피구를 하거나, 공으로 하는 운동들은 서툴러서, 내 차례가 늦게 오고 빨리 지나가길 기도하곤 했다.

학생 때 용기내어 친구 따라 태권도장을 다녔는데, 먼저 다녔던 친구는 발차기를 척척 하는 것을 보니 부러웠고, 나는 너무나 작아지는 기분이 들어 그만두었다. 딱 두 달, 노란띠까지 했다. 수영은 사회초년생일 때 다녀보았는데 불규칙한 생활로 아침 수영을 잘 가지 못했고, 간절함이 없어서 그만두었다.

내가 꾸준히 한 것은 공부였다. 사범대 수학교육 전공으로 대학에 입학했다. 고등학교 때까지의 수학과 너무 달라서 처음엔 좌절했지만 꾸준하게 했다. 대학교 2학년 여름에 시작한 야학교사 활동은 보람 있고 즐거웠다. 내가 배워서 사람들에게 나눌 수 있음이 행복해서 열심히 공부했다.

나는 교원임용 삼수 만에 합격했다. 고향인 경상북도가 아닌 강원도로 시험을 보았고, 첫 발령지는 속초였다.

나는 중2 담임을 맡았고, 내가 난생 처음 접하는 상황들에 많이 놀랐다. 아이들의 반짝이는 눈을 보는 게 참 좋았는데, 한 학기가 지나니 아이들은 수학수업에 앉아있는 것조차 힘들어했다. 수업이 망가지고 내 마음이 무너져내렸다. 친절할 땐 친절하고 단호할 땐 단호한 선생님이 되려 했지만 잘되지 않았다.

학교폭력사건이 생겨서 학교폭력대책위원회 회의에 참석하고 상담도 했다. 아이들은 너무나 상처가 많았고, 나는 어찌할 바를 몰랐다. 나는 온실 속에서 살아왔음을 깨달았다. 내겐 그때까지 사춘기가 없었다. 교단에 처음 섰던 그해, 26살인 나에게 아주 호된 사춘기가 찾아왔다. 나는 좋은 어른이 되는 데 실패했다고 생각했다.

나는 두 아이를 이른둥이로 낳고, 복직하여 다시 교사로 근무했다. 초임 때의 고통과 고민들이 다시 밀려왔다. 둘째 아이의 재활치료로 주말부부를 하고 있었고, 첫째 아이가 분리불안을 갖고 있어서 부담이 가중되었다. 도대체 나란 사람은 제대로 하는 게 없다는 생각, 학생들과 동료 교사에게 피해만 주는 무능력한 교사라는 생각이 떠나지 않았다. 나는 내 몸과 마음이 완전히 바닥을 쳤다고 느꼈다. 죽을지도 모른다는 생각이 들었다. 나에겐 두 아이가 있으니, 나 자신부터 살려야 했다. 신랑에게 도움을 청했고 같이 정신과에 가서 상담을 받았다.

"학생들도 힘들어서 찾아오고, 부모도 찾아오고, 선생님도 힘들어서 찾아오셨네요…"

의사 선생님의 안타까움과 공감이 섞인 이 말씀을 듣고 눈물이 주르륵 흘러내렸다. "네, 힘들어서 도저히 못 하겠어요."

나는 2019년 가을, 치열하게 고민했다. 교사로 휴직상태였고, 지방공무원 교육행정직에 합격한 상황이었다. 이제는 정말'맨땅'이다 생각했다. 교사를 다시 하든, 교육행정직을 하든, 새 출발선 상에 있다고 생각했다. 나는 고민 끝에 교직에 대해 사직서를 냈고 행정직공무원이 되었다.

나의 직업에 대한 실패를 인정하고 다시 출발하고 싶었다. 엄마에게 말씀드리고 싶다.

"엄마, 저 실패했지만 괜찮아요. 내가 좀 더 나은 사람이 되어가는 과정이라 생각해요. 저는 이 과정도 사랑하기로 했어요. 엄마 딸 믿고 지켜봐 주세요!"

한때, 엄마의 잔소리와 걱정을 듣기가 힘들었다. 하지만, 이제 엄마의 마음을 절반 이상은 알 것 같다. 나머지 절반은, 앞으로 엄마를 더 잘 알아가며 효도하고 싶다.

엄마책 공저쓰기를 하며, 엄마의 마음을 많이 느낄 수 있었다. 딸이 전문직 직업을 갖길 바라시고, 결혼생활을 무난하고 행복하게 하길 바라셨다. 세상살이가 힘드니, 곧고 안전한 길로 가길 바라신 엄마의 마음을 알 것 같다. 나를 사랑하시는 마음에서, 내가 절반의 실패도 겪지 않길 바라셨던 엄마를 이해한다. 나도 엄마를 마음 다해 사랑한다고 말하고 싶다. 엄마의 몸과·마음을 꼬옥 안아드리고 싶다.

끝잠습관 메신저와
독서모임 리더로 건강하게 사는 나

나는 2018년 늦가을, 공감대화(비폭력대화)를 알게 되었다.
속초 한살림에서 고현희 선생님의 재능기부 특강을 통해서였다.
우울증으로 힘들어하던 나에게 한 줄기 빛이었다. 나를 인정하는
'자기공감'하는 연습을 하며 나는 내 마음의 지옥에서 빠져나올 수
있었다.

나는 공감대화를 배우며 내 삶을 찾았다. 우선 진로에서 방
황하는 나를 있는 그대로 인정하기 시작했다. 이른둥이 두 아이
를 키우며 불안해했던 내 마음을 인정해주었다. 남편과의 대화에
서 '내 말만 주로 쏟아내던 나'에서, 조금씩 '가만히 상대방의 말을
경청하는 나'로 점점 변할 수 있었다.

사실, 공감대화를 3년째 소모임을 통해 배우고 노력하면
서도 '공감대화가 왜 이렇게 내 몸에 붙지 않을까, 오늘 이런 면

에서 내가 폭력대화를 했구나.' 하며 자책하고 속상해한 날이 더 많았다.

아이에게 야단치는 말, 쏘아붙이는 말(폭력대화)을 하고 후회되어, 하루 안에 아이에게 사과하려고 노력했다. 남편과도 불편한 대화를 나누고 아차 싶을 때, 곧바로 미안하다고 말하게 되었다.

미안하다는 한마디 말로 풀리는 게 아니기에, 내 마음을 천천히 전해야지 마음먹는다. 남편과 아이들이 속마음을 들려줄 때면 정말 기쁘고 행복하다. 공감 대화에서는 자신의 느낌과 바람(내가 원하는 것, 내가 필요로 하는 것, 나의 욕구)을 구체적으로 말하는 것이 가장 중요하다고 말한다.

이제는 자기 전에 나는 나와 이렇게 대화한다.

'오늘은 남편과 공감대화를 했던 내가 자랑스럽다. 이런 부분은 잘 되지 않아서 속상하구나, 충분히 슬퍼하자. 그리고 이런 말, 이런 실수는 하지 말자.'

나는 공감대화를 계속해서 배우고 노력하며 나아가는 중이다. 100세 시대다.

공감대화(비폭력대화)는 아직 나에게 외국어처럼 느껴지기도 한다. 폭력대화로 살아온 시간이 더 길기 때문이다. 나는 50세가 될 때까지 공감대화가 몸에 붙도록 체화할 것이다. 그리고 지금부터 100세까지 사는 동안 공감대화를 알려주고 도와주는 공감대화 메신저로 살고 싶다. 나는 올해부터 공감대화 강사가 되어 활동하고 있다. 공감대화 코치가 되어, 나와 비슷한 고민을 하는 부모님들과 우리의 희망인 아이들에게 공감대화라는 행복한 대화방법을 나누며 살고 싶다.

나는 올해 2021년 7월, 갑상선암 진단을 받았다. 병원을 나오면서 눈물이 났다. 억울한 마음이 컸다. 내 몸을 내가 돌보지 못했다는 자책감도 들었다. 난 그날 하루 충분히 슬퍼하고 일어나자고 마음먹었다.

나는 2020년에 〈아주 작은 습관의 힘〉이라는 책을 만났다. 곧 내 인생책이 되었다. 너무 좋아서 세 번 읽었다. 나는 습관을 바꾸면 인생을 변화시킬 수 있다는 것을 깨달았다. 책을 읽으며 내 삶의 가장 기본습관부터 만들기 시작했다. 바로 수면습관이었다.

나는 스무 살부터 너무나 불규칙하게 수면을 취해왔다. 그리고 잠은 4시간 정도만 자도 몸을 회복할 수 있다고 근거 없는 정보를 믿어왔다. 나는 아이들을 재우고 책을 읽으며 내 시간을 갖고 싶어 밤늦게 잔 날이 많았다. 2020년 초부터 시작한 블로그에도 글을 자주 쓰고 싶었지만, 시간이 부족했다. 잠을 너무 부족하게 잔 날은 아이들에게 쉽게 짜증과 화를 내고 후회하는 것을 반복했다. 공감대화를 배워도 내 몸이 피곤하고 지치면 실천이 되지 않았다.

이때, 김경일 심리학과 교수의 〈한국인이 놓치고 사는 이'숫자'만 바꿔도 인생이 바뀝니다〉라는 세바시 영상을 보았다.

"잠을 자지 않은 사람은 그 다음 날, 자기의 나쁜 습관을 사람들 앞에서 보여주는 가장 위험한 상태가 돼요."라는 말이 내 정신을 번쩍 들게 해주었다. 김경일 교수가 받았던 질문처럼, "너 몇 시간 자는 사람이야?"라는 질문에 제대로 대답할 수 있는 사람이 되어야겠다 결심했다. 1년 동안 수면시간과 내 기분점수(오늘의 사람 관계 만족도)를 적기로 했다. 우선 확언쓰기 노트에 적기 시작했다. 스마트 워치인 미밴드를 착용하고 자니, 잠든 시간과 깨어난 시간, 렘수면(꿈꾸는 잠), 비렘수면(몸과 뇌가 쉬는 깊은 잠)까지도 알려주어서 참 좋았다. 12시 이전에 잠들기부터 시작했다. 그리고 11시에 잠들고 6시 기상을 하게 되었다.

수면을 기록해보니 이렇게 좋은데 혼자만 알기 아까웠다. 카카오프로젝트 100에서 파트너 리더를 모집한다는 공지를 보고, 열심히 신청서를 작성해서 보냈다. 파트너 프로젝트 '사회변화'부문에서 선정되었다. 3년 전 내가 담임했던 우리반 아이가 잠을 잘 못 이루고 학교에서 졸곤 했던 모습이 안쓰러웠다. 청소년들과 어른들의 수면습관을 기를 수 있게 도와줄 수 있다는 기대에 부풀었다. 첫 프로젝트에서는 모집이 너무 더뎠다. 나는 내 제자 두 명을 꼬드겨서 참여시킬 수 있었다. 그리고 지인을 많이 초대했다. 지원금으로 수면책을 모두에게 선물할 수 있었다. 프로젝트가 끝나고 아이가 책을 다 읽었고 불면증도 나아졌다는 소식을 주었다. 무척이나 기뻤다. 두 번째 프로젝트는 58명이 참여했고 지금은 세 번째 프로젝트에 89명이 참여하여 진행 중이다.

나는 공감대화로 마음건강을 찾았고, 수면습관으로 몸건강을 찾았다.

나는 갑상선암이라는 인생의 파도가 왔지만 이미 나에게 암을 이겨낼 수 있는 힘이 많이 있음을 깨달았다. 나는 1년째 수면기록과 확언쓰기라는 아주 작은 습관을 쌓고 있었기에 건강해질 수밖에 없다고 생각했다. 식습관을 자연식으로 바꾸었고, 8월부터 달리기를 시작했다. 건강할 수밖에 없는 내 환경을 세팅하는 것이 핵심이다.

나는 12월부터 꿀잠독서모임이라는 새벽독서모임을 시작했다. 우리 독서모임의 핵심 키워드는 "건강, 습관, 글쓰기" 세 개이다. 우리 팀원들이 함께 읽을 책을 선정하고, 한 달에 한 권 완독이 목표다. 매주 토요일 새벽 6시~7시 30분까지 온라인 줌(zoom)

을 이용하여 독서모임을 한다. 각자 일주일 동안 읽은 내용 중에서 본것, 깨달은 것, 적용할 것을 발표하는 "본깨적 3분 스피치" 시간을 갖는다. 그리고 책의 내용을 적용하는 방법을 함께 토론하고, 직접 독서모임 시간에 실습해보기도 한다. 나는 건강습관과 독서를 연결하는 꿀잠메신저다. 건강습관과 독서습관을 평생습관으로 장착하는 프로그램으로 사람들과 함께 성장하고 싶다.

늦은 사춘기를 겪은 딸을 지켜보며 함께 아파해주시고 사랑으로 품어주신 엄마 덕분에 나는 어른으로 성장하고 있다. 나는 당연히 엄마의 모습을 닮았다. 그리고 엄마의 넉넉한 마음을 닮은 엄마가 되고 싶다.

chapter 8

세상에서 가장 다정한 이름, 엄마

Mother, you are my hope

조은혜

엄마의 삶에 수놓아진 행복으로 가기 위한 기쁨과 평안의 습관에 관한 이야기를
담백하게 담아낸 책을 쓰고 싶었습니다.
책을 쓰기 위해 엄마에 대해 깊이 알아갈수록 이 과정이 나의 자아를 찾아가는
여정임을 글을 쓰면서 깨닫게 되었습니다.
열명의 다정한 엄마들과 스윗한 예비 아빠 한분과 함께 책을 쓰고 공감하는 과정
속에서 엄마에 대한 깊은 감사를 갖는 소중한 시간이었습니다.
'어머니 당신이 희망입니다' 라는 책 제목처럼 어머니와 닮은 꼴로 세상에 희망을
주는 작가가 되기를 소망합니다.
기쁨과 평안의 삶을 살아낸 엄마를 이해하고 나의 삶에 반추한 글들로 세상을 따
뜻하게 채우고 싶은 희망 작가 조은혜입니다.

따뜻한 세상을 만들고 싶은 희망작가의 첫발을 힘차게 내딛는데 도움을 준
'어머니 당신이 희망입니다' 책에 고마움을 표합니다.

1. 엄마의 비법 한 스푼

2. 사과군과 도너츠양

3. 그대로 멈춰라

4. 하늘이 준 선물

5. 엄마와 그녀의 엄마

6. 꿈꾸는 여인

엄마의 비법 한 스푼

따뜻한 차 한 잔이 그리워지는 계절, 겨울이다. 겨울 되면 생각나는 겨울 아이템이 머릿속에 한가득 떠오른다. 먼저 따끈따끈한 군고구마가 생각난다. 손이 꽁꽁 어는 날에도 장사하시던 군고구마 아저씨. 잘 구워진 뜨끈뜨끈한 군고구마 하나를 인심 좋게 덤으로 얹어 주시며 맛있게 먹으라고 하시던 아저씨의 주름진 미소가 생각난다.

숨을 쉴 때마다 입에서 하얀 구름 같은 연기가 만들어지는 추운 날씨에는 온기 가득한 길거리 맛집들이 어김없이 생겨난다. 버스 정류장 근처에는 버스를 기다리다가 추위와 배고픔을 달래려는 사람들을 위해 뜨끈한 어묵 국물을 떡볶이와 함께 먹을 수 있는 떡볶이집과 간단하게 허기를 채울 수 있는 따뜻한 붕어빵집이 손님맞이에 한창이다. 요즘은 코로나로 인해 보기 힘든 모습이

기도 하다. 길가 만두집에서는 한 명은 만두를 만들고 한 사람은 찜기에 만두를 넣고 다 완성된 만두를 꺼내어 손님상에 내놓는다. 김이 모락모락 나는 만두가게를 지나면서 보기만 했는데도 배가 부르고 따뜻해지는 기분이 든다. 겨울 아이템은 비단 먹거리만이 아니다.

길을 가다 만난 뜨개질 공방, 그 공방 유리문에는 아이들 옷, 작은 소품들, 뜨개질을 배우고 싶어하는 수강생을 모집한다는 게시물이 부착되어 있었다. 유리 너머에 디스플레이된 뜨개질 작품을 구경하면서 문득 어릴 때 엄마가 뜨개질 하던 모습이 겹쳐 보인다. 다양한 색깔의 털실이 둥글게 모여 있고 한올 한올 뜨개질을 하면서도 우리들에게 이야기도 하시고 다른 곳을 쳐다보시면서도 뜨개질을 계속하시는 엄마의 모습을 보면서 어떻게 보지도 않고 뜨개질을 하는지 신기해 했던 기억이 새록새록 하다. 어느 날은 빨강색의 옷이 뚝딱 만들어지고 어느 날은 노랑색이, 또 다른 날은 벙어리장갑이 뚝딱뚝딱 만들어져서 어느새 우리 몸에 꼭 맞게 입혀졌다. 아기자기한 망토도, 뜨개 꽃이 대롱대롱 매달린 벙어리 장갑도, 옷 위에 겹쳐 입는 조끼도 전부 마음에 들었다. 어느 해인가는 눈이 길가에 쌓일 정도로 수북이 내렸다. 밖에 나가 두 손에 눈을 담아 꾹꾹 눌러 동그랗게 모양을 만들어 눈 위에 굴려 동그란 눈뭉치로 커다란 몸통을 만들었다. 같은 방법으로 좀 더 작은 뭉치로 얼굴을 만들어 쌓아 올리면 눈사람 모양이 만들어진다. 이렇게 만들어진 눈사람에게 생명을 불어 넣어주듯 나뭇가지로 눈, 코, 입을 만들고 추운 겨울 따뜻하게 나라고 엄마가 떠준 벙어리 장갑도 벗어서 나뭇가지 손에 씌워주었다. 그럴싸하게 완성된 눈사람을 보고 뿌듯하고 기뻤던 기억이 난다. 그날도 어김없이 고드름이 생길 정도로 엄청 추웠지만, 털실로 짠 엄마의 사랑을 입고 나가서인지 추위를 느끼지 못하고 코와 볼을 빨갛게 물들인 채 재미있게 놀았던 기억만 남아있다.

성인이 되어 뜨개질에 도전해 보았다. 초급 정도의 수준이었지만 한올 한올 엮어가며 모양이 만들어져가는 모습에 신기해하며 재미있어했던 기억이 있다. 추운 계절에는 짜임이 촘촘한 털옷이 찬 바람을 막아주고 따뜻한 온기를 품어주는 최고의 소재다. 거기에 더해 엄마의 사랑으로 포근하게 덧입혀져서 그런지 그 따뜻함은 나에게 배가가 되어 다가왔다.

엄마의 따뜻함은 음식에도 가득하다. 어쩌다 집에 손님들이 오시면 모두 입을 모아 엄마의 요리 솜씨를 칭찬한다. 그럴 때면 아빠는 온통 환한 웃음 가득 담고 엄마의 솜씨 자랑이 끊임없이 이어진다.

어느 날, 어린 나는 부엌에서 엄마가 요리하는 모습을 보고 있었다. 재료를 다듬고 손질해서 조리기구에 담고 다양한 양념을 이것저것 넣은 후 버무리고 간을 본다. 간이 잘 맞으면 고개를 끄덕끄덕하며 미소 지으시면서 예쁜 그릇에 담으신다. 물끄러미 바라보던 나에게도 만들어진 음식을 입으로 넣어주시면서 맛이 어떠냐고 물으시면 입에서 오물오물 먹으며 맛있다는 의미로 엄마처럼 고개를 끄덕끄덕했다. 그런 내 모습을 보며 환한 미소를 띤 채 사랑의 눈길로 바라봐 주시곤 했다. 간이 안 맞는다 싶으면 양념을 더 넣으시고 또 고개 끄덕끄덕한 후 미소 순으로 음식의 처음과 끝이 마무리 된다. 그 모습을 보며 먹었던 엄마의 음식은 그저 맛있다는 것만으로 표현하기 아쉬운 따뜻한 맛이 더해져 있었다.

책에서 읽었던 이야기인데 감동적이어서 다른 사람들에게 가끔 들려주곤 하는 이야기가 있다. 음식 솜씨가 아주 좋은 엄마가 있었다. 딸은 엄마의 요리비법을 알고 싶어 알려달라고 했다. 엄마는 그저 사랑스러운 눈길로 딸을 바라보며 미소를 지으셨다. 나이가 들어 엄마는 병으로 돌아가셨다. 엄마의 유품을 정리하다 딸에게 쓴 편지를 발견하게 되었다. 딸은 그 편지를 읽다가 펑펑 울었다. 돌아가시기 전 딸에게 하고 싶은 이야기를 적은 편지였다. 당부의 말과 함께 마지막에 요리비법을 가르쳐주시는 내용을 편지에 썼다고 한다. 엄마의 요리비법은 부엌 찬장 맨 위에 칸에 있다고 적혀있었다. 장례식을 마치고 어머니의 집으로 와서 부엌 찬장 맨 위칸을 보았다. 종이가 한 장 있었다. 거기에는 '사랑한 스푼'이라는 글귀가 쓰여 있었다. 엄마는 모든 요리의 마무리로 사랑 한 스푼을 넣어 식탁에 내놓은 것이다. 딸은 짧은 글귀에서 엄마의 마음이 느껴져 펑펑 울었다고 한다.

엄마의 요리에도 사랑 한스푼의 마음이 깃들어져 있다. 우리 가족 모두에게 특별한 맛으로 기억되어지고 있기 때문이다. 엄마에 대한 감사 한스푼을 담아 온 마음으로 음미해 본다.

사과군과 도너츠양

　　새콤달콤 아삭한 사과를 수확하는 계절이다. 볼 일이 있어 은행에 발걸음을 했다. 은행 입구에 두 사람이 의자에 앉아 사과를 맛있게 먹으며 담소를 나누고 있었다. 한 분은 열심히 깎아 종이컵에 담고 있었다. 은행 입구에서 과일을 나눠 먹고 있는 모습이 다소 생경한 장면으로 다가왔지만, 미소를 지으며 지나려는데 그중 한 분이 '사과 드셔보세요' 하면서 예쁘게 자른 사과를 종이컵에 담아 건네주셨다. 가까이 가보니 사과 박스 안에 못난이 사과들이 수북이 담겨 있었다. 겉보기에 색도 모양도 예쁘지는 않았지만 먹어보니 아삭한 식감에 새콤달콤한 것이 정말 맛있었다. 사과 농장에서 상품 가치가 떨어지는 것들을 저렴하게 판매한다고 하던데 그런 종류의 사과를 사서 드시는 듯 보였다. 나누어 주시는 마음 때문인지 더 맛있게 느껴졌다.

'사과'하면 제일 먼저 아빠가 떠오른다. 아빠가 사과를 좋아해 아침마다 드시는 모습을 자주 봐서 그런 것도 같다. 희한한 점은 아빠가 깎아 주시는 사과는 언제 먹어도 참 맛있다는 것이다. 누군가 과일 중에서 제일 좋아하는 과일은 무엇이냐고 물었는데 '아빠가 깎아 주신 사과'라고 답했던 기억이 난다. 엄마도 아빠가 깎아 주시는 사과는 언제 먹어도 맛있다며 환하게 웃으시는 모습을 자주 보여주신다. 그 모습을 볼 때마다 저절로 양쪽 입꼬리가 올라가면서 미소가 걸리는 건 어쩔 수 없는 일이다. 그 느낌을 아니까.

더불어서 사과를 보면 어린 시절 엄마에게 느꼈던 경외감이 떠오른다. 지금은 사과를 종이 박스에 담아 판매하지만 어린 시절에는 과일가게나 과일 트럭에서 나무 궤짝에 사과를 담아 판매했다. 어느 날 엄마는 나무 궤짝에 든 사과를 사 오셔서 정리하는 중이었다. 지나가던 나에게 와보라고 하시더니 뭔가를 보여준다고 하셨다. 엄마가 사과 궤짝에 아무것도 없는 것을 보여주었다. 궤짝 안에 손을 넣어보았다. 정말 아무것도 없었다. 엄마는 환한 미소를 지으시더니 궤짝에 손을 넣고 동글게 휘휘 저으면서 말씀하셨다. "사과 나와라. 뚝딱" 하고 말한 뒤 궤짝에서 손을 빼시더니 "짠 ~" 하면서 보여주시는데 엄마의 손에 사과가 놓여 있는 것이었다. "와!" 하고 탄성이 저절로 입 밖으로 나왔다. 너무나 신기했다. 그 순간이 엄마가 위대해 보였던 순간이다. 어린 나는 궤짝 안을 들여다보고 또 들여다보았다. '궤짝 안에 아무것도 없었는데 사과가 나오다니!' 하며 신기해했던 기억이 난다. 성인이 되어 엄마에게 여쭈어보았다. 그때 사과를 어떻게 나타나게 한 것인지 궁금하다고 했더니 사과를 뒤에 숨겨두었다가 내가 안 보는 사이에 그 사과를 꺼내 보여준 거라고 하셨다. 어릴 적에는 그게 왜 그리 신기하던지. 어린 나의 눈에 비친 엄마는 없는 것을 있게 만드는 대단한 사람이었다. 엄마는 어린 내가 보기에 신기한 일들을 많이 하셨다.

어릴 적 '우리집 대표 간식'하면 어김없이 떠오르는 것이 도너츠다. 도너츠를 만드시던 엄마의 모습이 어린 나의 눈에는 마냥 신기하게만 보여졌다. 나뿐만 아니라 가족들에게 최고로 인기 있는 엄마의 도너츠는 이렇게 만들어진다. 우선 밀가루를 반죽하고 주전자 뚜껑으로 동그랗게 모양을 내고 음료수 뚜껑으로 가운데 조그만 동그라미를 만든다. 그러면 가운데 구멍이 있는 동그란 도너츠가 된다. 엄마는 밀가루로 반죽되어 예쁘게 빚은 민낯의 도너츠를 기름에 퐁당 넣고 노릇하게 익으면 기름에서 건져낸다. 갓 튀긴 도너츠를 기름 제거 종이 위에 올려 놓고 기름기를 어느 정도 빼준다. 거기에 하얀 설탕을 쟁반에 가득 붓는다. 기름기가 쏘옥 빠지면서 먹음직스럽고 노르스름하게 잘 튀겨진 도너츠에 설탕이 골고루 잘 버무려지면 맛있는 엄마표 도너츠가 완성된다. 설탕이 눈처럼 뿌려진 도너츠는 장기 저장용 큰 통에 얌전히 차곡차곡 쌓여간다. 간식용으로 한가득 만들어진 도넛만 보고 있어도 뭔가 든든하고 기분이 좋아졌다.

어쩌다 고속도로 휴게소에 들르면 도너츠가 있는 코너에 시선이 간다. 요즘 도너츠는 다양한 속재료를 사용하고 다양한 맛과 모양으로 만들어서 고객들에게 선보이고 있지만 나는 엄마가 자주 만들어 주었던 것과 비슷한 도너츠를 찾기 바쁘다. 나는 오리지널 도너츠가 좋다. 속 재료를 따로 넣지 않고 그저 밀가루 반죽만으로 동그랗게 만들어 가운데 작은 구멍을 뚫고 튀긴 도너츠다. 검지에 걸고 한바퀴 돌려서 입으로 베어 먹을 때가 세상에서 제일 맛있고 행복한 때다.

올해가 가기 전 아직까지 도전해 본 적 없던 엄마표 도너츠 만들기를 시도해 봐야겠다. 과연 어릴 적 먹던 그 맛을 재현해 낼 수 있을지 자신은 없지만, 최선을 다해 볼 셈이다. 그날 부모님 간식 메뉴는 예쁘게 깎아낸 사과군과 도너츠양이다.

그대로 멈춰라!

지팡이는 어르신들의 나이듦의 상징이다. 어느 날 우리집에 지팡이가 들어왔다. 이것은 몸을 지탱해주고 의지해서 걷게 해주는 물건이 아닌가! 그것이 왜 우리집에 있는 거지? 알아보니 이모가 선물로 주셨다고 한다. 집안에서 운동하실 때 지팡이를 짚고 운동하시는 모습에서 엄마의 세월이 느껴져 마음에 묘한 감정이 일어났다. 엄마는 얼굴이 동안이시다. 구부정한 할머니 이미지보다는 생생하게 허리를 곧추세우고 돌아다니시는 엄마의 이미지가 내 마음속에 자리 잡고 있었다. 그 이미지를 밀어내듯 지팡이를 짚고 있는 낯선 모습의 엄마를 보며 한동안 물끄러미 엄마의 운동하는 모습을 쳐다보고 있었다. 내 마음속에 젊은 엄마가 언제 그렇게 세월의 친구가 되셨는지 모르겠다.

언젠가 집 안에 있는 반찬통마다 뚜껑들이 조금씩 열려 있었다. 뚜껑이 열려있는 줄 모르고 아무 생각 없이 집어 들다가 안에 내용물이 쏟아져서 바닥에 펼쳐지기를 몇 번 했다. 여러 번 이런 일이 반복되면서 '뚜껑은 꼭 닫아야 한다'는 말을 엄마에게 하리라 마음을 먹은 어느 날이었다.

"뚜껑이 꼭 안 닫히니까 들다가 쏟아지는 일이 많아요. 그러니 꼭 닫으셔야 해요. 알겠죠. 엄마 ~"

"그래 알았다."

아이를 가르치듯 엄마에게 뚜껑이 열려있어 음식물이 쏟아져서 당황했던 것들을 일일이 설명하면서 신신당부를 했다. 그러나 그 뒤로도 뚜껑은 계속 열려있었다. '왜 그러시지?' 계속 반복되어지는 것을 보면서 엄마가 뚜껑닫는 부분에 신경을 쓰지 않으신다는 생각이 들기 시작했고 슬슬 마음이 불편해 지기 시작했는데 그때는 몰랐다. 엄마가 팔이 아파서 그러시는지.

그러던 어느 날 팔이 아프다고 호소를 하셨다. 정말 아프시지 않으면 아프다고 말씀하시지 않기에 걱정이 되어 언제부터 그랬는지 어째서 그런지 여쭈어보았다. 집 안에 있을 때 갑자기 어지러워 쓰러지면서 팔을 먼저 바닥에 닿으면서 그때부터 아프셨다고 한다. 본인의 몸을 잘 챙기시는 편이 아니어서 걱정되었다. 같이 병원에 갔다. 엑스레이를 찍고 의사 선생님을 만나 엄마의 상태에 관해 설명을 들었다. 노화로 인해 근육이 약해진 이유가 크다고 한다.

엄마는 아파도 참는다. 너무 아파 정말 안 되겠다 싶을 때까지도 말하지 않는다. 그래서 아프다고 하면 걱정이 많이 된다. 너무 아파 참을 수 없을 때까지 꾹꾹 참는다. 그러지 않으셔도 되는데 이유를 모르겠다.

근래에는 걸음의 속도도 느려지시고 팔이 아파서 주저앉아 있으면 다른 사람의 도움이 없이 잘 일어나지 못하시는 모습을 보면서 마음이 아팠다. 어린아이였을 때는 엄마의 도움을 받아 성장했는데 지금은 반대가 되었다는 생각이 들었다. 엄마와 같이 걸을 때 걸음의 속도가 느려서 자연스럽게 나의 걸음도 늦춘다. 엄마의 발걸음에 내 발걸음을 맞추는 것이다. 차에서 내릴 때도 시간이 많이 걸린다. 본인이 안전하다는 느낌을 받으실 때까지 몸을 천천히 움직이며 내리는 모습을 보니 세월의 흐름을 느낀다. 몸이 움직이는 속도와 세월이 흐르는 속도는 반대로 흐르는구나 싶었다.

때로는 물건을 놓아도 아슬아슬하게 모서리에 놓으신다. 그럴 때면 잘못 건드리면 떨어져 발을 크게 다칠 수도 있다는 생각에 얼른 물건을 안전한 장소로 치운다. 한번은 부엌에 물이 떨어져 있었다. 지금 닦지 않으면 미끄러지실 수 있다는 생각에 얼른 닦아냈다. 어린아이같이 위험한 상황을 만들고도 그게 위험할 수 있다는 생각을 잘 못 하신다. 이젠 내가 먼저 위험한 것이 없는지 주변을 자주 살피게 된다. 바쁜 일이 있어도 나올 때는 여러 번 집안을 돌아본다. 위험한 물건은 없는지 몇 번씩 둘러보고 나오는 것이 습관이 되었다. 이렇게 하나하나 챙기다 보니 신경이 많이 쓰이고 힘들다고 느낄 때가 있다. 바빠 잘 살피지 못하고 나왔을 때는 살짝 걱정이 되기도 한다. 별일 없게 해달라는 기도가 입에서 저절로 나온다. 엄마와 같이 있을 때는 엄마의 뒤를 졸졸 쫓아다니면서 위험한 물건을 치우고 다니게 된다. 그러면서 엄마가 아기가 된 것 같다는 생각을 하기도 했다. 아기는 위험한 상황에 있어도 잘 인지하지 못한다. 그저 해맑게 웃는다.

여기저기 다니며 위험한 것을 치우고 다니다 문득 예전에 어디선가 읽었던 치매가 있으신 어머니에 대한 이야기가 떠올랐다. 아들이 어머니와 산책을 하고 있었다. 까치 한 마리가 날아와 나무 위에 살포시 앉았다.

어머니가 아들에게 말했다.

"저 새가 무슨 새니?"

"까치예요"

"까치구나" 하셨다.

어머니는 다시 말씀하셨다.

"저 새가 무슨 새지?"

"까치요"

조금 후에 또 물으신다.

"저 새가 무슨 새니?"

인내심에 한계를 느낀 아들이 "까치라구요, 까치" 하면서
목소리를 높여 말했다. 그때 옆에서 듣고 계시던 아버지가 말씀
하셨다.

"아들아 네가 어렸을 때 저게 무슨 새인지 백번도 더 물어보
았단다."

'엄마 저 새가 무슨 새예요?'

'까치란다. 아들아'

'까치요? 엄마 저 새가 무슨 새예요?'

'까치야'

'까치요?' 계속되는 너의 물음에 몇 번이고 대답하면서도 사
랑스러운 눈빛으로 머리를 쓰다듬어 주셨단다. 그래서 네가 말을
배울 수 있었던 거란다.

맞다. 세상의 많은 엄마들은 질문에 몇 번이고 똑같은 답을

하면서도 짜증 내지 않고 사랑으로 대답해 준다. 엄마의 사랑 덕분에 자라난 자녀들이 세상을 인내함으로 사랑할 수 있는 힘을 얻은 것이 아닐까하는 생각을 해본다. 어린 아이였을 때는 어머니의 도움을 받아 성장했지만, 어머니가 나이 들어 힘이 없어진 지금은 나의 도움이 필요하다. 엄마의 흐르는 세월에 내가 어떠한 것도 할 수 없다는 것에 가슴이 절로 먹먹해진다.

어릴 때 아이들과 함께 놀던 놀이 중에 '즐겁게 춤을 추다가 그대로 멈춰라'하고 노래 부르면 하고 있던 모든 동작을 멈추어야 하는 놀이가 있다. 엄마와 그 놀이를 하면서 지나가는 세월을 멈추게 했으면 좋겠다. 그러면 목청껏 더 큰소리로 외쳐 부를 텐데 말이다. 엄마 그대로 멈춰주세요. 더 나이 들지 마시구요….

하늘이 준 선물

행복이란 무엇일까? 사전적 의미는 생활에서 충분한 만족과 기쁨을 느껴 흐뭇한 상태라고 한다. 행복의 기준은 주관적인 감정이라고 할 수 있을 것 같다. 행복의 색은 개인마다 다를 것이다. 다양한 색상이 있기에 함께 어우러져 더 아름다워지는 것이라는 생각이 든다. 아침에 일어나 상쾌한 기분이 들 때 나는 행복하다. 가족들과 맛있는 식사를 하면서 이런저런 이야기를 하는 것이 행복하다. 따뜻한 햇빛을 받으며 길을 걸을 때 행복하다. 길을 가다 마주치는 사람이 눈인사를 해오면 행복하다. 추운 날 따뜻한 목도리와 장갑이 추위를 막아줄 때 행복하다. 부모님이 살아계셔서 행복하다. 행복의 기준은 극히 주관적이어서 어떤 것이 정답이라고 할 수 없다. 바쁘게 살아가다 보면 이런 소소한 행복감을 놓칠 때가 있기도 하다.

만남도 행복의 요소가 된다. 아니 어찌 보면 행복보다 더한 축복이 될 수도 있다. 만남 중에서도 가족과의 만남은 아주 특별하다. 가족과의 만남은 내가 선택하는 것이 아니고 주어지는 것이다. 물론 주어지는 삶이라고 해서 행복해지는 것은 아니다. 행복은 저절로 오지는 않는다는 것을 살면서 깨닫게 되었다. 행복을 만들어 가기 위해서는 일상의 소소함을 감사함으로 살아가는 것이 중요하다고 생각한다. 가족이라는 공동체가 함께 행복하게 살아가려면 자기 것만을 주장해서는 안 된다. 서로 내려놓아야 하는 부분이 분명히 있다고 생각한다. 그에 더해 이해하고 배려해야 하는 부분이 있어야 한다.

모두 다는 아니지만 대부분 가족 안에서 그 역할을 하는 분들이 어머니들인 것 같다. 특히 이전 세대 어머니들은 자신이 하고 싶은 것, 먹고 싶은 것, 입고 싶은 것보다는 가족을 위해 자기의 것을 포기하는 것이 익숙한 것 같다. 엄마도 그랬다.

어릴 적 생선을 드실 때 엄마는 생선 머리가 쫄깃하고 맛있다고 하셨다. 영양가 있는 부분은 머리에 모여 있다나? 통통한 생선 살들은 다른 가족들 밥 위에 살포시 얹어 주시고 자신은 어김없이 머리 쪽에 젓가락을 가지고 가셨다. 갈치가 상에 올라오면 가시가 있는 양옆을 툭 떼어 살을 발라 주시고 떼어낸 가시 있는 부분은 엄마가 드셨다. 생선은 가시 발라서 먹는 맛이라며 가시 있는 부위의 살이 참 맛있다고 한 기억이 난다. 어린 시절 엄마는 생선 머리와 가시 많은 부위를 좋아한다고 철석같이 믿었다. 성인이 되어서도 한참을 그런 줄 알고 있었던 철없던 나이기에 생선을 볼 때 엄마가 생각나면 죄송한 마음이 앞선다.

엄마는 전업주부셨다. 엄마의 일상은 아침에 일찍 일어나서 말씀을 읽고 기도를 하는 것으로 시작되었다. 온 가족이 함께 먹게 되는 아침밥을 하고 집 안을 청소하고 가족들이 내놓은 빨래를 한다. 정성으로 저녁상을 차린 후 설거지까지 하신다. 요즘은 아이들에게 집 안 청소나 요리도 가르쳐주고 함께 일하며 도울 수 있는 사람으로 키우는 것이 바람직하다고 생각하는 경향이 있다. 독립적으로 될 수 있도록 교육하시는 부모님을 종종 볼 수 있다. 엄마는 '크면 다 하게 되는데' 하시며 모든 것을 혼자 감당했다. 엄마는 맛있는 것이 있으면 남편과 자녀들 먼저 주셨다. 엄마는 가족들이 먹는 것만 봐도 행복하다고 하며 흐뭇하게 웃으셨다.
어렸을 때는 엄마라면 응당 가족을 위해 희생하는 것이 당연하다고 생각했다. 어쩌면 희생인 줄도 몰랐다고 하는 것이 더 맞을 것이다. 그것이 희생이라면 힘든 삶이었을 텐데 엄마는 힘든 내색조차 없었으니 말이다. 엄마는 그래도 되는 사람으로 생각했던 무지하고 철없음에 대한 후회가 밀려온다.

어릴 때 열이 갑자기 많이 나서 아팠던 적이 있다. 다급했던 엄마는 그때 병원까지 등에 업고 뛰었다고 한다. 정신없이 뛰어서 그때는 몰랐는데 나중에 온몸이 아파 끙끙 앓았다고 한다. 엄마는 밤새 간호하고도 힘든 줄 몰랐다고 한다. 자녀의 아픔에 더 아파하면서 마음을 졸였다고 한다. 그래도 힘든 줄 몰랐다고 그러신다. 자녀가 힘들어하는 모습을 보는 것이 엄마에겐 더 힘들었을 터였기 때문이리라.

행복한 집을 세우는 지혜는 엄마의 사랑으로부터 시작된다. 그런 엄마의 사랑이 있었기에 내가 존재함에 감사드린다. 하늘로부터 받은 선물 중 어머니보다 더 훌륭한 선물은 없다. 엄마는 하늘이 준 선물이다.

엄마와 그녀의 엄마

엄마의 어머니. 나에게는 외할머니. 외할머니는 현모양처였다고 한다. 남편에게는 무조건 순종하고 자식들한테는 말 한번 크게 한 적 없었던 온순 하고 착한분이셨다고 한다. 겉으로 화를 드러내지 않고 인내하는 성품을 가졌고 음식 솜씨가 뛰어나고 사랑이 많으셨다고 한다.

외할머니네는 지방에서도 알아주는 유지였고 대궐 같은 집에는 일꾼들이 많이 있었다고 한다. 외할아버지가 전기가 안 들어오는 곳에 전기를 들여와 집집마다 전기를 사용할 수 있게 할 정도로 풍족하면서도 나누어 줄 줄 아는 멋진 분이셨다고 한다.

외할머니는 주변의 사람들과 일하시는 분들을 잘 섬기셨고 나누어주시고 베풀어주시는 것을 잘하셨다고 한다. 특히나 교회를 열심히 다니셨다고 한다. 우리 집에 와서 계실 때 할머니는 새벽에 일어나서서 기도를 하셨다. 자면서도 할머니의 기도 소리는 기분 좋게 자장가로 들렸을 정도였다.

할머니의 손은 약손이다. 어릴 때 배가 아프다고 말하면 손바닥을 넓게 펴 배에 대시고 둥근 동그라미 모양을 만드시면서 배를 문질러주셨다. 손길이 무척 부드럽고 좋아 스르르 눈이 감기기 일쑤였다. 할머니 손은 약손이라고 말씀하시면서 멜로디를 넣어 읊조릴 때도 있었지만 거의 대부분은 기도로 시작해서 기도로 끝난다. '날마다 일취월장하게 하옵시고' 부드러운 손길에 눈꺼풀이 무거워져 기도를 온전히 들은 기억은 거의 없지만 간간히 들리는 기도 중 귀에 꽂히는 기도 문구였다. 할머니 손은 정말 약손이었다. 그렇게 기도가 끝나갈 무렵 얼마쯤 지났을까, 배가 안 아팠다. 그래도 계속 배를 문질러 주는 손길이 너무 좋아 아프지 않다는 소리를 속으로 삼키고 헤헤 웃으며 누워있기가 일쑤였다. 그런데 재미있는 건 오히려 배 아픈 내가 아니라 할머니가 '꺽~' 하면서 소화되는 소리를 내시기도 한다는 것이다. 그럴 때면 자는 척하던 나는 까르르 웃음을 참지 못하고 터뜨렸다. 그러면 할머니는 고운 웃음으로 함께 웃으셨다.

할머니 하면 옥수수가 생각난다. 옥수수를 좋아하셨던 할머니는 옥수수 알갱이를 손으로 떼서 손에 쥐고 드셨다. 옥수수 알갱이가 할머니 입속에서 터질 때 나는 소리가 재미있었다. 틀니를 하고 계셨는데 옥수수가 씹히면서 터지는 소리와 틀니와 옥수수가 만나며 '토독 토도독! 뿌드득 덜그덕' 거리는 소리는 마치 음악소리 같았다. 매년 옥수수가 익어갈 때면 할머니가 생각난다.

할머니의 넷째 딸인 우리 엄마. 엄마는 재주가 참 많으신 분이다. 학창시절 한국 무용을 배우셔서 무용하실 때 움직이는 몸의 선이 참 고우시다. 학창시절에는 한국 무용으로 대외적인 활동도 하셨다고 한다. 피아노도 잘 치셔서 피아노를 다른 사람들에게 가르쳐주시기도 했다. 수예도 곧잘 하셔서 집안을 꾸미는 것들 대부분 엄마가 만들어서 장식하는 경우가 많았다. 음식 솜씨는 말할 것도 없다. 그저 만들어 놓기만 하면 아빠의 칭찬을 한 몸에 받으셨고, 손재주가 있으셔서 뭐든 뚝딱뚝딱 잘 만드신다. 말을 많이 하는 편은 아니지만 한번 이야기를 시작하면 재미있게 잘하신다. 할머니도 그랬지만 끊임없이 기도하던 엄마의 모습은 성인이 된 지금도 생생하게 생각이 난다. 늘 진지하고 간절하게 두 손 모아 기도하는 모습이었다. 무엇을 그리 간절히 기도하셨을까. 나중에서야 안 사실이지만 새벽에 기도하실 때 커다란 장롱 속에 들어가 이불 덮고 기도하셨던 때도 있다고 한다. 이웃집에 소리가 나서 피해를 줄 수 있어서였단다.

어느 날 엄마에 대해 갑자기 궁금해졌다. "엄마, 엄마는 꿈이 뭐였어요?" 라고 여쭈어보니 엄마의 꿈은 현모양처였다고 한다. 그 시절에 여자들은 시집 잘 가서 아기 낳아 잘 기르는 게 여자로서 행복이라고 생각했던 시절이어서 당연하게 여겼다고 한다. 이모의 말에 의하면 학창시절에는 공부도 잘하고 모든 것을 수준 이상으로 잘하는 모범생이었고 순종적이고 얌전하시고 착하셨다고 한다. 할머니가 반찬 만들 때면 옆에서 도와드리기도 하시고 직접 만들어 보기도 하셨다고 한다. 일명 '천상여자'라는 표현을 쓰셨다. 내가 보기에도 엄마에게 딱 들어맞는 말이다.

할머니와 어머니의 공통점은 기도하시는 어머니, 누가 보아도 현모양처였던 분들, 외모에서 풍기는 인상처럼 단아함과 여성스러움을 가진 여인이며 아내 그리고 어머니, 끊임없이 가족 사랑을 표현했던 어머니들이었고 남편을 위해 자식을 위해 희생하셨던 두 어머니다. 지금 세대의 시각에서 그 '희생'이라는 것을 살펴보면 안타까워 보이기도 하고 가슴 한쪽이 아린 부분도 분명 있을 것이다. 그러나 어머니들이 다음 세대를 위해 한 희생으로 또 다른 열매를 맺을 수 있도록 한 것은 어찌 보면 값진 희생이라고 높이고 싶다. 그저 당연함이 아니라 그 어려운 결정에 경의와 존중, 감사를 표현하는 것이 지금 내가 할 수 있는 모든 일이라는 생각이 든다.

꿈꾸는 여인

요즘 엄마는 바쁘시다. 유튜브 요리 채널에 푹 빠져계신다. 식탁 의자에 앉으셔서 휴대폰으로 뭔가를 보고 계셔서 어떤 것을 보는지 곁눈질로 슬쩍 보았다. 여자 두 분이 재미나게 이야기하면서 김치를 담그는 요리 채널이다.

입가에는 미소가 눈가에는 반달이 그려져 있어서 얼마나 재미있게 시청하시는지 보는 내가 신기할 정도로 재미있어하셨다. 엄마는 김치 잘 만드는데 왜 그걸 보고 계실까 하는 의문이 들었지만 방해하지 않으려고 조용히 내 방으로 들어갔다. 유튜브 시청을 끝낸 후 갑자기 파김치를 담그시겠다며 장을 보러 가야겠다고 하신다.

'엄마, 손 아프시니까 그냥 아무것도 하지 마세요' 라고 말하려다 그냥 아무 말도 안 했다. 파김치 담글 생각으로 즐거워하시는 모습에 하지 말라는 이야기를 하면 안 되겠다는 생각이 스쳐 지나가 입을 꾹 다물었다.

엄마한테 살짝 "엄마 왜 음식 유튜브 보시는 거예요?" 라로 물어보았다.

"응 너무 재미있어. 보기만 해도 맛있네" 하시며 웃으신다. 며칠이 지났다. 엄마는 파김치를 만드시고 계셨다. 그것도 즐겁게 하신다. 팔 아프실텐데. 팔이 아픈 엄마가 신경 쓰이고 안쓰러운데 파김치를 만드시는 엄마가 즐거워하니 나도 덩달아 즐거워해야 할 것 같은데도 마음은 좀 불편했다.

'아프신 거 괜찮아지면 하시지 군이 지금 만드실 게 뭐람'하는 내 마음과는 달리 엄마는 피아노까지 치고 싶다고 하신다.

엄마는 많은 나이에도 자격증을 따겠다고 하면 어떻게든 따가지고 오시는 외유내강형 여인이다. 어린이집 원장자격증인 보육교사자격증, 운전면허증 등 젊은 사람들도 어려워하는 자격증에 겁 없이 도전해서 당당히 따가지고 오시는 분이다.

평소 뭔가 새로운 것을 배우고 해보는 것을 좋아하시는 엄마인데 마음과 달리 몸이 힘든 상황이라 괜시리 마음이 짠해진다.

항상 자식은 늦게 깨닫는다. 부모님의 마음을 잘 모른다. 지금까지는 누군가의 엄마로 사셨으니 이제는 자신의 모습으로 돌아가 오롯이 자신을 찾는 삶이기를 바란다. 자신보다는 남편과 자식이 먼저이고 주변 이웃을 더 섬기셨던 엄마에게 이제는 본인만을 위한 삶을 살아보라고 하고 싶다. 그렇게 말한다 해도 그러실 분은 아니라는 것을 알기 때문에 쉽게 꺼내 놓지 못하는 말이지만. 당신의 삶보다 자녀를 위해 살아왔던 이 세상의 많은 엄마들의 존재로 인해 세상에 따뜻함의 온도가 식지 않는 것이 아닌가 하고 생각해본다. '나'를 세상에 존재하게 하고, 삶의 의미를 부여해주신 어머니의 헌신된 삶에 감사드린다. 어머니라는 이름으로 열심히 사셨으니 이제는 자신을 위해서도 살아갔으면 하는 생각을 해본다. 신약성경 전체 필사를 완성하시면서 기뻐하셨던 그때처럼 말이다. 쓰면서 너무 재미있으셨다고 하신다. 필사완성이라는 개인적인 목표를 이루어 낸 부분에서 느끼는 희열이 크신 듯했다. 필사를 마치셨을 때 책걸이를 해드렸다. 기념으로 떡도 해서 주변에 돌렸다. 축하 하는 사람과 축하받는 사람 모두 행복해했다.

엄마에게 꿈이 있으시다. 운전을 하고 싶어하신다. 나이 들면 하던 운전도 안 한다고 하는데 엄마는 운전을 한 번도 해보신 적 없는 장롱면허다. 엄마는 직접 운전을 해보고 싶어 하신다. 지금 엄마의 연세는 81세다. 자율주행이 하루빨리 상용화되길 기다리고 계신다. 그리 멀지 않은 미래에 본인이 운전을 안 해도 자동으로 운전이 되는 그런 날을 기다리면서 운전면허 갱신한다고 아침 일찍부터 아빠와 나가셨다. 기쁜 목소리로 전화가 왔다. 국제 운전면허를 땄다고 하신다. 이게 무슨 소린가 어리둥절했다. 무슨 일인지 여쭈어보니 직원이 국제 운전면허에 체크를 해주고 담당자가 알아서 진행해 주었다고 한다. 아이같이 기뻐하시는 모습을 보고 나도 참 기뻤다. 농담 삼아 외국 여행 가시면 운전 한번 시도해 보시라고 했더니 '그래 볼까?' 하면서 웃으신다. 아마 주변 안전을 위해 도전하지는 않으실 거다. 국제운전면허 자격을 가졌다는 것만으로도 뭔가를 또 하나 해낸 듯한 느낌으로 기뻐하지 않았을까 싶다. 우리 엄마는 늘 뭔가를 배우고 이루어 내려고 하는 그런 엄마니까.

엄마는 아직도 여전히 엄마이길 원한다. 개인적으로 뭔가를 해내고 이루어 내려고 하는 성취의 마음도 분명 있지만, 무엇보다도 가족들이 우선인 부분은 변함이 없다. 나는 엄마가 무엇이든 꿈꾸는 대로 행복하게 삶의 여정을 즐기시길 바라는 마음이 간절하다. 그것이 무엇이든 엄마의 꿈을 따뜻하게 응원할 준비가 되었다고 엄마의 손을 꼭 잡고 이야기하고 싶다.

chapter 9

어머니 당신이 희망입니다

Mother, you are my hope

최원교

100세 라이프디자이너 최원교는 1959년에 태어났습니다.
'1시간 만에 배우는 딱따라 비법'을 발명하여 '100세까지 돈 버는 책쓰기 브랜딩
으로 명강사 되기'를 안내하고 있습니다.
누군가에게 꿈과 희망이 되는 이야기
크고 다른 야망의자 '크다야TV'를 운영하고 있습니다.

산과 나무
하늘과 바람
구름과 비를 사랑합니다.

2021 '1시간 만에 배우는 딱따라 비법'
2021 '경험이 돈이 되는 메신저 이야기' 공저
2021 '쪼가 있는 사람들의 결단' 공저
'사랑한다는 말보다 더 사랑한다는 것은'
'미장이의 흙손으로'
'오래 산다는 것은 빚을 갚음입니다.'
시집 세 권을 엮었습니다.
'고맙습니다. 사랑합니다' 마음씨앗 그림책을 써냈습니다.
'정리형 아이', '힘들지만 공부해야 하는 이유', 아이들을 위한 책을 지었습니다.

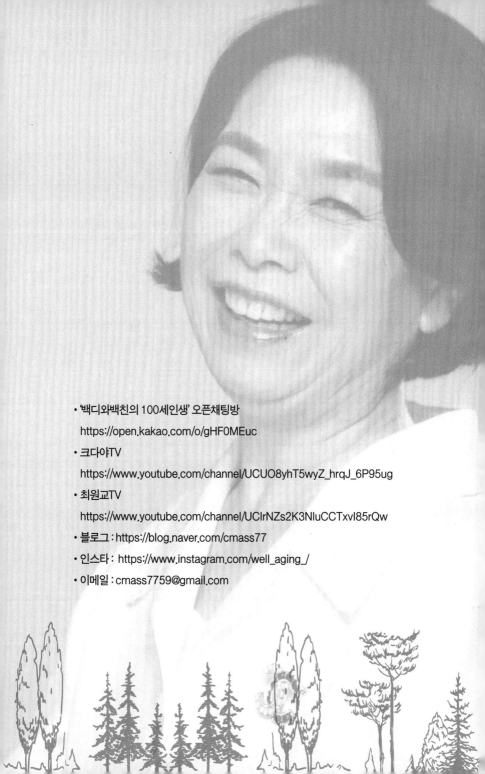

- '백디와백친의 100세인생' 오픈채팅방

  https://open.kakao.com/o/gHF0MEuc
- 크다야TV

  https://www.youtube.com/channel/UCUO8yhT5wyZ_hrqJ_6P95ug
- 최원교TV

  https://www.youtube.com/channel/UCIrNZs2K3NluCCTxvI85rQw
- 블로그 : https://blog.naver.com/cmass77
- 인스타 : https://www.instagram.com/well_aging_/
- 이메일 : cmass7759@gmail.com

1. 이제야 당신을 알았습니다.

2. 엄마 이불 데우기, 가위바위보

3. 여름날의 뜨거운 옥수수

4. 엄마, 우리 번갈아 쉴께요

5. 조금만 더 일찍 알았더라면

6. 엄마의 선물

이제야 당신을 알았습니다

제가 만든 세상이 망하고 나서야 당신을 만났습니다. 하늘이 무너지고 보니 어머니 당신을 알게 되었습니다. '엄마는 얼마나 힘들었을까?' '엄마는 남편도 없는데 혼자서 얼마나 무서웠을까?' '엄마는 어린 나이에 두 아이를 데리고 얼마나 암담했을까?' 생각할수록 눈물이 납니다.

세상은 그런 거였습니다. 책임지는 거였습니다. 엄마의 삶은 책임이었습니다. 태어나 보니 아빠가 없었습니다. 집에 아빠가 있어야 한다는 것을 알았을 때는 이미 철이 들어 버린 때였습니다. 모든 기억은 7살부터입니다. 동대문 동묘 근처, 숭인동 한옥에서 시작됩니다. 20평 남짓한 한옥은 세 칸 방, 부엌, 작은 마당이 있었습니다. 56년 전입니다. 얼마 전에 가봤더니 골목도 그대로였습니다.

안방에서 엄마와 함께 살았습니다. 건넛방은 오빠의 공부
방이었습니다. 마당에 있는 방은 세를 들어 사는 가족이 있었습니
다. 다섯 사람이 살았던 공간을 떠올리니 훈훈해집니다. 아버지
는 1년에 두 번 오시는 손님이었습니다. 추석과 설날은 아버지가
오시는 날입니다. 명절이 되면 하루 전날 기사 아저씨가 갈비와
배 한 짝을 가지고 왔습니다. 다음날 아버지가 오신다는 예고였습
니다. 어린 나는 우울해집니다. 오래된 명절 증후군입니다.

아버지는 엄마와 부산 국제시장에서 만난 실향민입니다.
엄마는 개성이 고향이고 아버지는 평양입니다. 두 분은 고모와 고
모부가 만든 돼지표 메리야스 회사에 판매 담당과 제작 담당이었
습니다. '오바르꾸' 라는 기계를 다루는 기술자가 아주 드문 시대
였으므로 엄마는 최고의 기술자였습니다. 고모는 착하고 성실한
엄마를 동생의 부인으로 정하고 작전에 들어가셨던 것입니다. 회
사는 불처럼 일어났습니다. 아버지가 판매왕이었고 엄마는 제조
왕이었기 때문입니다. 가족이 모두 열정적으로 일하는 단단한 회
사가 되었습니다.

아버지는 부자가 되자 가죽 잠바에 넣고 다니던 돌 박이 아들도 잊고 유명한 국제시장 다방주인과 사랑에 빠지고 말았습니다. 엄마는 가지고 있던 금궤 20개를 각각 10개씩 나누고 서울 장충동으로 아들만 데리고 분가했습니다. 동대문 시장에 '돼지표 메리야스' 총판을 내고 장사를 시작하셨습니다. 이 기간 사과와 회유의 만남 속에 저는 실수로 만들어진 딸로 태어났습니다. 태어날 때까지도 낙태에 대한 기도는 이어졌다고 합니다.

"야! 대통령 나와! 나오란 말이야!" 명절 전날 밤이면 어김없이 골목이 떠들썩했습니다. 아버지가 오시는 소리입니다. 정말 창피하고 미칠 것 같은 듣기 싫은 소리였습니다. "아이고 최 사장님 왜 이러십니까! 사이렌이 붑니다. 이러시면 안 되십니다." 대문 여는 소리와 함께 아버지의 두 팔을 잡은 순경 아저씨가 들어옵니다. 엄마와 오빠는 뛰어나가 아버지를 부축해 마루에 눕히고 꿀물을 타옵니다. 이것이 저희 명절 전야 퍼포먼스입니다. 초저녁부터 열어 놓는 대문, 파출소 앞에 가서 횡포 부리는 아버지, 건 10년을 같은 그림을 보면서 성장했습니다. 파라과이로 아버지의 가족이 이민 가기 전까지는요.

그때는 하루 밥 한 끼가 어려웠던 때였습니다. 거리에 거지(노숙자)가 많아서 아침이면 집 집마다 대문 밖에 식은 밥을 내놓았습니다. 엄마는 늘 한 솥 더 해서 가장 큰 양동이에 내놓으셨습니다. 가끔은 김치도 따로 내놨습니다. 육교 건너편에 고모님 공장이 있었습니다. 100명 넘는 직원들의 밥을 책임지는 고모는 참으로 넉넉하고 후덕한 분이셨습니다. 동네 파출소에 늘 쌀가마니를 대놓고 보내셨습니다. 나중에 알았지만, 명절 때마다 땡강 부리는 동생을 위한 것이었습니다. 통행금지가 있었던 때였고 대통령 이름을 부르며 욕을 하는 것은 있을 수 없는 일이었습니다.

엄마가 왜 그런 고통을 겪었는지 이제야 알았습니다. '죽을 때까지 이혼 못 해!' 수없이 들은 엄마의 구호였습니다. 저에겐 엄마가 다른 형제가 셋 있습니다. 오빠도 있고 여동생 그리고 남동생이 있습니다. 우리 집에서 살다가 간 일도 있습니다. 아버지까지 오셔서 지낸 날도 있습니다. 난리가 났던 날들이 떠오릅니다. 엄마는 그런 날들을 오로지 '이혼 못 해!'로 일관하셨습니다. 우리 두 남매를 '아버지 없는 아이'로 키울 수 없다는 그 하나의 신념이 엄마의 일생이었습니다.

구청에서 일하신다는 것밖에 모릅니다. 아저씨는 일요일에도 일하는 엄마 대신 우리 남매를 창경궁과 비원에 데리고 가주셨습니다. 저는 그분이 아버지였으면 좋겠다고 생각했습니다. 참 좋은 분이셨습니다. 신사였고 술도 드시지 않았고 성실한 분이셨습니다. 언젠가부터 오지 않았습니다. 나중에 알았지만, 청혼하며 '아이들은 아이들 아버지가 키우는 것이 좋겠다.' 하셨답니다.

엄마 이불 데우기, 가위바위보

그때는 날씨가 몹시 추웠습니다. 한옥이라서 더 그랬겠지요. 방안에 걸레가 얼어서 데그락 거렸습니다. 한겨울에 이불 덮고 숨을 쉬면 모락모락 김이 올라와 재미도 있었던 때입니다.

엄마는 저희 남매를 키우는 가장이셨기에 동대문 시장에 펴 놓은 돼지표 메리야스 총판에 총력을 다하셨습니다. 항상 일하는 언니 두 분이 있었는데도 아침 식사 준비를 직접 하시고 곱게 화장을 하고 나가셨습니다. 아침 일찍 오는 전국 장사꾼 상대로 엄청난 양을 파셔야 했기 때문입니다. 동대문에서 가장 큰 내복 상회였습니다. 저는 종일 두 언니와 지내야 했습니다. 밤 12시 통행금지 바로 직전에 집에 오셨기 때문입니다. 엄마가 오시면 사이렌이 불었습니다.

엄마는 항상 이불을 깔끔하게 풀까지 메겨 놓으셨습니다. 엄마가 들어오기 전에 오빠와 저는 이불을 깔아 놓았습니다. 엄마가 들어오실 때는 늘 손에 먹을 것을 들고 오셨기에 우리는 자지 않고 매일 그 시간을 기다렸습니다. 주로 사 오시는 것은 생강에 단 것을 묻힌 과자와 '샘배'라고 불렀던 고소한 과자였습니다. 다양한 선물을 들고 오셨기에 겨울밤은 참 행복했습니다.

어느 날, 오빠가 제안했습니다. 이불을 덥혀 놓으면 엄마가 따뜻하게 주무실 수 있으니 우리가 먼저 찬 이불에 들어가 덥혀 놓자고 했습니다. 저도 좋은 생각이라고 기뻐하며 들어가 누웠습니다. 그런데 정말 살이 어는 듯한 추위였습니다. 오빠는 저더러 먼저 들어가고 다음에 자기가 들어간다 했고 저는 오빠가 더 크니 오빠가 먼저 들어가는 게 맞다 고 했습니다. 서로 미루다 우리 남매는 가위바위보를 하며 엄마를 기다렸습니다.

엄마는 항상 일하는 언니 두 사람을 데리고 살았습니다. 저를 돌보는 일 이외에는 별로 할 일이 없었습니다. 저는 언니들과 매일 화투를 쳤습니다. 지금은 다 잊어버렸지만 별별 여러 가지 화투를 모두 섭렵해서 어린이 타짜였습니다. 치매를 앓으시고도 말씀 안 하셨던 일입니다. 엄마는 남의 집 생활을 하셨던 적이 분명 있으신 것 같았습니다. 외할아버지께서 일찍 돌아가셨기 때문에 엄마의 외할아버지께서 외할머니를 가엾게 여기셔서 많은 재산을 주고 두 딸을 데리고 가는 재혼을 시키셨습니다. 어린 동생과 함께 엄마를 따라 새아버지와 살았습니다. 그리고 새 여동생이 태어났습니다. 유복자인 여동생, 아버지 다른 여동생을 두고 외할머니는 세상을 떠나셨습니다. 새아버지를 모시고 두 동생을 거두며 엄마는 힘든 맏딸 역할을 하셨습니다. 새 아버지가 엄마와 나이가 비슷한 새엄마를 맞이하게 됩니다. 새 아버지와 새어머니 사이에 또 다른 여동생이 태어났습니다. 엄마가 이혼할 수 없었던 핵심이유입니다. 도와주는 언니 두 분을 항상 데리고 있었던 이유입니다.

치매가 시작되신 것을 몰랐습니다. 의사인 남편도 대학병원에서 3개월마다 주는 약으로 괜찮으리라 생각했습니다. 우리 모두 안일한 생각이었던 거죠. 하지만 엄마는 괜찮지 않았습니다. 대학병원에 다닌 지 4년이 되자 혼자서 생활할 수 없게 되었습니다. 자존심이 강하고 자식에게 폐가 되면 안 된다는 생각에 엄마는 독립적인 생활을 열심히 하고 계셨습니다. 배우지 못한 것이 한인 엄마는 노인대학의 졸업장을 세 번 타셨고 아파트 노인정 총무 역할도 열정적으로 역임하셨습니다. 참 열심히 사셨습니다.

어느 날, 제게 왜 안 오냐고 마구 화를 내셨습니다. 전화였지만 무언가 일이 일어났다고 예감한 저는 바로 찾아뵈었습니다. 냉장고에 곰팡이가 있고 화분이 말라 있었습니다. 마트도 간 흔적이 없었습니다. 가슴이 무너져 내려앉았습니다. '혼자 얼마나 당황하고 힘드셨을까!' 펑펑 울면서 엄마 짐을 대충 꾸려 그날로 모시고 왔습니다. 안방을 내드렸습니다. 얼마나 좋아하시는지 평소와 너무 다른 엄마를 보며 울고 또 울었습니다. 그때부터 치매와의 전쟁이 시작되었습니다. 엄마는 늘 설거지를 하시려 했습니다. 분리수거는커녕 설거지 기본도 하지 못했습니다. 하지만 늘 몰래라도 설거지를 하셨고 그때마다 모녀 전쟁이 일어났습니다. 저는 못 하게 하고 엄마는 어떻게 하든지 설거지를 하셔야 했습니다. 못하게 하면 불안해하셨습니다.

저는 여기에서 엄마의 힘든 시간을 예측할 수 있었습니다. 남의집살이하셨고 설거지가 엄마에게는 큰 책임이었고 추궁을 당했던 일이었다는 것을 알게 되었습니다, 퍼즐이 맞춰졌습니다.

외가에 어린 이모를 맡겼는데 6.25사변이 나자 외갓집에 뛰어갔더니 어린 이모가 혼자 울고 있고 외갓집 어른들은 모두 피난 가고 없었다는 어이없는 이야기가 떠올랐습니다. 어디에서 뛰어 왔을지 상상되었습니다. 그래서 늘 우리 집에 언니 두 분이 계셨던 상황이 이해되었습니다. 언니들과 화투치기했던 그 날들을 이해하게 되었습니다.

여름날의 뜨거운 옥수수

어릴 때는 맛없다고 옥수수를 먹지 않았지만, 여름이 되면 매일 옥수수를 맛있게 먹습니다. 김이 모락모락 나는 옥수수는 엄마입니다. 병원 출근길 압구정 대로에 옥수수 파시는 아주머니와 매일 아침 인사를 합니다. 남편의 위암 수술 후 자연 치료했던 오대산에서도 옥수수를 먹었습니다. 절 앞에 옥수수 파시는 할머니와 매일 인사를 나눴습니다. 엄마를 만나는 시간입니다.

메리야스 사업을 접고 엄마는 집 장사를 하셨습니다. 1인기업 건설회사죠. 한옥도 한 번에 열 채씩 지으셨던 건설주입니다. 고등학교 때였습니다. 지금의 건대 앞, 화양리에 양옥 이층집 다섯 채를 나란히 지으셨습니다. 목수 아저씨들의 참을 직접 만들어드리며 정성껏 지으시던 모습이 선합니다. 제 놀이터였지요. 가끔 고추장찌개를 끓이는 날은 엄마가 그리운 날입니다. 제가 18살부터 1인 기업가로 출발한 것이 바로 그때입니다. 엄마께 땅을 파신 장 회장님의 외아들 과외선생을 제가 자처한 것입니다.

석유 파동이 사실 무엇인지 잘 모릅니다. 집이 완성되어 팔기 시작할 즈음에 석유 파동이라는 거대한 사회 문제가 생긴 거예요. 다섯 채가 그대로 팔리지 않아 엄마는 처음으로 실패를 경험하게 되었습니다. 우리는 친척 사돈집의 문간방으로 이사했습니다. 망한 거죠. 시흥의 코카콜라 근처였어요. 동네 전체가 컴컴하고 겨우 정류장이 있을 뿐 산, 논, 밭이었습니다. 그것도 좋았습니다. 제가 다니던 망우리 혜원여고와는 정 반대 방향이 문제였습니다. 버스로 2시간 반 이상 걸리는 그런 먼 시골이었습니다. 새벽 5시에 별을 보며 버스를 타러 나갔던 겨울 그 하늘이 제게 남아 있습니다. 산길로 30분 정도 걸어 나와야 했기에 엄마가 항상 데려다 주셨습니다. 컴컴한 등굣길이었지만 엄마가 계셔서 따뜻했습니다.

모두 정리하고 남은 돈으로 전세방을 하나 얻으셨습니다. 우리 세 가족이 모두 좁은 방에 살아야 했습니다. 그때 해주셨던 파 한 단의 파김치 맛은 지금도 잊을 수 없는 꿀맛 반찬입니다. 제 파김치 솜씨는 그 맛 그대로 살렸습니다. 엄마는 종일 어울리지 않은 일을 하셨습니다. 수행하시듯 하얀 아가들 양말목에 수를 놓아 14원 받는 일을 하셨습니다. 며칠 동안 만드신 것을 가져다주면 이천 사백 원을 받아 오셨습니다. 그 돈으로 산 쌀과 파 한 단으로 특별한 밥상을 차리셨습니다. 엄마의 유일한 지지자 고모가 돈을 주셨지만, 엄마는 받지 않으셨습니다. 나중에 알게 되었습니다. 그 단칸방 옆에 있던 논 500평이 저희 거였습니다. 파김치를 먹어가며 그 땅을 지켰던 거였습니다. 개발이 되는 시기여서 땅이 세배로 뛰는 호재가 곧 왔습니다. 엄마는 다시 일어서기 시작했습니다.

고2가 되면서 엄마는 제가 다니는 학교 앞으로 이사를 해주셨습니다. 그리고는 낮에 어디론가 나가셨습니다. 엄마는 말이 별로 없으시고 우리도 엄마 하시는 일에 별로 신경 쓰지 않았습니다. 엄마 걱정은 정말 하지 않는 훌륭한 자식들이었습니다. 엄마는 항상 옳으셨고 단단하셨습니다. 개성상인의 전형적인 대표셨습니다. 믿고 따르는 일이 저희 몫이었습니다. 아버지에 대한 신뢰가 없는 반대로 엄마는 우리의 하늘이셨습니다.

어느 날, 고모가 빨리 종로 고모 댁으로 오라고 급하게 연락을 주셨습니다. 가 보니 엄마가 경찰서에 계셨습니다. 엄마 옆에는 희고 큰 대야가 있었고 그 안에는 옥수수가 산더미처럼 담겨 있었습니다. 민망해하시는 엄마를 보면서 얼마나 가슴이 내려앉았던지 지금도 가슴이 뜁니다. 동대문 시장에서 머리에 이고 다니며 옥수수를 파셨던 것입니다. 얼마나 울었는지 눈이 떠지지 않았습니다. 주택 건설에 실패하시고 다시 그 무엇을 시작하기 전까지 우리 남매 뒷바라지에 현금이 필요하셨던 것입니다. 매일 쓰는 교통비와 학교 준비물 고2 딸과 삼수하는 귀한 아들의 용돈을 벌기 위해 거리고 나선 것입니다. 고모는 고모 집에서 옥수수를 쪄 주시고 엄마는 머리에 이고 팔러 다닌 것입니다. 그 뜨거운 옥수수를 머리에 이고.

엄마에게 치매가 오는 것은 당연한 일이었습니다. 평생 남편으로 인한 스트레스에 우리를 책임져야 한다는 큰 과제가 충분한 원인입니다. 게다가 손으로 만지기도 힘든 그 뜨거운 옥수수를 종일 머리에 이고 다니셨으니 치매는 당연한 결과입니다. 우리 남매의 만류로 옥수수 사업은 그날이 마지막 날이었습니다. 고모와 고모부는 저희 남매의 눈물을 보시고는 엄마께 구멍가게라도 해

보라고 하시며 강제로 돈을 빌려주셨습니다. 그때 시작한 일이 돈암동 노인정 앞 구멍가게였습니다. 1평으로 작고 단단한 가게였습니다.

뜨거운 옥수수를 파는 어머님을 만나면 발을 멈추게 됩니다. 지나칠 수 없는 여름철 뜨거운 옥수수는 엄마입니다.

엄마, 우리 번갈아 쉴게요

엄마에게는 아들이 하늘이였습니다. 그 당시 어머님 대부분이 아들을 반드시 낳아야 한다고 생각했던 때였습니다. 오빠를 낳고 일 년 조금 지나서 남편의 외도로 혼자 아들을 키워야 했기 때문에 아들에 대한 기대가 더 강하셨습니다. 오빠는 엄마에게 남편이고 아들이자 하늘이였습니다.

아들은 초등학교도 서울사대 부속 초등학교를 보내셨고 저는 동네 숭인 초등학교에 보내셨습니다. 급기야 초등학교 3학년 때 저는 반란을 일으켰습니다. 저도 좋은 학교에 보내 달라고 떼를 썼습니다. 출근하려는 엄마 다리를 잡고 생떼를 부렸습니다. 울고불고 거세게 항의하자 반나절 야단치시더니 장충초등학교로 전학을 시켜 주시겠다고 약속해 주셨습니다. 숭인동에서 장충동으로 버스 타고 가는 길이 등굣길이 되었습니다.

지금도 아픔이 되어 있는 학군제 입학, 뺑뺑이 입학으로 원하지 않는 면목 여중, 혜원여고를 다녔습니다. 경기여고 이화여고를 목표로 초등학교 3학년 때부터 준비한 제 입시공부는 허상이 되었습니다. 이에 실망한 어린 저는 나라를 믿지 않겠다고 어리석은 결심을 하게 됩니다. 공부를 놔버리고 영혼 없는 고등학교 생활을 하였습니다. 그림을 그리고 노래를 부르고 시를 쓰고 자연과 함께 시간을 보내는 학생 아닌 학생이었습니다.

어쩌다 우연히 참여하게 된 교내 성악 콩쿠르에서 2등을 하게 되었습니다. 어떻게 그런 일이 있었는지 지금도 모를 일입니다. 그 뒤로부터 교련시간의 고정 가수가 되었습니다. 전교생이 모여 훈련하는 운동장 단상에서 노래를 불렀습니다. 육군 대령과 소위 선생님이 오셔서 교련 교육을 해주셨기에 전국 교련대회에서 1등을 했습니다. 저는 교련시간 전속 가수였습니다.

피아노도 없고 교수 개인지도도 없이 성악과를 간다는 것은 상상도 할 수 없는 일입니다. 음악 선생님께서 피아노 열쇠와 음악 교실 열쇠를 주면서 일주일에 한 번 무료로 개인지도를 해주시 겠다고 하셨습니다. 서울대 성악과를 나오신 훌륭한 테너 가수셨 습니다. 새벽마다 발성 연습을 해서 동네 주민들의 민원을 받기도 했습니다. 학교가 망우리 공동묘지 근처였기에 아마도 귀신 소리 로 들렸을 것입니다. 친구들이 재밌어했던 기억입니다.

엄마도 오빠도 제가 노래하는 것을 좋아하셨습니다. 입시 때가 오자 제가 원하는 대학에 원서를 써주시지 않는 선생님을 이 해할 수 없는 슬픈 일이 생겼습니다. 어쩔 수 없이 선생님께서 추 천하는 학교에 원서를 내고는 시험을 보러 가지 않았습니다. 재수 할 결심이었습니다. 재수하는 동안에도 선생님께서 개인지도를 해주셨습니다. 철없는 제자에게 원서를 내도 떨어질 것이라는 세 상의 아픔을 말해줄 수 없었던 것입니다. "그 학교는 꼭 교수 개인 지도를 받아야 하는 학교야!" 나중에 말해주셨지만, 저로서는 도 저히 할 수 없는 일이었습니다.

가고 싶었던 대학은 포기하고 다음 차선을 목표로 열심히 준비했습니다. 지정곡과 자유곡의 반주를 녹음기에 녹음하고 돌 리고 또 돌려 테이프가 늘어져 더는 쓸 수 없을 때까지 연습했습니다. 그 당시 무척 힘들게 가계를 꾸려가셨던 엄마가 우리 남매에게 청천벽력같은 말씀을 하셨습니다.

"얘들아, 우리 딸 대학 가는 일은 어려울 것 같아! 포기하고 취직하자!"

"……………."

"오빠가 대학을 나와야지 지금 버는 것 가지고 대학등록비 둘은 무리야!"

"엄마, 그건 안돼요. 현정이(집에서 쓰던 이름)가 학교 가면 제가 쉴게요. 1년씩 번갈아 가면서 다니면 돼요! 서로 번갈아 가면서 휴학하면 돼요! 엄마!"

오빠의 말에 더는 말씀을 못 하셨습니다. 노인정 앞에 한 평 되는 구멍가게를 했던 때였습니다. 동소문동 산 동네까지 사이다 한 짝을 머리에 이고 배달을 하셨습니다. 노인정 할아버님들 점심은 라면에 달걀 한 알, 모든 시중을 들으며 정성을 다하셨습니다. 구부리고 자야 하는 한 평 가게에서 오빠와 저는 꿈을 키워야 했습니다. 학교에서 돌아와 서로 번갈아 가며 가게를 봐야 했습니다. 겨울 새벽이면 두부와 콩나물을 사러 오는 손님 덕분에 손을 호호 불며 물을 묻혀야 했습니다. 달걀 한 판을 산다고 하면 신이

나 배달을 했습니다. 오빠는 매일 아침 동네 전체를 빗자루로 쓸었습니다. 돈암동에서 가장 잘되는 구멍가게가 되었습니다. 구멍가게 남매는 착하고 부지런한 대학생이라고 소문이 났습니다. 담배를 타러 가면 우리 구멍가게 짐이 가장 컸습니다. 그렇게 우리는 엄마를 도왔고 다시 새집을 사게 되었습니다.

다행히 피아노를 할부로 팔 때였습니다. 피아노 한 대를 사서 아이들을 가르치기 시작했습니다. 숙명여자대학교 음악대학 성악과 학생 자격이 큰 도움이 되었습니다. 피아노 두 대가 되었습니다. 휴학하지 않아도 되었습니다.

조금만 더 일찍 알았더라면

엄마가 하늘나라로 가신지 두 해가 지났습니다. 충분히 해드렸다고 생각했습니다. 하지만 엄마에게는 '충분히'라는 말은 해당치 않는다는 것을 깨달았습니다. 시간이 갈수록 부족했던 것들이 드러났습니다. 이것도 해드릴 걸 저것도 해드릴 걸, 모든 것이 아쉽고 안타까운 마음입니다.

동소문동에서 구멍가게를 할 때였습니다. 허리 병이 나셔서 꼼짝없이 누워서 아파 화장실도 못 가실 때가 생각납니다. 그때 저는 엄마를 도운 기억이 나질 않습니다. 얼마나 힘드셨을지 눈물이 납니다. 그럴 리가 없다고 아무리 기억을 해봐도 말입니다. 또 한 번은 치통으로 죽게 고생하셨습니다. 꽤 오랫동안 수건으로 머리를 동여매고 누워 지내셨습니다. 이가 너무 아프다고 끙

끙 앓는 소리를 하고 계시는데도 저는 아무런 마음의 동여도 일으키지 않았습니다. 그때 제 마음을 더듬어 보지만 저는 전혀 아파했던 흔적이 없는 것이 정말 철이 없었던 한심한 딸이었습니다. 나밖에 모르는 딸이었습니다.

시흥에서 어려운 시간을 보낼 때였습니다. 추석이었습니다. 저더러 나가자 하시더니 산으로 가셨습니다. 소나무에서 연한 솔잎을 따면서 저에게 말씀하셨습니다. "맛있는 송편 만들어 줄게." 그리곤 별말이 없으셨습니다. 집에 돌아 와보니 준비해 놓으신 국대접 하나 가득 쌀가루를 준비해 놓으셨습니다. 정말 딱 한 접시의 송편이 만들어졌습니다. 깨와 설탕을 넣은 송편, 세상에서 가장 맛있는 꿀 송편이었습니다. 그때 그 맛을 지금도 잊을 수 없지만, 그때 그 마음을 알았더라면 엄마의 그 마음을 알았더라면 하는 안타까운 마음입니다. 송편을 만들어 주시면서 얼마나 힘드셨을까 하는 생각에 눈물이 납니다. 그냥 누워 있고 싶으셨을 것이고 외롭고 얼마나 막막하셨을까 생각하니 가슴이 미어집니다. 그저 산에서 뛰고 놀던 철없는 제가 보입니다.

고등학교 다닐 때 아버지 가족은 파라과이에 이민을 가버렸습니다. 고모가 두 집의 아이들을 모두 불러 놓고 같은 형제이니 서로 알고 지내라고 말씀하셨는데 그 집 큰아이가 자살 소동을 벌였기 때문입니다. 엄마는 태연하셨습니다. 명절이 되어도 아버지는 더는 오지 않았습니다. 그 마음이 어떠셨을지 그 마음을 함께해주지 못했던 것이 내내 아픔으로 남아 있습니다.

워낙 씩씩한 분이셨습니다. 외면은 고요하고 여리지만 강한 분이셨습니다. 단정하고 정갈한 성격에 신의 있는 분으로 친구들의 지도자로서 유머도 있으셨습니다. 단호한 철학이 있으셨습니다. 개성상인이었습니다. 엄마는 80세가 다 되도록 신림동에서 하숙집을 하였습니다. 학생들이 자신의 집에서 공부하는 모습이 좋았기 때문입니다. 무학의 아쉬움을 서울대 하숙집 아줌마로 대신했습니다. 조선일보에 신문 전면의 인터뷰 기사가 실렸던 일이 있습니다. 신림동 하숙집 '굳세어라, 금순아' 인간승리 이야기였습니다.

오빠와 저의 부탁으로 자의 반 타의 반으로 80세에 서울대 하숙집 문을 내렸습니다. 새 아파트를 장만해드렸습니다. 생애 처음으로 당신만의 공간이 생긴 것입니다. 용인 노인대학을 다니고 문화센터에서 원을 푸셨습니다. 남기신 졸업장 세 개를 보면서 검정고시라도 보게 해드릴 걸 하는 아쉬움이 컸습니다.

어느 날, 평소와 다른 엄마의 전화를 받았습니다. 며칠 전 다녀왔는데 왜 이렇게 안 오냐고 화를 내셨습니다. 이상한 생각이 들어 가 보니 집이 엉망이었습니다. 밥도 안 해 드셨습니다. 바로 짐을 챙겨 모시고 왔습니다. 그때부터 치매와의 전쟁이 시작되었습니다. 정갈하던 성격은 어디로 가고 한밤에 웃옷을 홀딱 벗고 충혈된 얼굴로 지갑을 찾으셨습니다. 도둑 망상이었습니다. 자존심이 강하기에 우리가 쓰는 큰 방은 내드렸는데도 평소 같으면 마다하셨을 텐데 너무 흡족해하셨습니다.

김시효 원장은 그때부터 장모님을 상대로 적극적 임상에 들어갔습니다. 때마침 30년 된 많은 단골 환자의 치매 증상을 보고 연구하고 있던 터라 더 집중하였습니다. 증상이 호전되어 우리 아파트 노인정으로 놀러 다니시게 되었습니다. 병간호하는 분의 도움을 받으며 함께 매일 나들이 가셨습니다. 화투도 치고 점심도 함께하면서 잘 어울리셨습니다. 너무 기뻐서 엄마께 예쁘고 안전한 신발을 사드렸습니다. 그것이 화근이었습니다. 노인정 할머니께서 그 신발을 신고 가셨습니다. 그 후론 신발장 가장 높은 곳에 올려놓으셨다 합니다. 신발을 꺼내다 넘어져 왼쪽 고 관절 수술을 하게 되었습니다. 큰 수술이었습니다. 다시 후퇴하였습니다. 귀신을 보고 망상이 심해졌습니다. 열심히 치료하자 다시 걷게 되었습니다. 사위가 또 살려냈습니다. 평화가 다시 왔을 때, 병간호하시는 분 몰래 손자들이 쓰는 화장실을 청소하러 들어가셨다 또 넘어지셨습니다. 이번에는 오른쪽 고 관절 수술을 하게 되었습니다.

엄마의 선물

　2년 전 엄마는 당신의 기도대로 이틀간 주무시는 듯 아무런 고통 없이 하늘나라로 가셨습니다. 치매를 앓는 11년 동안 치매 전 과정의 고통을 겪으셨습니다. 사위에 대한 사랑이 얼마나 깊었는지를 몸소 증명하셨습니다. 가정의학과 전문의이며 한의사인 김 시효 원장에게 '치매명의'라는 큰 선물을 주셨습니다. 열여덟 번 돌아가실 상황을 지켜줬던 사위에게 치매에 대한 모든 것을 연구할 기회를 주셨습니다.

　치매는 '새길을 가는 길'이라고 말할 수 있게 하셨습니다. 엄마와 저는 큰 벽이 있었습니다. 아들이 우선이고 항상 저는 차선이었습니다. 하지만 저는 크게 서운해하지 않고 제 길을 개척하며 살았습니다. 엄마는 그것이 미안했던지 치매 말기 즈음 어느 날, "미안해"라고 말씀하셨습니다. "사랑해" "고마워" "착하다" 마지막 말씀입니다. 긴 문장으로 말하지 못하셨습니다. "싫어" "몰라"만 반복하시다 말문을 닫으셨습니다. 식사도 못 하게 되셨습니다. 링거를 꽂고 정리하는 시간을 가졌습니다. 자연사가 꿈이셨는데 원하시는 대로 주무시는 듯 떠나셨습니다. 어머니의 기도였습니다.

치매는 새로운 길을 가게 하는 병입니다. 가족을 화해하게 합니다. 처음 오시는 환자 가족께 저는 이렇게 말합니다. "이제 새길을 가게 되는 거예요. 그동안의 일은 모두 잊으시고 오늘부터 행복에 초점을 맞추시면 됩니다." 어색했던 부부 사이도 멀기만 했던 부모와 자녀 사이도 다시 시작하게 합니다. "아침에 일어나면 두 분은 2분간 포옹을 하셔야 합니다. 마음이 문제가 아니라 두 분의 뇌세포가 좋아서 뇌 기능이 좋아지기 때문입니다. 치료에 꼭 필요한 것입니다." 이렇게 시작한 부부의 아침 치료는 가정의 행복을 가져다주었습니다.

부모님을 모시고 자녀들이 보호자로 오게 됩니다. 치매는 형제자매에게도 새길을 가게 합니다. "가족회의를 자주 해주세요. 그리고 서로 할 수 있는 것만 이야기하는 겁니다. 나는 회사에 다니니 경비를 더 부담할게! 나는 평일을 담당할 테니 누가 휴일을 맡아줘. 주말에는 내가 할게! 병원 등 행정 일은 내가 할 수 있어! 이렇게 역할 분담을 나눠주세요. 누가 안 했다. 나는 하는데 왜 너는 안 하냐! 이런 말은 절대 하지 마시고 오로지 각자 부모님께 마지막으로 효도할 방법만 이야기해서 최상의 퍼즐을 맞추세요!" 이렇게 알려드린 조언으로 많은 가족이 더 화합하고 행복해졌습니다. 엄마 덕분입니다.

가족 상담은 제 몫입니다. 김시효 원장은 '왜 하루라도 빨리 치료해야 하는가'에 집중합니다. '치매로 가는 기차'에서 내릴 수 있도록 최선을 다합니다. 저는 치매명의 김시효 원장을 도와 보호자를 돕습니다. "밥을 금방 먹고는 또 달래요." "자다가 일어나서 거실 구석에 실례하는 거예요." "자꾸 저를 의심하고 도둑질해갔다고 하서요!" "나가지 않으려 해요." "냉장고 문을 수도 없이 열어요." "밤새 자지 않고 힘들게 해요."…….

그럴 때마다 제 답은 "만약에 내가 아프다면 엄마는 어떻게 하실까요?"입니다. "어려운 상황에 어떻게 해야 할지 모를 때는 꼭 자신에게 물어보세요." "엄마라면 어떻게 했을까?" 보호자는 고개를 끄덕이며 숙연해집니다. 1년 간격으로 양쪽 고 관절 수술을 했을 때 정말 힘들었습니다. 요양원을 생각했습니다. 그때, 제게 물었습니다. "엄마라면 어떻게 하실까?"

세상 모든 어머님이 제 어머님입니다. 어떻게 살아오셨을지 안쓰럽기만 합니다. 특정 컬러만 다르지 모두 '휴먼컬러'입니다. 한 말 또 하고 또 한다고 화를 내는 가족께 이렇게 말씀드립니다. "기침이 심한 감기 환자한테! 그만해! 기침하지 말란 말이야! 하고 호통치는 것이 맞는 일일까요?" 예쁜 치매로 가게 하는 것은 모두가 원하는 것입니다. 치매 어르신은 깜빡깜빡 기억을 못 하실 뿐, 자존심과 철학은 그대로입니다. 더 간절하게 지키고 싶은 것이 있습니다. 사랑으로 모셔야 예쁜 치매로 노후의 질 높은 삶을 살 수 있습니다.

가끔가다 흠칫 놀랍니다. 제가 하는 말이나 행동에 엄마가 계시기 때문입니다. 어느새 엄마 흉내를 내고 있습니다. 엄마처럼 단아하고 단단하게 지혜롭게 나이 들고 싶습니다. 나이가 들어도 엄마처럼 당당하게 품위를 지키겠다고 결단했습니다. 아름다운 노년, 풍성한 노심, 정갈한 품격 들을 생각합니다. 엄마의 모습을 떠올리며 점검합니다. 세상 모든 어머님을 향하는 섬김의 자세를 남겨주셨습니다.

　세상에서 가장 행복한 일은 아픈 어머님, 아버님을 돕는 일입니다. 어제는 고집쟁이 할아버님이 아픈 할머님을 모시고 오셨습니다. 할아버님은 간절합니다. 평생 호랑이 노릇했던 영감님은 할머니가 걱정되는 겁니다. 할머님은 우울증 증세가 심한 '경도인지장애'입니다. 영감님의 불같은 화가 병이 되었다고 합니다. 두 분과 함께 저는 또 다른 새길을 들어섰습니다.

chapter 10

무례한 세상에 웃으며 대처하는 엄마

Mother, you are my hope

최은희

1975년 충청남도 논산에서 출생
6남매 중 다섯째로 태어났습니다.
7살에 뇌염을 앓고 죽을 고비를 넘겼습니다.
두 살 아래 남동생에게 맞으며 자랄 정도로 착하고 온순한 딸, 부모님 말씀을 잘
듣는 아이로 자라났습니다.
늦게 태어난 혜택으로 남동생과 대학에 힘들이지 않고 다닐 수 있었습니다.
그 덕분에 어린이집 원장을 하고 있습니다.
배움의 중요성을 알고 지속적으로 배움에 끈을 놓지 않다가 더 전문적으로 배우
기 위해 45세에 대학원에 진학해 건국대학교 교육대학원 유아교육 석사를 졸업
하였습니다.
아이들에게 부모님의 존재는 얼마나 위대하고 중요한지 부모교육의 필요성을
알리고 존중받는 아이로 자라야 타인을 존중하는 성인이 될 수 있다는 철학으로
부모교육의 중요성을 강조하며 전하는 사람이 되기를 희망하고 있습니다.

- 이메일: cag100@naver.com
- 블로그: https://blog.naver.com/cag100

유치원 및 어린이집 교사와 어린이집 운영 총 21년 남짓
삼 남매의 엄마
서울 광진구 예아랑어린이집 운영
건국대학교 유아교육과 석사졸업
장손의 아내
성수교회 유치부 교사
광진구 민간어린이집 연합회 총무
중곡3동 주민자치위원

저서『2021년 이런 취미 어때요?(공저)』

1. 혼란스러워하지 않고 서는 엄마는 없다

· '나만 이런가?'라는 오해

· 아기를 낳았다고 완벽한 엄마는 아니다

· 엄마는 모순덩어리다

· 엄마만의 시간은 필요하다

2. 엄마가 마주한 세상에서

· 과정 없는 결과는 없다

· 우선 내가 관대하여지자

· 인생에 정답은 없다

· 엄마의 열정은 어디서 오는가?

3. 가족은 책임과 의무만 있지 않다

· 가족에게 말하기와 듣기 연습은 필요하다

· 혼자 하지 말고 함께 하자

· 서로의 사랑을 확인하고 싶다면?

· 엄마는 자식의 기억 속에서 존재한다

혼란스러워하지 않고
서는 엄마는 없다

'나만 이런가?'라는 오해

이 땅에 엄마는 누구나가 처음에는 혼란 속에 있습니다. 그저 한 남자와 여자가 사랑해서 만나 소중한 생명이 태어났는데 '엄마'라는 호칭으로 불리게 됩니다. 엄마라는 호칭은 참 어색하고 오묘한 느낌이 드는 호칭입니다. 엄마라고만 불러봤지 내가 그렇게 불린다는 것은 생각도 못 했던 일입니다. 그런데 엄마는 열여덟 살에 결혼해 시부모님을 모시고 농사일을 하며 살아야 했습니다. 모든 사람이 잘해 내고 있다는 사람도 그 속을 살펴보면 별반 다르지 않습니다. 그들도 처음에는 마찬가지로 혼란스러웠습니다. 처음 시작할 때 모든 일이 서툴기만 하고 어설프기만 합니다. 하지만 해 내야 합니다. 그래야 살아낼 수 있기 때문입니다.

어떤 엄마도 처음에는 초보 엄마입니다. 초보라는 명칭은 실수를 어느 정도 용납해준다는 뜻이 있습니다. 그래서 실수를 해도 용납이 됩니다. 하지만 아이의 생사와 연결된 일에는 실수가 용납될 수 없습니다. 그래서 초보인데도 정신을 바짝 차리고 있어야 합니다. 긴장의 끈을 놓을 수 없고 내 온 정신과 마음이 아이와 남편, 집안일, 직장일, 시댁에 있을 수밖에 없습니다. 그래서 더 힘이 드는 것입니다. 엄마 스스로는 본인을 돌볼 여유가 없습니다. 일을 능숙하게 처리하는 만능 엄마들도 옆집의 다른 엄마도, 우리 엄마도 우리 할머니와 중조할머니 모두가 그렇게 처음이었다는 것입니다. 사람은 실수를 통해 배우게 되어있습니다. 그래서 더 단단하고 흔들리지 않는 굳건한 "엄마"라는 호칭에 맞는 모습으로 성숙할 수 있는 것입니다. 쉽지 않습니다. 해도 해도 아이는 계속 자라고 그에 맞는 또 다른 변형된 방법을 찾아야 아이에게 온전한 안내를 해줄 수 있습니다. 이 과정은 힘들지만 뜻 깊고 보람이 있습니다. 과정 가운데 아이가 주는 그 작은 행복들은 세상을 다 얻은 만족감을 줍니다. 그 작은 기쁨이 큰 힘이 됩니다.

"처음엔 어떻게 하는 것인지 몰랐어. 어떻게 아이를 키워야 하는지도 몰랐고 살림은 살아가며 하다 보니 익히게 되었는데 너희들은 목욕도 시킬 줄도 몰랐고 어쨌거나 내가 할 수 있는 일들은 주어진 일은 최선을 다했지. 힘을 다해서 내 새끼 굶기지 않고 더 좋은 환경에서 살게 해야겠다고 생각해 이 악물고 노력하고 나쁜 것 아니면 방법은 다 써서 가족을 잘살게 하려고 더 나아지려고 했지. 그래서 이만큼 온 거야. 가난에서 벗어나려고 이렇게 손가락이 굽어가며 한 거야. 이제 몸이 안 아픈 곳이 없어."

아기를 낳았다고 완벽한 엄마는 아니다

결혼해서 아기가 잉태돼서 새 생명을 출산했습니다. 하지만 출산한 순간부터 우리는 완벽한 엄마로 변신하는 것일까요?

절대로 그렇게 될 수는 없습니다. 유아교육을 전공한 저 역시 육아를 하며 교회 언니에게 했던 말은 "언니, 나 화병 나서 죽을 것 같아. 첫째는 내가 하라면 하고 아니다 위험하다고 하면 안 했는데 둘째는 호기심이 많아서 하지 말라고 위험하다고 해도 알아들었으면서 꼭 그걸 해 봐야 해. 내가 그렇다고 혼낼 수도 없고 다시 알아듣도록 설명하고 하는데 속에서는 화가 치밀어 올라. 또 시부모님 앞에서 더 떼를 부리고 어리광을 피워. 내가 화병이 날 것 같아"

한 배 속에서 태어났는데 달라도 너무 다릅니다. 그래서 더 힘듭니다. 아이도 나름대로 세상을 익히고 배워나가는 것인데 그 방법과 시도가 모두 다릅니다. 본인만의 방법을 아이도 찾아가고 있는 것입니다. 저 역시 엄마로서 아이와 처음 만나서 서로를 탐색하고 알아가고 있고 아이도 엄마와 주변 세계를 익히고 있는 것입니다. 유아교육에서 배운 방법을 적용해도 그 대상은 모두 달라서 상황에 맞도록 해결해야 합니다. 같은 방법으로 안내해도 그 안내대로 절대 하지 않습니다. 아이는 자신만의 생각과 방법을 창조해 내고 본인의 방법이 맞다 생각하며 제가 안내한 안내서를 무시하고 스스로 방법을 창조해 냅니다.

그 아이가 잘못된 것일까요?

여섯 남매를 기르며 엄마는 그 속이 어떠셨을까요?

모두 타고난 성품과 기질이 다른 아이들을 기르며 얼마나 고단하셨을지 그 깊은 어려움은 말로 다 못 합니다. 저는 둘을 기를 때도 화병이 날 것 같다며 토로했습니다. 셋째를 기르면서도 방법을 모르겠습니다. 아이를 많이 낳아 길러본다고 해도 그 아이마다 모두 다른 방법을 적용해야 합니다. 아이는 로봇이 아니기 때문입니다. 아이는 모두가 다릅니다.

"다 달랐지 다 달라, 하지만 내 새끼니까 길러야지. 내 뱃속으로 난 내 새끼. 그래도 그 새끼가 얼마나 예뻐. 한 명 한 명 귀하지 않은 놈이 없고 손가락을 깨물어 보면 아프지 않은 손가락이 없는 것처럼 손가락도 길이와 쓰는 방법이 다른 것이지. 내 새끼가 못 나도 잘 나도 소중한 내 손가락 이고 손가락마다 쓰임이 다른 것처럼 모두 소중하고 귀한 것이지. 한 놈도 안 귀한 놈이 없어. 그냥 안 보면 보고 싶고 잘 지내는지 생각나고 그래. 전화가 없으면 궁금해."

엄마는 모순덩어리다

엄마는 언제나 옳은 말을 합니다. 아이를 바른 방향으로 가 도록 하고 배워 힘들지 않게 살도록 하려고 성경 말씀 같은 말을 합니다. 하지만 세상은 그렇게 호락호락하지 않습니다. 내 친구 와의 관계에서도 세상 사람들과 관계에서도 엄마는 손해 보라고 말합니다. 그냥 내가 손해 보고 양보해주라고 합니다. 엄마는 모 순투성이입니다. 왜 그렇게 살아야 하는지 이해할 수 없습니다. 그 방법도 다 맞지 않습니다. 왜 친구가 이기적으로 해도 이해하고 알면서 허용해줘야 합니까? 엄마는 양보하고 베풀라고 합니다. 또, 누군가가 도움을 달라고 하면 잘 도와주라고 하십니다.

우리 엄마는 기회가 되면 지나가는 거지에게도 밥을 주셨습니다. 우리 형편이 좋지 않은데도 그들에게 밥을 나눠주셨습니다. 저는 그분들이 냄새나고 무서워서 방에 들어가서 살짝 얼굴만 내밀거나 몰래 문구멍을 통해 그들의 모습을 지켜봤습니다.

엄마는 지금은 밑져도 베풀면 언젠가는 돌아온다고 합니다. 자식 키우는 사람은 그래야 한다고 합니다. 남에게 해코지하면 안 된다고 합니다. 갖은 고생을 하며 살면서 속은 피가 철철 흐르는 아픔이 있으면서 우리 가족을 아프게 한 사람들을 용서하고 품어주셨습니다. 왜 엄마는 동네 사람에게 사기를 당해도 한 동네 사람이라 이해하고 넘어 가주셨을까요?

그들은 잘살고 있고 우리는 기초생활 수급자로 살아야 하는데도 그들을 원망하고 따지지 않았을까요. 그때는 이해가 되지 않았습니다. 그들이 안 되고 못살면 좋겠다고 생각했습니다. 하지만 이제 이해가 조금 됩니다. 엄마는 이미 그 마음속에서 그들을 용서하셨습니다. 그들보다 자식들의 삶이 더 소중했기에 원망도 미움도 다 버리고 그저 당신이 처한 삶 속에서 최선을 다한 것입니다. 엄마는 원망 대신 극복을 선택하신 것입니다. 좌절 대신 희망을 품으셨습니다. 용서하고 노력해 자식에게 더 좋은 환경과 편안함을 주기 위해서입니다. 엄마는 바보 같은 삶을 사는 것이 아니라 지혜로운 삶을 사셨던 것입니다.

"그 ○○이네 우리가 먼저 찾아가서 이제 용서한다고 가서 말했어. 예전 일은 잊고 웃으며 좋은 일만 생각하며 지내자고 우리가 용서한다고 했어. 돈 떼먹고 우리만 피해를 다 떠안고 갈 때는 어떻게 살아야 하는지 막막했는데 다 살아지더라. 아 그때처럼 힘들면 진짜 엄청 괴로워. 지금은 우리가 이렇게 잘살고 내 자식들 잘 되고 있는 것을 보면 하나도 안 부럽고 원망이 없어."

엄마만의 시간은 필요하다

세상에 변하지 않고 그냥 그 자리에 있는 것은 아무것도 없습니다. 모든 것이 변하고 변합니다. 그것은 불변의 진리입니다. 긍정과 부정의 차이는 시간의 힘을 믿고 기다리는지 아니면 기다리지 못하느냐의 차이입니다. 기다리면 삐뚤어진 자식도 제자리를 찾아오게 되어있습니다.

둘째 오빠가 고등학생 때 학교에도 안 가고 오토바이를 타고 나쁜 행동을 하며 비행했습니다. 오빠에게 나쁜 행동을 해도 좋게 말하고 타이르기도 하고 기다리고 다독이고 선생님께 찾아가서 기다려달라고 참아달라고 애원하고 방법을 찾아 오빠를 사람 만들려고 노력하셨습니다. 그러던 어느 날 전화가 걸려왔습니다. 사고가 났다고 병원에 있으니 보호자가 서둘러 오라는 연락이 왔습니다. 오빠가 타던 오토바이가 차와 부딪혀서 튕겨 나갔는데 다행히도 도로에 떨어지지 않고 흙에 떨어져서 살 수 있었다는 것입니다. 그래도 고등학교는 마쳐야 어디 가서 무시당하지 않고 살 수 있다는 신념으로 고등학교를 마치게 했습니다.

첫째 오빠는 군대를 제대하고 사고로 세상을 떠났습니다. 자식은 가슴에 묻는다고 했습니다. 몇 년을 자식을 먼저 보낸 고통에서 딛고 나오는 데는 시간이 필요했습니다. 잘 드시지 않던 술도 드시고 떠나간 아들을 목 놓아 불러보기도 했습니다. 하지만 그 아들은 돌아올 수 없습니다. 이미 엄마보다 먼저 천국에 가 있기 때문입니다. 시린 아픔을 가슴 깊숙이 묻었습니다. 누가 그 아픔을 알 수 있을까요? 누가 그 고통을 이해라도 할까요? 절대 모릅니다. 아픈 사람의 마음은 아픈 사람만이 이해하고 공감합니다. 그 아픔의 사건은 가족 모두에게 잊을 수 없는 일입니다. 제가 중학생 시기였는데 늘 막내 여동생인 저를 유독 예뻐했던 오빠였기에 더 많이 아팠습니다. 그 길고 긴 모진 세월을 엄마는 어떻게 버티고 헤쳐 나오셨을까요. 엄마만의 시간이 필요합니다. 그 시간이 엄마를 치료합니다. 하나님의 사랑이 엄마를 위로하고 품어줍니다.

"아휴, 그 속을 누가 알겠어. 말 안 듣고 사고치는 거는 일도 아니지. 곁에만 있으면 좋겠지. 하지만 내 맘대로는 안 되니까. 먼저 천국에 편안히 갔으니까 그거면 됐지. 나는 살 동안 여기서 살다가 하나님이 부르시면 가야지. 지금은 힘든 것도 아니지. 세월이 흘러가면 그때만큼의 고통은 아니지. 그때 어려움은 말로 다 할 수 없지. 그래도 잘살고 있는 내 새끼들 보는 낙이 있지. 내 새끼가 전화하고 맛난 것도 사줘서 먹기도 하고 같이 여행도 갈 때도 있고 예전에 비하면 괜찮은 거야."

엄마가 마주한 세상에서

과정 없는 결과는 없다 (생라면에 대한 기억)

어린 시절 엄마가 해주는 모든 음식은 맛이 있었습니다. 엄마는 모든 일을 다 처리하는 만능이셨습니다. 바느질도 잘하고 농사일도 잘하고 맛있는 음식도 잘 만드는 또 지혜가 있으셔서 이리저리 생각해 합리적으로 일을 처리하셨습니다. 저는 그런 엄마가 신기했습니다.

어릴 때 새벽부터 일어나 집안일과 농사일하러 나가시는 엄마가 싫었습니다. 내가 잘 때 옆에 누워서 있어 줬으면 했습니다. 하지만 늘 바쁘고 일이 많은 엄마는 내 차지만 될 수 없는 것이지요.

우리 집은 가난했습니다. 기초생활 수급자로 학교에 내는 어떤 비용이 면제되거나 하는 형편이었습니다. 고등학교 시절 정도가 되어 살림이 나아지기 시작했고 저는 엄마에게 처음으로 학원에 보내 달라고 했습니다. 공부에 집중해야 하는 인문계고등학생이 피아노학원에 다니겠다고 했습니다. 그래도 어려운 환경에서 막내딸을 위해 큰 비용을 허락하셨습니다.

엄마도 처음에는 실수도 하고 저희에 대해 잘 모르고 사랑으로만 품어주시고 가르쳐 주셨을 것입니다. 오빠는 어렸을 때 생라면을 먹었다가 엄마에게 맞았다고 했습니다. 왜냐면 라면에 김치를 넣고 끓여 먹으면 가족 모두가 먹을 수 있는데 오빠가 혼자 그것을 먹었기에 혼냈다고 했습니다. 엄마에게 왜 때렸냐고 물으면 그때는 어려운데 가족이 함께 먹을 것을 혼자서 먹으니까 그랬다고 하셨습니다.

엄마가 되는 과정에서 저와 동생은 여유가 있게 길러주시는 환경이었고 위에 형제들은 어려운 환경에서 키울 수밖에 없었기에 지금 생각하면 너무했다고 생각할 정도의 과정과 얘깃거리가 있습니다.

고난의 과정이 우리를 자라게 하고 단단하게 만들었습니다. 우리에게는 과정이 필요합니다. 결과가 중요하지 않습니다. 과정이 있어야 결과가 나옵니다. 과정은 괴로운 고난입니다. 하지만 걸음마를 하기 위해서는 목을 가누고 앉고 기고 서 있어야

걸음마를 할 수 있듯이 과정이 반드시 있어야 합니다. 과정이 없는 결과는 없습니다.

"생라면 하나 먹었다고 왜 때렸겠어. 먹고 살기 힘드니까 그랬지. 라면이 자식보다 귀하지는 않지. 자식이 귀하지. 형편이 어려우니까 그렇게 모질게 했지. 맞을 일은 아니지. 엄마도 잘못할 때도 있어. 잘못하는 일도 있는거여. 살면서 알아가고 배워 가는 거지."

우선 내가 관대하여지자

'스트레스'라는 단어는 사람들의 입에서 가장 많이 나오는 단어입니다. 자신의 삶이 얼마나 고통스러운지 호소합니다. 스트레스를 좀 덜 받으라고 하는 말은 마음에 닿지 않는 말입니다. 삶이 고되고 어렵게 되면 스트레스라는 단어를 자주 사용하게 됩니다. 살면서 그 단어를 사용하지 않기 위해서는 주변 환경이 늘 평온하거나 내가 달라져야 합니다. 하지만 현실은 생활비, 세금, 아이들 교육비, 일자리, 노후, 가족건강 등 그 상황에서 벗어나기 어렵습니다. 사람은 자신이 환경을 조절할 수 없다고 생각할 때 스트레스를 받습니다. 스트레스는 내가 스스로 환경을 바꿀 수 없다는 인식입니다.

자녀가 뇌염으로 병원에 입원하고 조금 후에 또 경제적인 어려움이 닥치고 또 되었다 싶을 때 또 다른 어려움이 계속될 때 엄마는 어떤 생각이 드셨을까요? 과연 그 삶을 누가 위로할 수 있을까요? 엄마는 견디고 헤쳐 나갔습니다. 주저앉거나 원망하지 않았습니다. 하나의 과제로 생각하고 그 과제를 해나갔습니다. 인생은 축제라고 하는데 축제의 연속이 아닌 숙제의 연속인 인생이었습니다. 내가 선생님으로 그 숙제를 검사한다면 엄마에게 '최우수' 점수를 줄 것입니다. 평생을 자녀를 위해 가족을 위해 숙제를 완벽하게 해내셨기 때문입니다. 엄마에게는 상장뿐만 아니라 상품까지 주어져야 합니다. 엄마는 인생의 한 부분으로 숙제를 받아들이고 누구에게나 오는 시련이라고 생각하고 버텨낸 것입니다. 자책하지 않고 자신과 자녀에게 관대하며 그 숙제를 성실하게 풀어 오셨습니다. 생활이 어려워 초등학교에 다니고 싶어도 다닐 수는 없었으나 누구보다 지혜롭고 학교에서 배울 수 없는 수많은 인생의 문제 풀이를 모두 알고 있는 우등생입니다. 자녀를 위해 격려를 아끼지 않고 무엇이든지 별 칭찬할 것 없어도 꼭 칭찬 거리를 찾아 칭찬해주시는 현명한 엄마입니다. 엄마는 엄마 본인이 시련에 관대했습니다.

"오빠는 학교 보내고 나는 안 보내주더라. 그래서 몰래 들으며 그 내용을 다 외워버렸어. 어려워서 학교는 못 다녔어. 원망은 안 했어. 그래서 너희들은 다 고등학교는 졸업해야 사람 구실 할 것 같아서 형편이 어려워도 공부시키려고 애썼지. 네 아버지도 고생 많았지. 돈 벌겠다고 월남전에 나가서 죽을 고비 넘기고 병들어 돌아와서 죽는다고 했어. 아휴, 차비도 없는데 살리려고 반나절을 걸어서 약을 구해오고 그 약 먹으면 낳는다고 하니까. 그래서 살렸어. 어린 자식들은 집에 두고 남편 살리려고 사방으로 다니며 여기저기 방법 물어서 찾아다니고 했지. 고됐다. 고돼. 뭐 힘들어도 다 자식들 잘 크는 재미로 버티고 살았지."

인생에 정답은 없다

'인지적 융합'이란 생각에서 빠져서 나오지 못하고 그 속에 갇혀있는 상황입니다. 스스로 실수가 없고 완벽해야 함에 얽매이게 됩니다. 사람은 스스로 살펴보고 생각할 수도 있습니다. 그 생각이 전부인 것처럼 보게 되면 본인을 돌아볼 수 없고 그 생각에 빠져 생각대로 해야 한다고 믿게 됩니다. 유연함이 부족해집니다. 원칙을 세워 그대로만 해야 한다고 하는 사람들은 당위적인 생각에 묶여 있는 것입니다. 마음은 내 생각대로 칼로 나누듯이 되는 것이 아닙니다. 관계에서 그 원칙 때문에 상처를 주게 되는 일이 생기는 것이지요.

엄마는 몇 가지 철학을 늘 입버릇처럼 말씀하시며 사셨습니다. 현명하신 점은 당부할 상황에서 한 가지라도 잘하고 있으면 그 잘하는 점을 공개적으로 칭찬해 자녀의 기를 살려 주셨습니다. 친구 엄마는 늘 우리 집에 오시면 "은희는 청소도 잘한다고 엄마가 말하더라. 엄마가 도움이 많이 된다고 했어. 잘하는 것만 있네." 옆에서 엄마는"그럼, 잘 도와줘."라며 말씀하셨습니다. 저는 배려 깊고 착한 효도하는 아이가 되어있습니다. 엄마의 그 공개적 칭찬으로 저의 자존감은 한없이 올라갑니다. 저는 첫째 언니와 10년 나이 차가 나는데 농사짓는 부모님을 위해 집안일이나 소소한 농사일을 거들어 들어야 했습니다. 추운 겨울 오빠의 청 점퍼나 바지는 뻣뻣하고 물이 들어가면 무거워 빨래할 때 제일 힘들었습니다. 꽁꽁 언 손을 호호 불며 스스로 생각해 빨래를 돕거나 청소를 해놓기도 하며 작은 일이라도 부모님을 도우려 노력했습니다.

그러면 부모님이 조금이라도 덜 힘들 것이기 때문이지요. 그때마다 엄마는 한 번도 그냥 넘어가지 않고 구체적 칭찬으로 마음을 표현하셨습니다. 하루는 아홉 살에 저녁 식사시간이 지나도 농사일로 가족의 귀가 시간이 늦어지자 두 살 터울 남동생과 난생처음으로 밥을 한다며 엄청 많은 양의 찹쌀을 씻어 가마솥에 불을 때 밥을 해놓았는데 귀한 찹쌀로 밥을 했다고 나무라지 않으시고 칭찬을 하며 콩고물이 있으니 그걸로 묻혀서 먹으면 된다며 잘했다고 고맙다고 하셨습니다.

인생에 정답은 없습니다. 목표를 향해 상황에 따라 방법을 달리하며 유연하게 이뤄 가면 됩니다. 틀린 인생이 어디 있습니까? 실수하고 깨닫고 그 실수를 줄여가며 다시 방향을 잡아가는 것이지요.

"너희 키울 때 늘 고마웠어. 엄마, 아빠 어렵다고 항시 마음 써주고 일도 잘 도와주고 이해해주고 해서 그 어려운 시절 잘 이겨내게 해줬지. 항상 효도하고 착했지. 형제간에 우애 있고 나쁜 짓 안 하고 착하게 자라서 고마워. 가난했어도 불평 안 하고 자라줘서 기특하지."

엄마의 열정은 어디서 오는가?

열정이란 어떤 일에 열렬한 애정을 가지고 열중하는 마음입니다.

열정을 유지하는 방법을 지그 지글러는 말하기를 1. 투자하라: 주어진 시간과 재능에 투자하는 것입니다. 2. 탐구하라: 바로 그것과 고취된 사람들과 시간을 보내고 그 방법을 공유하는 것입니다. 3. 관계를 유지하라: 같은 열정을 갖은 사람과 관계를 유지해 모임이나 활동을 형성하는 것입니다. 4. 상상하라: 상상은 놀라운 힘이 있는 눈에 안 보이는 활용도가 있는 도구입니다. 무엇이든 상상하고 상상이 현실이 되도록 노력하라고 합니다.

커트 코베인은 "열정 없이 사느니 차라리 죽는 게 낫다."라고 했습니다. 사람들이 열정을 유지하며 살아간다는 것은 동전의 양면과도 같습니다. 열정을 유지하며 불타오르듯이 살다가도 열정이 식게 되면 다시 무기력해지고 삶의 이유나 목표가 무엇인지 찾으며 헤매기도 합니다. 열정이 식지 않게 하려면 목적과 목표가 있어야 합니다. 그러면 위기가 몰려와도 쉽게 넘어지거나 좌절하지 않습니다. 가난하고 병든 가족들을 위한 엄마의 열정의 원동력은 무엇이었을까요? 엄마는 고난 가운데에서도 가족의 안위와 회복을 위해 더 좋은 환경에서 살게 해주겠다는 목표가 있었습니다.

저에게는 그런 환경 속에서 어려움을 겪으며 어린 자녀들을 위해 본인을 희생해 모든 방법을 찾아 해결하고 이겨낼 용기가 없습니다. 그만큼 힘든 상황이나 어려움이 제 인생에는 없었습니다. 어려움이라고 해도 가장 큰 고통은 아기를 낳을 때와 우울증이 왔을 때뿐이었습니다. 출산의 고통에서 벗어날 수 있다면 밖으로 뛰쳐나가 도망치고 싶었고 우울증이 왔을 때는 차가 나를 쳐줘서 생을 마감하고 싶었습니다. 하지만 극복한 후 그 모든 어려움과 아픔도 지금의 행복에 비하면 작은 일에 불과합니다. 그 고통을 통해 더 성장할 수 있는 계기가 되었습니다. 성숙한 사람이 될 수 있습니다.

엄마라고 힘들고 괴로운 순간이 없었을까요? 하지만 가족을 향한 그 열정과 목표와 사랑이 다시 일어서게 하는 힘이 되었습니다.

"말로 다 표현할 수 없을 만큼 어려울 때도 너희들 얼굴 보면 힘이 나고 우리 부부가 힘을 내야 하니까 끝까지 될 때까지 하는 거지. 농사가 잘 안될 때도 있고 어려울 때가 있어도 그게 별거 아니지. 가족건강이 제일이지. 일이 안 되면 속상해도 감사한 일이 더 많다고 생각하고 사는 것이지.

가족이 있으면 된 거야. 일은 잘될 때도 있고 안 될 때도 있고 그렇지만 가족은 안 그렇잖아. 돌아올 수 없는 거니까. 모두가 잘 지내는 게 큰 소망이지."

가족은 책임과 의무만 있지 않다

가족에게 말하기와 듣기 연습은 필요하다

가족은 내 사람들이라는 생각으로 함부로 대하거나 서로 명령이나 요구만을 하는 대화가 더 많을 때도 있습니다. 나도 모르게 한 명령이나 강압적인 말로 인해 싸움하게 되는 경우가 있기도 합니다. 서로의 감정을 이해하고 보듬어주지 못하고 자신의 기분을 앞세워 마음이 다치기도 합니다. 화를 내고 별일 아닌 일로 승리의 깃발을 쟁취하기 위해 싸움을 합니다. 모두가 부질없는 일입니다. 그런 모습을 자녀에게 보여주는 것은 자녀에게 불안과 두려움을 주게 되고 자존감은 낮아지게 되는 결과를 가져오게 됩니다.

엄마는 저에게 집안의 어떤 일을 해놓아도 잘했다고 칭찬 위주로 하셨습니다. "은희가 이렇게 청소를 해놓아서 집이 깨끗해

졌네. 빨래도 이렇게 하고 엄마가 고맙네."라며 칭찬하셨습니다. 엄마의 칭찬은 저를 움직이게 했습니다. 어린 시절에 엄마의 명령이 아닌 부탁의 말을 들으면 기분이 좋습니다. 가족에게도 말하기 연습은 필요합니다. 감정을 솔직하지만 공손하고 예의 바르게 말해야 합니다. 고객에게 말하듯이 말이죠.

가족에게도 듣기 연습은 필요합니다. 듣는 일에 익숙하지 않은 경우가 많이 있습니다. 학교에서 돌아와 일하고 계신 부모님께 어떤 일이 있었는지 재잘재잘 이야기합니다. 엄마는 바쁘게 일하면서도 귀는 저의 이야기를 경청해주셨습니다. 저의 소소한 이야기를 경청해 주고 감정을 헤아려주셨습니다. 누군가가 내 말에 주의를 기울이고 잘 들어준다는 경험은 즐겁습니다. 엄마는 남매들의 이야기를 어떻게 다 들어주셨을까요? 저는 3명뿐인데도 첫째, 둘째, 셋째의 이야기에 귀 기울이다 보면 정신이 없을 때가 있는데 말입니다. 그래도 아이들의 이야기에 기분은 좋아집니다.

처음에는 대화하는 방법이 서툴러 시행착오를 겪게 됩니다. 아이에게 사랑과 걱정하는 진심의 말이 아닌 기분의 말이 나올 때가 있습니다. 사춘기의 자녀에게 마음에도 없는 말을 쏟아내서로 상처받기도 합니다. 엄마는 내가 중학교 때 아침에 안 깨웠다고 화내고 짜증을 부려도 왜 그 모습을 감싸주셨을까요? 그저 화내지 않고 받아주기만 하셨을까요?

"한 숟가락이라도 떠 먹이고 기분 좋게 해서 학교에
가야지. 아침에 엄마한테 혼나고 가면 기분이 안 좋잖아. 엄
마는 너희들이 짜증 내도 그게 본마음이 아닌 거를 아니까.
또 크면 그렇게 안 하고 엄마, 아빠 마음 알아주고 고마워하
니까 진심이 아닌 거를 아니까 기다리는 것이지. 다 그러고
크잖아."

혼자 하지 말고 함께 하자

가족의 사랑은 세상이 주는 어떤 부, 권력, 명예보다 가치가
있고 가장 귀합니다. 그 기본적인 사랑을 가득 받지 못하고 성장
하게 된다면 그 결핍은 어디에서 찾아줄 수 있을까요?

성장기의 결핍으로 인해 결국 결혼할 때 배우자는 그런 사
람을 만나지 말아야지 결심했던 그 유형의 사람에게 끌리고 결혼
을 하게 되는 이상한 현상이 나타납니다. 본인이 회복되어야 건강
한 삶을 살 수 있습니다. 내가 건강하지 않으면 내가 만나는 세상
도 건강하지 않게 됩니다. 모든 원인은 나에게 있습니다. 건강한

마음과 눈으로 세상을 바라보아야 합니다.

가족에게 "함께"라는 말은 무척 소중한 단어입니다. 힘들 때 위로하고 안아주는 가족이라는 울타리는 세상에서 치열하게 싸움을 하고 돌아와도 상처를 감싸주고 보듬어주어 회복될 수 있도록 쉼을 주는 곳입니다.

엄마는 따뜻한 가정으로 만들기 위해 본인의 편안함과 안락함은 포기하고 모든 정성과 노력을 자녀들과 남편에게 조부모님이 살아계실 때는 어른들에게까지 쏟으셨습니다. 엄마는 되고 싶은 것도 많았지만 그냥 엄마로 아내로 사는 삶을 선택하셨습니다. 수도 잘 놓고 옷도 잘 만들고 음식도 잘하는 엄마, 사람과의 관계에서도 포용력과 결단력이 있어 잘 아우르는 엄마, 그런 엄마는 가난에서 벗어나기 위해 사랑하는 가족들을 살리기 위해 그들의 인생을 꽃피우게 하려고 본인은 희생하고 노력했습니다. 가족의 온기를 위해 장작이 되었습니다.

엄마는 출산 후에도 쉬지 못하고 일을 하고 살림을 해 온몸이 아프지 않은 곳이 없었습니다. 매일 고된 노동으로 무릎을 주물러 달라고 하셨습니다. 얼마나 많이 다리가 아프고 힘들면 고사리 같은 어린 막내딸의 손으로 다리를 주물러 달라고 부탁하셨을까요? 효과도 없을 법한 안마는 고단한 엄마를 잠들 수 있게 하는 수면제처럼 안마를 받고 있으면 스르르 잠이 드셨습니다. 매일 앓는 소리를 내면서 겨우 잠이 드셨습니다. 후에 나이가 들어 무릎 관절 수술을 하시고는 무릎의 통증이 사라졌다고 했습니다. 그 고된 인생을 누가 알까요? 아무도 모릅니다.

"아휴, 말로 다 못 해. 그 고된 마음과 몸. 가족이고 내 자식이고 사랑하니까 고되더라도 힘들지 않다고 생각하고 노력했지. 자식들 다 잘되고 잘 지내는 것 보면 그게 낙이지. 이제 부러운 것도 없고 자식들 손주들 잘 되기만 하면 좋아. 엄마랑 아빠는 늙어서 몸이 망가졌지. 그래도 감사하다. 지금까지 잘 살아온 게 감사해."

서로의 사랑을 확인하고 싶다면?

초년의 사랑은 밖으로 향하게 됩니다. 밖에서 즐거움을 찾고 친구가 전부인 것처럼 지내게 됩니다. 그 이후 중년의 사랑은 가족을 향합니다. 기혼자일 경우 더욱 사랑의 유일한 대상이 가족입니다. 젊어서는 밖으로만 돌다가 은퇴한 후에 집에서 가족의 사랑을 요구하니 가족은 힘들게 됩니다. 가족과 같이 있는데도 외롭다고 느끼고 불행하다고 느끼게 되는 것은 고통입니다.

본인이 행복하지 않다고 불행하다고 생각하고 느끼는 사람은 사랑의 본질을 모르고 있을 확률이 높습니다. 열정적으로 사랑하면 행복하게 될 것이라고 기대하고 온전하고 완전한 사랑이라고 착각합니다. 사랑하는 사람이 나를 위해 살아가기 원합니다. 이런 기대를 품은 상태에서 사랑하게 되면 상대에 초점을 두고 무엇을 원하는지 관심을 두기보다 본인이 무엇을 좋아하는가에 관심을 가질 확률이 높습니다.

사랑에는 노력과 정성이 필요합니다. 사랑한다면 그만큼의 노력이 들어가고 신경을 쓰고 관심을 가져야 합니다. 연애할 때는 서로에게 온 관심과 신경을 기울이고 모든 신경이 오직 한 사람을 위해 무엇을 기쁘게 하고 웃게 해줄 것인지를 위해 온갖 노력을 합니다.

가족이 미워도 사랑해야 합니다. 가족은 사랑하고 품어주는 대상입니다. 사랑하는 가족은 아픔을 주고 상처를 주더라도 이해하고 기다려 줘야 합니다. 아이들과 부부 사이도 서로 아끼고 위로해주고 품어주면서 보듬어주어야 건강한 가족이 되고 아이들은 건강한 아이들로 자라게 됩니다.

가족이 상처를 주고 남보다 더 못한 사람처럼 사는 경우가 있지만 사랑하지 않으면 안 됩니다. 가정은 커다란 울타리입니다. 그 포근한 안식의 자리에서 위로받으며 위로하며 사랑받으며 사랑하며 지내는 공간입니다. 그 속에서 더 단단해지고 튼튼해져 사랑을 주는 넉넉한 사람이 되어야 합니다. 엄마는 처음부터 사랑이 많은 사람이었을까요?

어디에서 그런 사랑이 샘솟아 늘 우리를 위로하고 이해하셨을까요?

잘못했던 일이나 말을 한 적도 많았는데 좋은 추억을 더 많이 기억하고 고마운 마음을 갖고 계실까요?

"너희들이 사랑이고 힘이지. 하나님 믿으며 위로도 받고 사랑도 받았지. 자식들이 자라면서 해줬던 그 예쁜 말, 행동들이 다 고마운 거야. 엄마랑 할머니랑 할아버지 입원했다는 전화 통화 내용을 듣고 안 시켜도 뒤에서 조용히 기도하고 빨리 낳게 해달라고 했던 우리 손녀 모습이 사랑이지. 그런 일이 힘이 나게 해서 사는 거야. 그것이 즐거움이지."

엄마는 자식의 기억 속에서 존재한다

사람은 누구나 사랑하는 가족의 기억과 세상 가운데 자신을 남기기를 원합니다. 자신이 죽은 뒤에도 타인의 기억 속에 오랫동안 영원히 살고 싶은 욕망이 있습니다. 자식의 기억에 엄마들은 살아있습니다. 또 자식의 자식이 엄마를 기억하고 그 기억이 오랫동안 유지되고 남아있게 됩니다. 그 기억을 통해 자신의 가치관, 신념을 다음 세대에 존재하게 해준다는 것입니다. 그러면 죽음이라는 불안도 사라지게 됩니다.

어떤 사람이 대단한 삶을 살았을지라도 그것을 증명해 줘야 하는 사람이 없다면 아무런 의미가 없습니다. 본인이 멋있고 위대한 삶을 살았다는 말을 듣기 원하는 욕심이 커지면서 아주 작게라도 무시하는 취급을 받게 되면 더 쉽게 상처받습니다. 더 많은 기억 속에 존재하기 원하면 열린 마음으로 관대하게 사람을 대해야 합니다. 성숙한 사람은 위로가 필요한 사람에게 쉼을 줄 수 있어야 합니다.

자식이 고민을 얘기할 수 있는 엄마가 돼 있다면 그 인생은 아름다운 인생입니다. 엄마를 통해 위로받고 이해함을 받고 싶기에 딸들은 엄마에게 모든 것을 얘기 나누고 상담을 청합니다. 이런저런 다양한 삶의 이야기를 하다 보면 나도 모르게 해결방법을 찾게 됩니다. 엄마의 철학을 얻게 됩니다.

엄마는 늘 어린이집에서 무슨 사건이나 사고가 나오면 조심하라고 항상 진심으로 아이들에게 잘 해줘야 한다고 잔소리처럼 말씀하십니다. 그 마음이 저에게 전해져 저의 철학이 되고 우리 어린이집의 아이들과 부모님들에게 그대로 전해집니다. 엄마의 마음은 진심입니다. 우리 원의 아이들은 소중합니다. 우리 원에서 아이들은 행복하고 편안하고 즐겁습니다. 한 아이 한 아이 모두가 존중받으며 자라갑니다.

엄마의 사람과 세상을 대하는 고귀한 자세와 사랑은 저에게 내 자녀의 기억 속에서 늘 존재합니다. 사람을 대하는 존중의 마음이 온전한 사람이 되게 하는 양분이 되었습니다.

감사합니다. 어머니!

"엄마는 많이 못 배워도 사람 사이에서 어떻게 지내야 하는지 지켜야 하는지 그 기본은 지키고 살아야 한다는 생각이 있어. 그래서 다른 사람에게 나쁘게 하면 안 되고 희생하고 더 베풀고 참아주면 내 자식이 잘되고 복이 오게 돼있어. 지금 내 자식이 못 받으면 그 자식이 또 받게 돼 있지.

자식 키우는 부모는 특히 다른 사람에게 나쁘게 대하면 안
되고 좋은 마음으로 해야 해. 그것은 변하지 않아, 잊지 말
고 지켜야 하는 거야."

chapter 11

깡으로 살아오신 울엄마!

Mother, you are my hope

추신형

1965년 담양에서 출생.
이너테라피.
마음까지 마사지 하라는 단어에 꽂혀
피부관리 일을 시작한지 4반세기가 지났습니다.
건강은 요람에서부터… 이마트 홈플러스에서 베이비마사지 강의를 했습니다.
사람은 소우주라 합니다. 소우주는 대우주 자연과 더불어 살아야 건강합니다.
식약동원 음식과 약은 그 근원이 같습니다.
세상에서 제일 무서운병은 치매라 생각합니다.
의사는 아니지만 치매예방에 앞장서고 있습니다.
한국경제신문사 HK 여행작가아카데미 3기로
여행작가의 꿈을 키우고 있습니다.
인사동에서 여행작가아카데미 3기 사진전을 했습니다.

현재 뷰티스토리 운영 중

아로마테라피스트

베이비마사지 강사

피부관리 중등교사

수달샵(수기의 달인)

· 이메일 tlsgud53@naver,com

· https://blog.naver.com/tlsgud0814

1. 내려놓으려니 아깝고 들려니 무겁다?!

2. 결혼은 너를 제일 아껴주는 사람과 해라

3. 네가 세상에서 제일 잘한 일 두 가지

4. 종이학 천 마리와 삼 천배

5. 엄마보다 더 엄마 같은 큰언니!

6. 엄마의 깡은 어디로 갔을까?

내려놓으려니
아깝고 들으려니 무겁다?!

엄마는 예쁜 얼굴은 아니어도 마음씨 예쁘기로는 동네에서 둘째가라면 서러울 정도였습니다. 외할머니는 호랑이 엄마셨는데 속정이 깊으셨지요. 외할머니는 일제 강점기에 외할아버지를 여의시고 4남매를 혼자서 키웠습니다.

외할머니는 대대로 한약방을 이어오던 부잣집 맏딸이었습니다. 남동생은 공부를 시켰는데 여자들은 공부를 안 시켜서 외할머니는 까막눈이었습니다. 외할머니는 까막눈이어도 영특하고 얼마나 손끝이 야물었는지 못 하는 것이 없었습니다. 외할머니는 명절에 한과랑 약과를 만드셨는데 정말 예쁘고 얼마나 기품이 있는지 먹기에 아까울 정도였습니다. 외할머니의 음식은 보기도 좋고 맛도 예술이었습니다. 한과를 만들 때 찰벼를 가마솥에 넣고 볶으면 튀어져 가마솥 안이 하얀 꽃으로 가득 피어납니다. 튀어진 꽃들을 골라 찹쌀로 고운 조청을 바르고 한과에 붙입니다. 지금도 외할머니의 한과랑 약과가 눈에 선하게 떠 오르며 군침이 돕니다. 외할머니는 자신이 까막눈이라 자식들만큼은 까막눈을 면하게 하려고 주위의 반대를 무릅쓰고 일제 강점기에 엄마를 초등학교에 보냈습니다. 늦은 나이의 엄마를 학교에 보내기 위해 교장 선생님 집에 찹쌀 다섯 말을 이고 밤길을 가셨다고 합니다. 외할머니는 엄마를 학교에 보내겠다는 신념 하나로 장정이 지고 가도 힘든 찹쌀 다섯 말을 이고 이십 리 길을 마다하지 않았습니다. 엄마는 자랑스럽게 외할머니 이야기를 하시곤 했습니다.

엄마는 홀로 사시는 호랑이 외할머니가 죽으라면 죽는 시늉까지 다 하는 효녀 중에 효녀였습니다. 동네에서 엄마를 며느리감으로 탐내는 사람들이 많았습니다. 엄마는 동네 사람들이 마음에 차지 않았고 동네를 벗어나고 싶었습니다. 엄마는 스물두 살에 연예인 뺨치게 잘 생기고 배움도 많으신 아버지와 중매로 선을 보고 결혼을 했습니다. 아버지의 결혼 조건은 마음씨만 고우면 된다고 하셨지요. 아버지는 삼 형제 중에 막내셨는데 큰형님은 6.25때 맹장염으로 돌아가셨고 큰형수님은 조카 하나만 보고 살고 있었습니다. 친할머니는 늘 큰며느리 눈치를 봤습니다. 둘째 형수님은 맘이 넓은 분은 아니었는지 할머니와 사이가 좋지 않아서 할머니가 맘고생이 많았습니다.

엄마가 선을 보러 가기 전에 주위 분들은 엄마한테 눈을 내리깔라고 했답니다. 엄마는 한쪽 눈이 사시였거든요. 엄마가 눈을 내리깔아서였는지 아님 두 분의 연이 닿았는지 아버지 눈엔 사시가 안 보였다고 합니다. 엄마는 결혼식을 올리고 한 해 동안 친정에서 묵혔다가 시댁으로 들어갔습니다. 엄마와 아버지의 결혼 당시 친가의 결혼 조건이었습니다.

아버지는 당시에 직장을 잃어서 일 년 동안 엄마를 친정집에 머물게 했었습니다. 외갓집 형편도 넉넉지 않은 상태였지요. 아버지는 엄마를 만나러 자주 외갓집에 다녀갔습니다. 외할머니는 사위가 찾아오면 백년손님이라고 넉넉지 않은 살림에도 아버지를 융숭하게 대접했습니다. 남편을 여의고 많은 시댁 식구들을 건사해야 하는 상황에서 외할머니는 눈치가 보였습니다.

처음엔 사위 대접을 잘해 주다가 자주 들락거리니까 심기가 불편했겠지요. 외할머니가 아버지를 보고 처음 느낀 감정은 "내려놓으려니 아깝고 들으려니 무겁다!" 였습니다. 아버지는 초등학교 교편을 잡았다가 신문 기자를 했습니다. 신문 기자를 하면서 좌익 글을 썼다고 옥고를 치렀습니다. 그 당시엔 신문의 글이 마음에 들지 않으면 무조건 좌익으로 몰던 시절이었습니다. 아버지는 직장을 갖지 못한 상황에서 결혼했으니 아버지도 마음이 편치는 않았겠죠. 엄마는 결혼식을 올리고 1년이 지나 오빠를 임신한 상태에서 시댁에 들어갔습니다. 엄마는 시집에 와서야 아버지가 직장을 가질 수 없다는 걸 알았습니다. 당시엔 옥고를 치르면 아버지뿐만 아니라 자식도 공무원이 될 수 없음은 물론이고 대기업에도 들어갈 수 없는 연좌제라는게 있었습니다. 실제로 오빠는 경찰 시험에 합격하고도 경찰이 될 수가 없다고 울면서 엄마한테 하소연하는 걸 봤습니다. 엄마의 가슴이 얼마나 미어졌을까요. 엄마는 시집에 오자마자 고생문이 훤히 열렸습니다. 엄마는 아들을 낳고 시부모님의 사랑을 독차지했습니다. 그것도 잠시 엄마는 돈을 벌어야 했습니다. 어린 자식들을 시부모님한테 떼어 놓고 장삿길에 나섰습니다.

엄마는 친정 오빠와 함께 인천에서 대바구리(대바구니의 사투리) 노점상을 했는데요. 오빠인 외삼촌은 술을 좋아해서 장사엔 관심도 없었습니다. 엄마는 초저녁 잠이 많아서 일찍 주무시고 새벽 3시에 일어나서 일을 했습니다. 엄마가 부지런히 장사를 하면 맨날 외삼촌은 술을 마셨습니다. 엄마는 부지런하고 손끝이 야무져서 뜨개질도 잘했습니다. 장사 틈틈이 뜨개질을 해서 4남매의 옷과 아버지 스웨터랑 바지를 떠서 보냈습니다. 부지런하신 엄마는 장사도 잘해서 조그만 가게를 얻을 수 있었습니다. 엄마는 오직 자식들 생각뿐이었습니다. 엄마는 부지런히 돈을 벌어서 고향에서 자식들과 함께 살고 싶었습니다. 엄마는 명절에도 한 푼이라도 아끼려고 집에 내려오지 않았습니다. 명절이 되면 친구네 집은 부모님들이 명절 음식을 만들어 줬습니다. 고소한 냄새가 고샅에 진동했지만, 우리 집은 냉기만 흘렀습니다. 친구들은 새 옷을 입고 세뱃돈 자랑을 했습니다. 큰엄마가 명절 음식을 챙겨주고 언니들도 있었지만, 막내딸은 엄마가 제일 고팠습니다. 여섯 살 나이에 불행하다는 생각을 했던 기억이 생생합니다. 엄마가 옷이랑 먹을 것을 보냈는데 어린 막내딸은 먹을 것보다 엄마가 더 보고 싶었습니다. 엄마도 늘 막내딸이 제일 걸렸다고 했습니다.

아버지는 할머니 할아버지가 돌아가시고 자식들을 돌봐야 했습니다. 친척집 문간방 하나에서 아버지는 4남매와 지냈습니다. 아버지는 가끔 상갓집이 생기면 노름을 했습니다. 엄마가 집에 올 때면 아버지 노름빚 때문에 자주 말다툼을 했습니다. 외할머니는 딸을 고생시키는 아버지를 미워했습니다. 사돈댁 방향으로는 오줌도 안 눈다고 할 정도였습니다. 사위가 미우니까 손주들도 미워했습니다. 아버지는 그 시절에 고등학교를 나왔으니 배움은 많은데 쏟아 낼 곳이 없으니 얼마나 답답하셨을까? 외할머니는 홀로 어렵게 키운 자식을 사위가 고생시킨다고 생각하니 사위가 미울 수밖에 없었겠죠. 엄마는 홀로 자신을 키운 외할머니가 가슴 아파할까 봐 힘든 상황을 혼자서 삭혔습니다. 나이를 먹고 결혼을 해서 아이들을 키워보니 외할머니도 아버지도 엄마도 다 이해가 되었습니다. 때론 나이를 먹는다는 게 좋을 때도 있습니다. 이해가 되지 않았던 일들이 나이가 들면서 이해가 되었습니다.

외할머니는 예쁜 치매로 3년을 사셨습니다. 임종할 때 엄마 손을 꼭 잡으시며 편안하게 눈을 감았습니다. 외할머니의 '내려놓으려니 아깝고 들려니 무겁다.'와 함께.

결혼은
너를 제일 아껴주는 사람과 해라!

엄마는 아버지와 살면서 어려움이 많았습니다. 가끔 아버지의 언어를 못 알아들었습니다. 늘 배움에 갈망은 많았지만 엄마는 일인 다 역을 해야 했었지요. 가장인 아버지가 경제력이 없으니 4명의 자식을 먹이고 입히고 가르치는 일은 다 엄마 몫이었습니다.

주위 사람들은 아버지의 재능을 아는지라 시대를 잘 못 만났다고 했습니다. 어린 나이의 막내딸이 봐도 아버지가 답답해 보이고 안쓰러웠습니다. 엄마는 친정 오빠가 결혼하고 장사를 그만뒀습니다. 엄마는 대바구리(바구니의 사투리)를 머리에 이고 등에 지고 다른 지방으로 행상을 다녔습니다. 막내딸이 중 고등학교 다닐 때만 해도 담양에선 아주머니들이 너도나도 행상을 다녔습니다. 엄마는 흥이 많았습니다. 다른 지방으로 장사를 다니며 혼자서 흥얼흥얼 노래를 부르다 보면 힘든 일이 사라진다 했습니다. 엄마는 홍콩 아가씨를 구성지게 잘 불렀습니다. "별들이 소곤대는 홍콩의 밤거리 나는야 꿈을 꾸며 꽃 파는 아가씨… 꽃잎 같이 다정스런 그 사람이면 그 가슴 품에 안겨 가고 싶어요." 엄마도 때론 아버지의 품에 안겨 고단한 몸을 쉬고 싶었겠죠. 엄마는 혼자만 장사를 다니면 슬프겠지만 부자들이나 가난한 사람들이나 너도 나도 다 장사를 하니까 덜 힘들다 했습니다.

아버지는 결핵을 앓고 있었습니다. 초등학교 때 학교에서 결핵 검사를 하곤 했는데 다행히 아버지 외에 다른 가족들은 결핵에 걸리지 않았습니다. 작은언니는 병치레를 자주 했고 막내딸은 키가 제일 작아서 맨 앞줄에 앉았습니다. 엄마랑 아버지는 유난히 막내딸을 예뻐했습니다. 가끔 아버지도 경제활동을 한 적이 있는데 추계 추 집안의 족보 일을 몇 년씩 했습니다. 아버지가 초등학교 1학년 때 빨간 붕어빵 장갑을 사 왔습니다. 크게 보여서 작은언니 것인 줄 알았는데 막내 거다 할 때 하늘을 나는 기분이었습니다.

가난했지만 막내라는 특혜를 톡톡히 봤습니다. 초등학교 4학년 때 도시에서 유행하는 등에 메는 멜빵가방을 전교에서 제일 먼저 사 줬습니다. 오빠는 군대에서 휴가 나올 때 수련장과 전과 종합선물세트 과자를 선물로 사 왔습니다. 큰언니는 서울에서 직장 다니며 명절 때 집에 오면 세련된 청바지와 먹을 것 등 선물을 가득 안겨 줬습니다. 작은언니는 중 고등학교 다니는 내내 밥을 해 줬습니다. 막내딸은 가난했지만 가족들의 사랑을 듬뿍 받았습니다.

아버지는 막내딸한테만 '아빠'라는 호칭도 허락했습니다. 오빠 언니들은 '아빠'라는 호칭을 버릇없다며 부르지 못하게 했습니다. 아버지는 막내딸을 유난히 사랑했는데 당신이 건강하지 않아서 일찍 돌아가실 줄 미리 알았나 봅니다. 아버지는 지병인 결핵으로 입 퇴원을 반복했습니다. 막내딸은 직장에 매달려 크리스마스가 끝나면 신정 때 휴가를 내서 아버지를 길게 뵈러 간다고 했습니다. 아버지는 신정을 기다리지 못하고 1995년 12월 25일 아버지 나이 65세로 크리스마스에 하늘나라로 갔습니다. 많던 재능을 펼쳐 보지도 못하고 한 많은 생을 마쳤습니다. 아버지가 돌아가시고 얼마나 울었던지 장지에 가던 날은 눈물이 메말라 한 방울도 눈물이 나오지 않았습니다. 남들이 눈물이 메마른다는 표현을 할 때마다 어떻게 그런 일이 있을까? 했었는데 정말 눈물이 한

방울도 나오지 않았습니다. 나와 가장 가까운 사람의 죽음은 처음이었습니다. 밥도 안 넘어가더니 시간이 지나면서 조금씩 적응해 나갔습니다. 그래도 아버지 생각이 하루에도 열 두 번이 더 났습니다. 아버지 생각을 지우기 위해 다 열거할 수는 없지만 열 한 가지를 배웠던 기억이 있습니다. 피부관리 학원도 혼자 살아가려면 기술을 배워야 한다며 주말 특별반에 들어갔습니다. 그때 배운 피부관리를 지금까지 하고 있습니다.

엄마는 아버지와 외출 하실 땐 인물가난이 부끄러워 아버지와 조금 떨어져 걸었다고 했습니다. 아버지는 필체가 좋아서 동네 아주머니는 돌아가실 때 필체는 당신 주고 가라고 할 정도였습니다. 엄마는 아버지가 돌아가시기 전에 지방 쓰는 법을 배우시고 우쭐댔습니다. '우리 동네에서 내 나이에 지방 쓸 줄 아는 사람 봤냐? 사람으로 태어났으면 애들한테도 배울 건 배워야 한다.'라며 엄마는 배움에 열정이 많아서 손주들한테도 배우려 했습니다.

엄마는 아버지가 돌아가시고 갑자기 늙으셨습니다. 엄마한테 신경을 더 써 드리며 용돈도 더 드리면 돈도 싫다 했습니다. 엄마의 소원을 물으니 막내딸이 시집가는 것이라 했습니다. 엄마는 아버지와 사시면서 많이 버거웠다고 했습니다. '너만큼은 고생하지 말아라! 자식들 대신 엄마가 고생을 다 했다.'라고 했습니다. 제일 아껴주고 성실한 사람과 결혼하라고 귀에 딱지가 지도록 얘기했습니다. 엄마의 소원대로 제일 아껴주는 사람(?)과 IMF가 다가오고 있는 줄도 모르고 1997년 1월 26일 결혼을 했습니다. 결혼은 인생 최고의 다이빙이었습니다.

네가 세상에서 제일 잘한 일 두 가지

결혼하고 호주로 신혼여행을 갔습니다. 신혼여행 첫날부터 머리가 깨질 듯이 아팠습니다. 결혼생활이 평탄치 않을 거라는 전조 증상이었습니다. 예전엔 신혼여행 다녀와서 이혼하는 사람들을 보면 욕을 했었는데… 본인이 신혼여행을 다녀와서는 그들의 용기가 대단하다는 걸 느꼈습니다. 사람이란 경험하지 않고 남을 쉽게 평가하는 경향이 있습니다. 처음에 남편은 오랫동안 직장생활을 했으니 집안 살림만 하면서 쉬라고 하더군요. 남편이 새벽에 출근한다고 하면 3시에 일어나 밥상을 챙겼습니다. 남편은 씻고 밥을 먹으면 내가 조금 늦게 일어나도 되니까 먼저 씻으라 하면 그렇겠다고 해 놓고 말 뿐이었습니다. 남편은 씻는 시간이 30분은 족히 걸렸거든요. 남편과 안 맞아도 너무 안 맞았습니다. 로또의 연속이었지요. 그럼에도 연년생으로 아이들 둘이 태어났습니다. 엄마가 되면서 어떤 일이 있어도 아이들만큼은 잘 키우고 싶었습니다.

작은아이가 돌이 지난 지 얼마 안 되어 새벽에 전화가 왔습니다. 새벽 전화는 불길하다 했는데 남편이 실족해서 다리가 부러졌다며 119를 불러 달라고 하더군요. 119를 불러서 전화번호와 위치를 알리고 일산에서 서울로 부지런히 택시를 타고 병원으로 갔습니다. 요추 4번과 5번 사이가 부러졌고 왼쪽 다리 분쇄 골절로 삼일 간격으로 수술을 했습니다. 다행히 요추 4번과 5번 사이여서 피스를 조여도 허리를 숙이는데 지장이 없다고 했습니다. 병원에서 대소변을 받아내고 집으로 퇴원을 해서도 1년 넘게 휠체어를 타고 재활치료를 하느라 경제활동을 못 했지요. 어렵게 경매로 샀던 집은 병원비와 생활비로 다 날아갔습니다. 누워 있는 남편과 어린 딸들을 위해서 돈을 벌어야 했습니다. 엄마는 고생하는 딸이 안쓰러워 손녀들을 봐 주신다고 자청했습니다. 엄마는 틈만 나면 '네가 제일 잘한 것은 그래도 딸 둘 낳은 것이여!' 애들을 낳아봐야 제대로 사람이 되는 것이라고 했습니다. 치매로 요양원에 들어가기 전에도 끝까지 작은아이를 찾았습니다. 작은아이도 '울 할매와 나는 애증의 관계야. 함께 살 때는 제일 미워 해놓고 찾을게 뭐람!' 하면서도 외할머니가 보고 싶다며 뵈러 가곤 했습니다.

엄마는 막내딸이 잘 살기를 누구 보다 원했습니다. 하지만 막내딸은 불효를 하고 말았습니다. 아이들이 고등학교에 가면서 조금이라도 혜택을 받게 하고 싶어서 큰 결심을 했습니다. 한 부모 혜택을 받아 애들이 조금이라도 여유롭게 하고 싶었습니다. 무늬만 부부로 살면서 티격태격 지지고 볶는 모습보다는 애들과 행복하게 살고 싶었습니다. 애들을 잘 키우고 영혼의 자유를 위해서 오랫동안의 별거를 끝내고 합의이혼을 했습니다. 양육비로 백만 원을 원했지만, 그것도 허락지 않아서 아이들의 양육권과 친권을 갖는 조건으로 십 칠 년의 결혼생활 막을 내렸습니다. 부부 사이는 부부 둘밖에 모른다고 합니다. 어쩌면 애들 아빠도 피해자일지 모릅니다. 서로 너무 맞지 않은 결혼생활은 피해자만 있습니다. 서로 상처투성이로 헤어졌지만, 아이들한테는 상처를 주지 않기를 바랐습니다.

엄마는 손녀들을 키워 주면서 14년을 막내딸과 살았습니다. 엄마는 '다른 자식들과 살아 봤지만, 너랑 사는 게 가장 마음 편하다.'라고 했습니다. 엄마는 노래 교실을 다니는 게 낙이었지요. SG워너비의 '라라라'를 자신의 방식으로 편곡해 부르면서 잘한다고 생각했습니다. 특히 '사랑해요. 사랑해요. 내가 그대에게 부족한 걸 알지만…' 이 부분을 유난히 좋아했습니다. 이문세의 '사랑은 늘 도망가'도 즐겨 부르곤 했습니다. 엄마와 아버지 얘기가 아니었을까?하는 생각을 하곤 했습니다. 엄마는 나름 멋도 냈습니다. 80세때 추석 무렵 초등학교 동창회에 나간다고 피부과에서 검버섯을 빼고 왔습니다. 큰언니가 형광 불빛에도 얼굴이 탄다고 하니까 손녀딸이 할로윈데이에 사용한 검정 마녀모자를 챙이 넓다는 이유로 집에서도 썼습니다. 어느 날 택배 하는 분이 문을 두드려서 마녀모자를 쓴 줄도 모르고 문을 열었더니 택배만 주고 '걸음아 나 살려라' 도망갔다고 했습니다. 엄마는 가끔 이렇게 어뚱한 얘기로 딸들을 배꼽잡고 웃게 했습니다.

엄마 말씀대로 세상에서 제일 잘한 일은? 엄마의 소원대로 결혼해서 두 딸을 낳은 것입니다. 두 번째로 잘한 일은 애들 아빠와 이혼입니다. 애들은 엄마의 잘한 일 중심에 자신들이 있다고 뿌듯해합니다. 책임감은 없으면서 볼 때마다 권리만을 행사하는 지적질의 대마왕인 아빠를 못 견뎌 했습니다. 어쩌다 만나는 명절에 칭찬과 사랑만으로도 부족한데 아빠라는 이유로 안 좋은 부분만 콕콕 찍어서 얘기하는 아빠를 싫어할 밖에요. 가끔 작은아이는 '우리끼리 있으니 정말 행복하다.'를 연발합니다. 그리고 '세상에서 언니가 제일 좋아! 언니가 더 엄마같다.'며 엄마의 사랑을 강요합니다. 큰애는 자신이 잘 하고 있다는 생각에 뿌듯한 마음이 들 때면 얘기합니다. '엄마! 엄마들은 자식들이 말을 안 들으면 나중에 너도 너 같은 자식 낳아 봐라! 하고 악담을 한다는데요. 저는 저 같은 자식은 열 명이 있어도 좋겠어요!' 합니다. 자식 자랑은 팔불출이라 하는데 큰애는 정말 엄마 같은 책임감으로 똘똘 뭉친 자식입니다. 어려서 동생과 절에 보내면서 엄마가 없으면 한 살 차이여도 언니가 엄마 노릇을 해야 한다고 세뇌를 시켰습니다. 큰애한테 그 세뇌는 지금도 진행 중입니다.

종이학 천 마리와 삼 천 배

구백 구십 팔, 구백 구십 구, 천마리. 드디어 또 한 사람 몫의 종이학이 완성되는 시간입니다. 엄마는 오랫동안 당신의 꿈과 소망을 종이학에 접었습니다. 이번에 완성한 천 마리 종이학은 친정 조카 노총각의 몫. 엄마는 종이학을 매일매일 접었습니다. 종이학을 접게 된 사연은 몇 해 전 TV 아침마당에서 종이학 천 마리를 접어서 선물하면 받는 사람의 소원이 이루어진다고 했다나?! 하루는 몸살이 나서 누워 있는데 초등학교 1학년 손녀딸이 학교에 다녀와서는 '할머니 아프지 마! 내가 종이학 접어 줄 테니까….' 귀가 번쩍 뜨인 엄마는 손녀딸한테 '나는 괜찮으니 재영 오빠(이종사촌) 접어줘라!' 당시 조카는 원인 모를 병으로 입·퇴원을 반복하고 있었습니다. 손자가 아프다는 말에 뭔가를 해 주고 싶은데 자신은 할 수 없으니까 손녀한테 부탁을 한 것입니다. 할머니는 처음 시작 두 번을 접어주고 손녀딸은 마무리를 했습니다. 이렇게 해서 종이학 천마리 프로젝트를 완성했습니다. 사촌오빠 생일에 맞춰 종이학 천 마리를 선물로 줬습니다. 종이학의 효능이었는지는 모르지만 다음 해에 조카는 병이 다 나았습니다. 이때부터 엄마는 종이학을 맹신하게 되었습니다. 직접 접고 싶으셔서 손녀딸을 사부로 모시고 온갖 구박을 참아가며 종이학 접기에 매진했습니다. 하지만 쉽지 않았던지 포기하시기를 몇 번 하다가 '이까껏 못 하겠냐?' 하더니 접어 내고야 말았습니다. 그때부터 엄마의 종이학 접기는 일과요 취미요 특기가 되었습니다. 이렇게 해서 한 사람의 몫으로 완성된 종이학이 무려 스물여덟 번째… 이만 팔천 마리를 접었습니다. 처음엔 큰아들 아프지 말라고 접었습니다. 다음엔 막내딸 잘 살라고. 종이학 천 마리를 잡을 때마다 몸살 한 번씩, 스물 여덟 번의 몸살에도 굴하지 않고 종이학을 접었습니다. 몸살이 날때마다 '그만 접을란다' 하더니 몸살이 나으면 언제 그랬냐는 듯이 또 종이학을 접었습니다. 막내딸은 알고 있었습니다. 엄마가 틈이 있는 동안은 종이학을 접을 거라는 것을요. 주위에서 손가락을 많이 움직이면 치매에 걸리지 않는다고 했습니다. 엄마는 자식들에게 피해 안 주려고 종이학을 접는다는 것을 알고 있었습니다. 엄마는 아마도 꿈에서도 종이학을 접었을 것입니다. 코를 고는 소리도 고요합니다. 잠이 깼을 때 엄마를 위하여 종이학을 접으라 했습니다. 엄마는 마지막에 당신의 종이학을 접었습니다. 엄마는 자식들한테 죽을 때까지 도움을 주고 싶어 했습니다.

엄마가 종이학을 접으시는 동안 막내딸은 힘들 때마다 삼천 배를 했습니다.

일타 스님이 책에서 삼천 배를 하면 소원이 이루어진다고 말씀했습니다. 피부관리실을 하면서 어려움이 있을 때 팔공산 갓 바위로 삼천 배를 하러 다녔습니다. 팔공산 갓바위에서 삼천 배를 세 번 하면 소원이 이루어진다 하길래 삼천 배를 세 번 했습니다. 삼천 배 덕분이었는지 종이학 덕분이었는지 어려움을 잘 견뎌 냈습니다. 그 후로도 어려움이 있을 때마다 삼천 배를 했습니다. 봉은사에서 삼천 배를 많이 했는데 소원을 이루기보다는 어려움을 견뎌내는 근기가 생겼습니다. 어려움이 생길 때마다 삼천 배를 하면서 마음을 내려놓게 되었습니다. 종이학 천 마리와 삼천 배. 어떤 것이 효과가 있었는지 모릅니다. 간절한 마음으로 행하는게 더 힘이 세겠지요.

엄마는 애들이 다 커서 할 일이 없다고 시골로 내려 갔습니다. 시골 마을회관에서 문짝이 머리에 떨어지는 사고가 났습니다. 병원에 다니면서 머리가 아프다고 처방해 주는 약만 드셨습니다. 자식들이 신경 쓸까 봐 얘기도 안 하고 있다가 머리가 너무 아파서 병원에 갔을 땐 이미 늦어 있었습니다. CT를 찍어보니 뇌가 하얗다며 살아있는 게 기적이라 했습니다. 치매가 진행되어서 큰언니 집에서 유치원에 다니듯이 아침 8시 30분에 데려갔다가 6시에 데려다주는 데일리케어에 다녔습니다. 엄마는 4년 전 어버이날 목욕 후 옷을 갈아입다가 주저앉았습니다. 허리가 너무 아파해서 119를 불러 병원에 갔습니다. 허리 시술이 필요하다 해서 허리 시술을 했는데 일어나지 못하시고 휠체어를 탔습니다. 치매가 급하게 진행되었고 자식들이 더 이상 케어 할 수 없는 상황이라 요양원에 갔습니다. 엄마의 종이학 천 마리를 접은 정성과 막내딸의 삼천 배도 엄마의 치매는 막을 수 없었습니다. 막내딸이 잘 살때까지 기다려 달라는 얘기도 듣지 못합니다. 엄마를 우주 우주만큼 사랑한다는 말의 뜻도 모릅니다. 말 그대로 하루하루를 연명할 뿐이지만 먹을 것을 주면 행복해 하기도 합니다. 엄마의 고달픈 삶을 알기에 치매가 걸릴 수 밖에 없었음을 인정해야 했습니다. 엄마! 엄마가 내 엄마여서 감사합니다.

엄마보다 더 엄마 같은 큰언니!

내게는 엄마보다 더 엄마 같은 큰언니가 있습니다. 어렸을 때 엄마가 집에 없을 때 큰언니가 키웠습니다. 큰언니는 막내동생 때문에 학교도 제대로 다니지 못했다고 합니다. 큰언니가 학교에 가면 집에 혼자 있기 싫어서 큰언니를 따라 학교까지 따라갔습니다. 학교에 가서는 집에 데려다 달라고 떼를 써서 다시 집에 데려다주는 일이 한두 번이 아녔다고 합니다. 집에 데려다주고 학교에 가면 선생님의 꾸지람을 들었겠죠. 어느 날은 수업을 듣다 밖을 보면 집에 데려다준 동생이 밖에서 돌아다니고 있었답니다. 그럴 때면 가슴이 콩닥콩닥 뛰었다고 했습니다. 큰언니는 막내동생이 졸졸 따라다녀서 친구들과 놀지도 못했습니다. 큰언니가 몰래 나가면 막내동생은 큰언니를 찾아 헤맸습니다. 엄마가 행상을 갔다가 집에 오신 날은 날개를 달았다고 했습니다. 큰언니만 따라 다

니던 막내동생이 엄마 치마폭을 손에 쥐고 졸졸 쫓아다니느라 큰
언니가 놀러를 나가도 신경쓰지 않았으니까요. 엄마는 집에 오면
할 일이 많았습니다.

우리집은 가난했지만 남의 집에 없는 옷장과 뒤주가 있었습
니다. 엄마는 통이 커서 가끔 닭을 몇 마리씩 사 오셔서 닭볶음
도 해 주었습니다. 엄마는 시골 아주머니들과 달리 머리에 파마도
했습니다. 피부가 하얗던 엄마는 하얀 블라우스에 진한 갈색 주
름치마를 즐겨 입었습니다. 어렸을 때 친구들 엄마들은 쪽을 지어
비녀를 했습니다. 엄마는 양장을 입었는데 친구 엄마들은 한복을
입었습니다. 도시에서 장사를 했던 엄마는 시골 아주머니들보다
조금 세련되었습니다. 막내딸은 엄마가 세상에서 제일 예쁜 줄 알
았습니다. 초등학교 4학년 때 전기가 들어오는 깡촌이었습니다.
전기가 들어 오면서 동네에서 한 두 집은 양 문이 옆으로 열리는
흑백 텔레비전을 샀습니다. 뒷집에도 텔레비전을 사 왔는데 아직
학교에 다니지 않는 뒷집동생을 돌봐주고 텔레비전을 원없이 봤
던 기억이 있습니다.

세월이 흘러 큰언니는 서울에서 직장생활 하면서도 막내동

생이 제일 밟혔다고 했습니다. 명절날 시골에 올 때는 막내동생 선물을 바리바리 사 가지고 왔습니다. 막내동생도 큰 언니가 엄마보다 더 좋았습니다. 그러다가 막내동생이 사회생활을 시작한지 얼마 안 되었을 때 큰언니는 결혼을 했습니다. 결혼을 해서는 막내동생을 데리고 살고 싶어서 조카를 임신했을때 막내동생의 친구까지 데리고 살았습니다. 지금에서야 친구도 얘기합니다. 그때는 정말 철이 없었다고… 어떻게 친구의 언니 신혼집에 얹혀 살았는지 아이러니 하다며 큰언니는 천사라고 했습니다.

큰언니는 막내동생이 직장생활을 기숙사에서 할 때도 예쁜 옷을 사 놓고 주말을 학수고대 기다렸습니다. 기숙사 생활을 하는 막내동생은 주말이면 큰언니 집에 와서 언니가 해 놓은 맛있는 것을 먹는 게 낙이었습니다. 막내동생은 철이 없어서 친구들도 자주 데리고 갔습니다. 큰언니 상황은 아랑곳지 않는 막내동생이 미웠을 텐데도 큰언니는 싫은 내색을 한 번 안 했습니다. 큰언니는 막내동생한테 태평양보다도 더 관대했습니다. 기숙사에서 직장생활 하는 것도 안쓰러워 했습니다. 막내동생이 대학에 못 가는 것을 누구보다 안타까워했습니다. 막내동생이 결혼을 하고 살림을 시작했을 때 큰언니는 살림하면서 필요한 것들을 살뜰하게 챙겼습니다. 조카들이 태어났을 때도 제일 먼저 달려왔습니다. 조카들의 옷과 먹을 것을 시시때때로 챙겼습니다. 막내동생이 돈이 필요하다면 어떤 돈이라도 구해다 줬습니다. 막내동생한테는 큰언니가 요술방망이였습니다. 원하는 것은 뭐든지 다 구해 주었습니다. 막내동생이 힘들어 할까봐 자신이 난처한 상황에도 싫은 내색 한 번 없었습니다. 대추 한 알도 그냥 될 리 없는데 사람은 오죽했을까요?

내가 지금의 내가 있기까지 엄마가 낳고 키우는데 4할이었다면 큰언니의 정성은 6할이었습니다. 막내동생은 큰언니의 은혜를 잊을 수가 없습니다. 나이가 들어가며 큰언니의 건강이 염려가 됩니다. 엄마를 위해서 침을 배웠다면 큰언니의 건강을 위해서 사혈을 배웠습니다. 엄마는 함께 살 때 아프면 침을 놔주고 마사지해 주면 거뜬하게 나았습니다. 엄마가 무릎 수술을 했을 때는 따로 재활치료를 하지 않고 막내딸이 했습니다. 처음엔 아프다고 욕을 했는데 병원 의사 선생님께서 재활을 너무 잘 했다는 칭찬을 들었다 했습니다. 엄마는 막내딸한테 미안해하며 고맙다고 했습니다. 마사지 일을 시작하고 가장 보람 있는 날이었습니다. 큰언니는 아프면 조심스럽게 얘기합니다. 언제 시간 되니? 행여 막내동생이 힘들까 봐 목소리도 조심스럽습니다. 큰언니의 은혜는 하늘 같아서 내 마음의 첫 번째 합니다. 언니 아프면 언제든지 얘기하세요!

엄마의 깡은 어디로 갔을까?

엄마는 부드러운 카리스마가 있었습니다. 동네에서 마음씨 고운 할머니로 유명합니다. 엄마는 자식들한테 좋은 게 좋은 거다. 손해 보고 사는 것이 마음 편하다고 했습니다. 맞은 사람은 발 뻗고 자도 때린 사람은 맘 편히 못 잔다고도 했습니다. 어렸을 때 친구들과 싸우면 엄마한테 얘기할 수 없었습니다. 맘씨 좋은 엄마는 참아야지 하면서 오히려 야단했습니다. 이럴 땐 큰언니가 다 해결해 주었습니다. 평상시에 엄마는 매우 착하고 마음씨가 고왔는데 아버지가 노름을 했을 땐 죽기 살기로 덤볐습니다. 아버지는 그런 엄마를 조심스러워 하면서도 노름을 끊지 못 했습니다. 옆집 아저씨가 바람을 피워 아주머니가 엄마한테 하소연 하면 엄마는 잘도 받아 줬습니다. 맞장구를 쳐주며 아주머니가 얘기 하면서 스스로 방법을 찾도록 했습니다. 혼자서 얘기하며 방법을 찾도록 했

366

습니다. 엄마는 동네 어르신들 공경을 잘 하고 음식 대접을 잘 해서 동네에서 맘씨 좋은 사람으로 적이 없었습니다. 차정댁하면 착한 아주머니로 통했습니다. 대소쿠리(대바구니 사투리) 행상을 나가실 때 혼자 다니기도 했지만 두 셋씩 짝을 지어 다닐 때도 엄마는 인기가 좋았습니다. 엄마는 자신의 짐 보다 남의 짐을 더 많이 짊어줬습니다.

엄마는 행상을 그만두고 작은언니랑 소를 키울 때도 깡으로 일을 했습니다. 엄마는 행동이 날렵하지도 않고 손도 빠르지 않았지만, 새벽에 일어나서 여러 가지 일을 했습니다. 엄마가 하지 않으면 자식들이 힘들까 봐 엄마는 아플 수도 없었습니다. 젊어 고생은 사서도 한다고 하는데 자식들은 엄마가 대신 다 했으니 고생 않기를 바랐습니다. 엄마는 젊어서 고생을 얘기하면 책으로 열 권을 써도 모자란다고 했습니다. 엄마의 고생은 지긋지긋 해서 도망치고 싶었다고도 했습니다. 친정에서 살 때는 먹을 것과 땔나무 걱정은 안 하고 살았는데 잘 생기고 배움 많은 아버지랑 사느라 혹독한 고생을 했습니다. 엄마는 친구들이 아버지 칭찬을 하면 겉으론 웃으며 속으로 '니가 살아 봤냐?'고 대답했다 했습니다. 엄마는 배울 욕심이 많으셨고 깡으로 살아내신 과거를 얘기 하시며 '이

만하면 복 없는 사람은 아니제? 그래도 잘 살아 냈다.'고 스스로 칭찬했습니다. 엄마의 고생 덕분에 자식들은 고생을 조금은 면 할 수 있었습니다. 엄마의 깡은 치매로 엄마한테서 사라졌지만 고스란히 자식들에게 이어지고 있습니다.

막내딸은 힘들어 하면서도 고객님이 기뻐하는 게 좋아서 마사지를 멈추지 못합니다. 덕분에 건강해졌다는 얘기와 아프거나 힘들면 병원보다 먼저 찾아오게 된다는 얘기를 들으면 신이 납니다. 어떻게 하면 더 잘 해 드릴 수 있을까 고민하고 공부하게 됩니다. 엄마처럼 살지 않겠다던 막내딸은 엄마보다 더 깡으로 버티며 살아냅니다. 최근에는 오른쪽 손가락 골절이 되었는데 행여 고객님이 알아챌 까봐 부목을 풀고 일을 했습니다. 정성을 다해서 관리를 해 드리면 고객님은 더 잘 압니다. 골절된 손가락이 아팠지만, 고객님을 놓칠 수 없었습니다. 열 번 잘 하고 한번 실수해도 고객님은 실수만 기억합니다. 시간이 흐르면서 단골 고객님들은 얘기했습니다. 이곳만큼은 제품과 정성을 믿을 수 있다고 했습니다. 마사지를 최고로 잘 하지는 못합니다. 하지만 정성을 다합니다. 골절은 시간이 지나면 낫지만 지금 순간은 누구도 해결해 주지 않습니다. 지금 이 순간 일 사람한테 최선을 다 하겠습니다.

이마트와 홈플러스에서 베이비 마사지 강의를 했던 경험을 고객님께 나눠 주고 있습니다. 건강에 관한 책을 읽고 강의 듣는 걸 멈추지 않으며 '배워서 남 주자!' 합니다. 코로나 팬데믹으로 힘든 나날의 연속이었습니다. 고객님이 90프로가 오지 못해도 엄마가 물려주신 깡으로 여기까지 잘 버텨 냈습니다. 앞으로 줌 세상에서 살아가기 위해 줌 강의도 준비하고 있습니다. '엄마! 막내딸 걱정은 하지 마세요. 엄마처럼 깡으로 버티고 열심히 노력해서 잘 살아내겠습니다. 다음 생애도 엄마의 딸로 태어나 효도하겠습니다. 엄마 박정임여사 사랑합니다! 우주 우주만큼…' 엄마는 치매로 듣지도 못하고 말도 제대로 못 하지만 마음으로 듣고 계실 거라 생각합니다. 엄마의 우주와 나의 우주가 연결되어 있다고 믿으니까요. 치매는 예방이 중요 하다고 합니다. 생활습관 먹는 습관 등 의사는 아니지만, 건강 디자이너로 활약하며 치매가 조금이라도 나아질 수 있도록 돕겠습니다. 감사합니다!

chapter 12
어머니, 당신을 사랑합니다

Mother, you are my hope

홍 명 진

동화구연가(한국여성이야기대회 대상수상)
작가(아동문학가, 설화동화, 자기계발서)
인성지도사
휴먼 컬러테라피스트

한국아동청소년문학협회 기획위원
한국해양아동문화연구소 수석이사
한국아동문학회, 한국문인협회 회원

저서『언택트시대, 자녀의 마음을 여는 부모의 대화법』
공저『해양인문학이란 무엇인가』『비둘기 똥총』
『꼴찌가 일등』119소방안전동화『할아버지는 자랑스러운 소방관』외

- 이메일 hmj510@naver.com
- 블로그 hppt://blog.naver.com/hmj510
- 인스타그램 hongmyoungjin
- 카카오톡 hmjiny

1. 정 정승댁 노당나귀

2. 당신이 행복해야 우리가 행복해요

3. 인고의 세월, 이유없는 사랑

4. 어머니, 당신의 인생을 사세요

정 정승댁 노당나귀

옛날 옛날, 정 정승댁에 노당나귀 있었는데 곰탕을 줘도 마다, 양탕을 줘도 마다하여 부지깽이로 딱! 때려 내쫓았더니 껑충껑충 산으로 도망갔다지 뭐냐. 그리고는 산에 가서 이 풀 뜯어먹고 저 풀 뜯어먹어 살이 포동포동 쪘단다.

어느 날 지나가던 토끼가 이 당나귀를 보니 배 밑에 덜렁덜렁 시커머니 커다란 게 달려있어, "나귀님 나귀님, 배 밑에 달린 게 뭐요?"라고 물었더니,

"너 때리는 몽둥이다"하여, "아이고 무서워라"하고 도망가려다 다시, "그럼 그 뒤에 달린 게 뭐요?"라고 물었더니 "이것은 너 잡아넣는 망태기다"하지 뭐냐. 그래서 이 말을 들은 토끼가 "아이고 무서워라"하고는 걸음아 나 살려라하며 깡충깡충 산으로 도망갔

단다.

어릴 때 "옛날 애기해주세요."라며 할머니께 졸라대면 친할
머니는 구운몽이나 옥루몽을 읽어주셨고 둘째증조할머니는 구수
한 음성으로 옛날이야기를 해주셨는데 그 중 하나가 '정 정승 댁
노당나귀' 이야기였다. 가만히 듣고 있자니 정씨를 욕하는 것 같
아 둘째증조할머니께 할머니도 정씨면서 왜 정씨를 욕 하냐고 여
쬈더니 시집을 오니까 집안에서 전해 내려오는 이야기라고 하셨
다. 동래정씨가 선조이후 4색 당쟁에서 유일하게 그 어느 곳에도
속하지도 않고 정승과 판서를 하시면서 유유자적 살아온 것에 대
해, 해학적인 글을 많이 남기신 이계공(홍양호)이 그 집안을 놀린
것이 아닌가 싶다 하셨다.

동래 정씨인 엄마 집안을 흉보는 것 같아 엄마한테 여쬈더
니 당신 집안에는 없는 얘기인데 시집와서 처음 들었다고 하시며
정씨 집안에는 옛날부터 도깨비 이야기가 많이 전해진다고 하여
도깨비 얘기를 청해 듣곤 하였다.

동래정씨 시조할아버지이신 정지원의 아들 정문도가 타계

하자 동래부사를 지내던 고익호가 알려준 대로 부산 화지산에 묘를 썼는데 누군가 묘를 파버렸다고 했다. 다음 날 복원을 했는데도 그러기에 기이해서 맏아들인 목이 밤을 지새워 지켜보았더니 도깨비들이 나타나 묘를 파버리면서, "여기가 어딘데 함부로 건드려? 적어도 금관을 묻으면 모를까!" 하였단다. 가난하게 살던 목이가 걱정이 되어 한숨을 내쉬었더니 한 노인이 나타나 "뭘 그리 걱정을 하느냐"며 "황금빛 나는 보리 짚으로 관을 싸서 묻으면 도깨비들을 속일 것이요."라고 해서 그 노인이 시키는 대로 했단다. 그랬더니 그 후부터 묘는 무사했다고 전한다.

또 다른 이야기도 전해진다.

지금도 커다란 은행나무가 있는 서울 중구 회현동 1가 14번지는 동래정씨의 옛집이 있던 곳인데 이 집이 도깨비 터였다고 했다. 그 집에는 두 가지 얘기가 전해 내려오는데, 집안에서 전하는 얘기로는 문익공 칭호를 받으신 정광필이 서울에 올라와 밤을 지새울 곳이 없었다고 했다. 누군가가 이 집이 도깨비 터인데 들어가는 사람마다 죽어나오는지라 정 갈 곳이 없다면 이 집이 어떻겠냐고 해서 들어가 숨을 죽이고 밤을 맞이했는데 과연 도깨비들이 하나 둘씩 나왔단다. 도깨비들이 떠들썩하게 놀더니 서대(정승들만이 허리에 차던 허리띠)를 풀어놓고 가더란다. 도깨비들이 가고 나서 서대를 세어보니 12개라 혹시 집안에 12명의 정승이 나오지 않을까 생각을 하셨단다. 그런데 엄마의 할아버지는 9살에 진사 시험에 합격을 하셨는데도 개화가 되어 진사밖에 못하셨다며 정승을 하신 선조가 12분이셨기에 그런 것은 아닌가싶다고 하셨다.

또 다른 이야기로는 중종 때 영의정을 지낸 정광필이 하루는 꿈을 꾸니 한 선인이 나타나 집 앞에 있는 은행나무에 서대(또는 서각대, 정승들만 차던 허리띠로 물소뿔로 만들어졌다 함) 12개를 걸어 두었다 했다. 집안에는 400년 동안의 정승 12명을 포함 조선시대 17분의 정승과 198명의 문과 급제가가 있었다고 했다. 집 앞에 있는 은행나무 중 두 그루는 없어지고 두 그루만 고색창연하게 남아 있는데, 은행나무는 서울시의 상징나무인 시목이고 은빛나는 살구라고 해서 은행(銀杏)이라고 하는데 혹시 신세계 앞의 은행나무 때문은 아닐까란 생각을 해본다.

집안에는 참으로 많은 도깨비 이야기가 전해진다.

직접 들은 이야기로는, 엄마의 작은 아버지이신 작은할아버지께서 사들(지금의 광명시 노온사동, 정원용의 묘막)집에서 자고 있는데 뒤 뜰 에서 도깨비가 나오더니 당신을 헹가래치더란다. 그만 하라고 해도 계속되는 바람에 어지러워 혼났다는 얘기부터 도깨비에게 쫓겨 도망을 가는데 밤새도록 다른 곳으로는 못가고 집주변만을 빙빙 돌았단다. 여명이 트고 날이 밝아 당신이 다닌 곳을 보니 몽땅 빗자루 한 자루가 있어 그것을 태워버렸다고도 하셨다.

엄마는 전설과 함께 학자와 정치가가 많이 나오신 집안의 맏딸로 1936년에 태어나 귀히 자라셨다. 아직도 엄마가 갖고 계시는 아사면으로 만들어진 돌 옷은 지금 백화점에 내놓아도 손색없을 정도로 예뻤다. 귀하게 자란 엄마가 외할머니가 일찍 돌아가신 바람에 혼사가 늦어져 내 엄마가 되었기에 엄마의 아픔을 잠시 상상해보기도 한다. 그러면서 난 아직도 엄마가 곁에 계신다는 사실이 무척 행복하다.

당신이 행복해야
우리도 행복해요

"난 이 나이가 되도록 해인사 한 번 못 가봤어."

근래 엄마가 하신 말씀이셨다.

"에이 설마, 엄마가 해인사를 못 갔다고?"

우리 남매는 믿을 수 없다는 표정을 지으면서도 해인사 가기 프로젝트에 들어갔다.

"어쩌냐, 아버지는 화순과 나주에 가고 싶어 하시고 엄마는 해인사인데."

"걱정하지 마. 두 코스를 한 번에 잡으면 되지."

급히 잡은 코스를 아버지께 말씀드리고 함께 할 수 있는 자매들만 가기로 했다.

새벽, 비가 내린다. 그것도 많이!

엄마의 기분을 위해 해인사를 먼저 가기로 했는데 비가 내리니 일정을 바꿔 나주로 향했다. 몇 군데를 들렀는지 모를 정도로 많은 곳에 갔다. 아버지께서는 요즘 집안 어른들의 행적을 뒤쫓느라 각 고을에 있는 비석을 찾아 다니셨다. 옆에서 엄마의 불만이 터져 나왔다.

날도 추운데 비는 억수같이 내리고 다리까지 아파 고통스러우신 것 같았다.

"네 아버지는 맨 날 뭘 하는지 모르겠어." 엄마는 불평이셨지만 우비를 입고 뛰어다니시는 아버지를 보고 있노라니 열정 없이 살았던 내 삶이 후회스러웠다. 무형문화재로 등재되었고 노동요로 유명한 화순 우봉리 침수정을 찾아 올라가신 아버지께서 실망스러운 얼굴로 내려섰기에 왜 그러냐고 여쭸더니 당신이 찾던 것을 못 찾으셨단다. 이왕 온 것 찾고 가자고 다시 올라갔다. 잠시 후 아버지의 환호성이 들렸다. 유레카를 외치던 아르키메데스가 그랬을까? 아버지 얼굴에서 희망이 보였다.

"이렇게 써져 있으니까 사람들이 못 찾지."

정자 안에 있는 작은 현판들 사이에 아주 작게 한문으로 적혀 있던 것이다. 엄마는 아버지께서 그렇게 다니시는 것이 못마땅한 표정이셨다. 여행이라고 나왔는데 비가 내리는 것과 나주로 먼저 온 것에 대한 불만이신 듯하다. 더구나 남도의 맛있는 식사를 잡숫고 싶었는데 소개받은 음식점들이 정기휴일이라 급히 설정해서 간 음식점들이 내키지 않으신 듯 했다.

숙박은 풍산 홍씨 집성촌, 도래마을의 한옥펜션인 '산에는 꽃이 피네'를 예약했다. 부모님이 사시던 집에 맏딸이 내려와 숙박시설로 만들었다는데 여간 아름다운 것이 아니었다. 6.25이후 엄마가 살았다던 정원용대감의 묘막과는 다른 맛이었다.

경기도에서는 보기 힘들다는 ⊠자 구조의 집이었는데 뒷마당으로 가면 사당이 있었다. 안방과 마루를 지나 건넛방이 있었고 오른편으로 내려가면 사랑채들이 쭉 있고 각을 꺾으면 대문과 외양간 그리고 창고가 늘어서 있었다. 또 한 번 각을 꺾으면 뒤뜰로 나가는 길이 있고 주방이 있었다. 주방은 또한 다른 시골집과 다르게 안방과 연결된 쪽문도 없이 문을 통해야지만 안방으로 올라갈 수 있었다. 지금 생각해 보면 매끼니 밥상을 들고 다니는 수고가... 정 가운데 있는 우물에는 여름에 수박을 넣었다 먹으면 시원하기 이를 데 없었다. 툇마루에 앉아 있으면 영의정 할아버지이신 정원용대감의 묘지가 보였다. 후에 책을 읽고 난 후에 안 사실이지만, 영의정 정원용의 일기장인 『경산집』에 따르면 후에 자신의 묘막이 되어버릴 이 집을 짓는데 10년이 걸렸다고 했다. 벼슬을 했더라도 당신의 별장을 지으며 돈이 많지 않기에 녹이 생기는 대로 정성을 다해서 지었다고 했는데….

그 집에 특이한 것은 건넛방 벽장에 모셨던 구능대감이다. 작은 상 위에 사신들이 쓰던 모자가 있었고 깃발이 있었는데 청나라에 사신으로 다녀오는 길, 선두에 선 깃발이 따라 오는 곳이었기에 모셨다는데 어린 내가 보았을 땐 무섭기만 했다. 새로운 음식을 하던지 집안에 음식이 들어오면 늘 구능대감께 먼저 올리고 먹었던 기억이 난다. 어느 날 구능대감이 사라졌다. 새외할머니가 태워버리셨단다. 곧이어 그 집도 사라졌다. 내 어린 시절 추억도 사라졌다.

살포시 내리는 눈발을 맞으며 해인사로 출발했다. 가는 도중 동해안으로 유적 답사를 간 동생에게 사진이 왔다. 울진에 갔더니 영의정 할아버지 공적비가 있단다. 그 분은 강화도에 이원범을 모시러 다녀온 분이셨다. 집안에 일화가 전해진다. 곤룡포를 갖고 가서 하녀들이 어린 임금에게 입혀드리느라 "몸을 돌리시죠?"라고 했더니 "임금인 내가 왜 그래야 되는가? 자네들이 하게."
라고해서 깜짝 놀랐다고 했다. 엄마는 할아버지의 존함을 본 순간
화색이 도셨다. 동생은 엄마에게 할아버지께서 훌륭한 일을 많이
하셨기에 마을에서 덕을 칭송하느라 공적비를 세웠다고 전화로
이야기 하니 엄마는 당신 아들이 한 이야기를 이모들과 통화하기
에 바쁘셨다.

"아니 엄마, 엄마 할아버지 공적비 찾은 것은 기쁘고 아버지
가 아버지 조상의 흔적 찾겠다는 것은 화가 나? 그럼 못 쓰지." 내
말 한마디가 다시 한 번 엄마의 화를 북돋았다.

"네 아버지가 너무 심하니까 그렇지. 어떻게 온 종일 컴퓨터
방에서 나오질 않고 있니? 자기가 학자도 아니면서."

"엄마, 아버지가 건강하시니까 얼마나 좋아. 건강하셔서 더
구나 엄마를 그렇게 챙겨주시는데, 복에 겨우셨어. 아버지, 엄마
한테 그렇게 잘 해드리지 마세요."

아버지는 내가 엄마를 모시고 나가게 될 경우, 밖에 나오셔
서 좌석 스위치를 먼저 켜놓으시며 '네 엄마 바닥 차가워 안 된다'
고 하셨다. 또한 엄마가 조금만 아프셔도 병원에 가며 '친구들은
모두들 면허증 반납을 했는데 나는 아직도 차를 몰고 있어.'라 하

신다. 엄마가 운동을 안 하다고 걱정을 하시면서도 어느 곳을 가던지 엄마가 편하게 차를 타고 내릴 수 있도록 바로 입구에 차를 대게끔 하셨다.

"아버지, 아버지가 그렇게 잘 하시니까 엄마 불만이 하늘을 찌르고 있잖아요."

"엄마, 아버지한테 좀 잘 해. 맨날 툴툴대지 말고."

80대 후반으로 가시는 두 분이 건강하게 계시기에 할 수 있는 이야기라 얼마나 다행인지.

해인사에 도착하기 전 해인사 입구 왼편마을에서 늦은 점심을 먹었다. 부모님께서는 '왜 이런 집에 데리고 왔지?'라는 의아한 표정이시더니 상다리 부러지게 나온 음식을 본 뒤 화색이 도셨다. 해인사 경내에 있는 식당이다. 산채비빔밥, 맛도 일품이었다. 추운 날, 배가 부르니 가슴이 따스해진다.

다른 이들이 걸어 올라간 길을 차를 갖고 올라갔다. 부모님을 모시고 다니면서의 특권이다. 엄마가 잠시 걷다 내려오시면서 힘들어 팔만대장경도 못 봤고 법당에도 못 갔다면서 '내 다리로 걸을 수 있을 때 못 왔는데 못 걸으니까 왔다'며 당신 신체를 한탄하셨다. 그래도 맑디맑은 파란 하늘 속에 있는 해인사를 보니 기분은 좋았다.

아버지께서 사자암 부근에 찾을 것이 있다셨는데 못 찾았다며 다음에 다시 오겠다는 말씀을 하는 순간, 왼편 바위에 사람 이름이 보였다. 들려보자고 하고 출구를 돌아 되돌아왔다. 바위를 보니 많은 사람들의 이름이 보였다. 안명원, 안영우, 서정규, 이주길, 박홍보, 이대원등 그 일대 바위 곳곳에 이름들이 잔뜩 있었다. 난 홍씨만 찾고 있는데….

한참 후 아버지께서 환하게 미소 지으면서 차에 타셨다. 그리고는 찾고자하는 것은 못 찾았는데 정시용이란 이름과 함께 그의 아드님 이름이 있다셨다. 정원용대감의 사촌동생이고 아버지 고조할아버지의 장인이라는 말씀을 하신다. 참으로 연결된 것이 많은 두 집안이다. 그 사진을 엄마에게 보여드리니 갑자기 환한 얼굴로 이모들에게 전화를 하신다.

1974년에 만들어진 ROOTS 라는 영화가 생각났다.

쿤타킨테의 7세손이 조상의 뿌리를 찾아서 쓴 이야기다. 중학생때 비디오 테잎으로 이 영화를 보고 얼마나 끔찍했는지 모른다. 아프리카에서 태어나 부모에게 사랑을 받고 평화롭게 자란 쿤타는 어느 날 노예상인에게 잡혀 미국 땅으로 가게 된다. 자유에 대한 갈망으로 여러 차례 도망을 갔으나 추노꾼에게 잡혀 발목을 잘렸지만 가족이 생겨 딸 키지가 생겼고. 키지는 팔려간 주인 사이에서 조지가 태어났다. 남북전쟁도 치뤘지만 인종차별은 나아지지 않았다. 그리고 7세손인 알렉스 헤일리가 자신의 조상을 찾아 뿌리라는 제목으로 책을 쓰게 된 것이 ROOTS였다.

우리는 누구나 자신의 뿌리를 생각한다. 그렇기에 아버지는 아버지대로의 뿌리를 엄마는 엄마의 뿌리를 사랑하지 않겠는가. 아버지의 뿌리흔적 찾기 여행과 엄마의 힐링여행이 내겐 또한 번의 사랑여행이었다. 엄마, 엄마가 행복하고 건강하셔야 집안이 건강하게 웃을 수 있다는 것, 잊지 마세요. 다음 번 여행을 어디로 갈까라는 희망을 안고 돌아오는 길 역시 행복했다.

인고의 세월, 이유 없는 사랑

부잣집 귀한 맏 따님이 아무것 없는 집에 시집을 오셨다. 큰 딸이 종부(宗婦)가 된 것이다. 할머니께서는 며느리를 봤으니 '주면 먹고 안주면 안 먹는다'라는 생각으로 부엌해방을 외치고는 단 한 번도 주방에 들어서지 않으셨단다. 친정어머니 삼년상을 치르느라 혼인이 늦어진 엄마는 시집 온 날부터 부엌에 들어가서는 무엇을 어떻게 해야 될 지 아무것도 몰랐는데 그래도 집안 숙모님들이 계셔서 도움을 많이 받았다고 하셨다.

할머니와 3명의 삼촌 그리고 수시로 드나드는 집안 할머니들이 계신 집이었다. 또한 삼촌들이 작은아버지가 되고 나서는 할머니들과 천둥벌거숭이들이 복작대고 살았던 집이다. 치매로 기저귀를 갈아야 되는 집안 할머니까지 계셨기에 집으로 이르는 골목에서는 냄새가 났었다. 어려서부터 집안의 모든 분들은 '네 엄마는 없어서는 안 될 사람'이라는 말씀을 하셨다.

어른은 어른이라 성심껏 모시고 동서는 동서라서 귀한 사람들이고 조카는 조카들이라 예쁘다고 말씀하시는 엄마의 자녀는?

엄마는 늘 당신의 자녀들은 뒷전이셨다. 내 동생들은 분명히 엄마가 낳았으니까 확인이 되는데 나는 뭐지?

어려서 내가 태어났을 때를 할머니께 물었던 적이 있었다.

할머니는 무릎베개를 해주시며 "네 할아버지는 딸을 무척 귀히 여겨 네가 태어난 것을 봤다면 춤이라도 추었을 텐데"라는 말씀부터 시작하셨다. "여의사를 찾아서 간 곳이 왕십리 김경희산부인과였단다. 네 엄마가 얼마나 참을성이 있는지 어느 정도 아파야 아기가 나오는지 몰랐어. 네 머리가 나왔는데도 참고 있었다지뭐냐. 태어난 아기를 보여주는데 머리가 꼭 고깔모자 같았지. 네 애비가 매일 머리를 눌러줬고, 너무 말라 다리는 0자 다리였는데 퇴근해서 돌아오면 네 아버지가 매일 다리를 곧게 펴줬단다. 아이를 낳은 다음 날이었어. 병원에 갔는데 간호사가 아이를 씻기러 갔다는 거야. 나가서보니 글쎄 아이를 옆방에 데리고 가지 뭐냐. 그 방에는 넷째 딸을 낳았다고 애 엄마와 아버지가 울고 있느라 다른 집 아기가 들어왔는데도 우느라 모르는지 아니면 아들이면 바꾸려고 했는지… 내가 간호사한테 가서 따졌더니 미안하다며 원장님한테 얘기하면 자기는 잘린다고 비밀을 지켜달라기에 내 아이만 찾으면 돼지라는 생각에 참았다."고 말씀하시는데 혹시 내가 바뀐 것은 아닌가란 생각에 울고만 있었다. 그렇게 내 사춘기가 시작되었다. 사춘기의 반항이 하늘을 찌를 때쯤 서울대학병원에서 수술을 하게 된 일이 있었다. 9시간의 수술을 마치고 나왔을 때 그동안 표현이 없으셨던 엄마의 머리가 하루 만에 하얗게 된 것을 보고 '내 어리석음에 나를 학대했구나.'란 생각으로 어찌나 후회가 되던지.

이후, 엄마에게 잘 해드려고 노력은 했지만 쉽지가 않아서 엄마의 가슴을 마구 칼로 도려냈다. 집안 할머니들은 "명진아, 엄마한테 그렇게 못되게 굴면 후회한다. 네 엄마같은 사람이 어디에 있니? 엄마한테 잘 해."라는 말씀을 늘 하셨다. 자식들에게는 새엄마보다 못하고 남들에게만 잘 하시는 엄마가 싫었다.

"엄마, 나중에 엄마를 모실 사람은 엄마 아들, 딸이야. 남들에게 잘 하지 말고 엄마 자식들에게나 잘 해."

"너희들은 내 자식인데 당연히 나한테 잘 해야 되는 것 아니?"

"엄마, 이 세상에 당연하게 어디에 있어?"

엄마에게 매 번 태클을 걸지만 막내아들은 그저 '네', '네'.

내가 결혼하고 할머니한테 치매가 왔다. 엄마, 아버지가 힘든 것 같기에 할머니를 요양원에 모시자니 엄마가 반대를 하셨다. 당시만 해도 요양원의 이미지가 좋지 않았던 때였다. 할머니는 평소에 좋아하셨던 큰며느리를 치매기가 있을 때면 너무나 싫어하셨다. 식탁에서의 식사를 할머니를 위해 소반에 받쳐 할머니 방으로 가면 할머니는 수저로 엄마 이마를 때려서 깊게 파이게 만들어 놓기도 하고 엄마가 뭐라 얘기하면 엄마에게 달려들어 팔뚝을 물어 깊은 상처를 내놓으셨다. 그저 순종만하고 사셨던 엄마가 할머니에게 큰소리 내는 것을 그 때 보았다. 집안 할머니들이 오셔서 엄마를 위로했다.

엄마는 그렇게 집안의 어른이 되어 가고 있었다.

지금도 엄마는 100세를 넘기신 대고모 할머니께 문안인사를 여쭈러 다니신다. 팬데믹 시대에 엄마도 노인네인데 집에 있지 않고 나간다고 뭐라면 어른이신데 어떻게 안 찾아 뵙냐며 '어른들

시계는 언제 멈출지 모른다'신다. 엄마도 힘들어하면서 할머니가 좋아하시는 반찬을 해들고 다니신다.

외국에 있는 조카들에게 밑반찬을 보내면서 당신의 건강은 생각하지 않으셨다. 엄마는 당신의 희생으로 인해 온 가족들이 화합되는 것을 좋아하셨다.

"엄마, 서울에 살면서 일하느라 꼬부랑 할머니가 된 것이 창피하지도 않아? 제발 허리 좀 펴고 살아."

159cm로 당시 여성들보다 살짝 크셨던 엄마가 지금은 145cm도 안 되는 꼬부랑 할머니가 되어 있었다. 지금도 엄마가 편히 주무시는 것을 보지 못한다. 죽으면 썩을 몸인데 아껴서 뭣하냐며 일을 하신다. 집안에 제사나 경사가 있을 때는 타래과, 강정, 약과, 약식, 다식, 빈사과 등을 만드는데 엄마의 콩강정은 우리 집에서만 맛볼 수 있는 특별한 음식이었다. 그러나 우리는 제대로 된 콩강정을 먹을 수가 없었다. 예쁘게 만들어 진 것은 선물하고 부스러기만 우리 입에 들어갔다. 그 모든 것이 엄마에게 불만이었는데 이제는 엄마의 '이유 없는 사랑' 덕분에 우리 남매가 잘 살게 되었구나란 생각을 한다. 인고의 세월을 보내신 엄마가 편해지셨으면 좋겠지만 여전히 편히 못 주무신다. 할머니가 돌아가신지 근 20년이 돼가지만 어른을 모시고 살았기에 지금도 밖에서 인기척

이 나면 가슴이 두근거린다는 말씀을 하신다.

세상의 모든 어머니들이 다 그렇다지만 우리 엄마처럼 참고 사신분이 어디에 계실까란 생각을 하면 속이 많이 상했다. 그래도 부모님이 곁에 계시고, 아버지가 엄마 곁에 계셔서 참으로 다행이 라는 생각이 든다. 동갑이시면서 청춘을 유지하고 계시는 아버지 가 엄마의 로드 매니저고 건강 매니저이며 간혹 밥과 설거지도 해 주시기에… 그리고 아직 효도할 날들이 많이 남아 있기에!

엄마, 아버지의 나눔 덕분에 저희들 모두 감사히 잘 살고 있 어요. 오래오래 건강하세 사세요.

어머니 당신의 인생을 사세요

엄마는 음식에 조예가 깊으셨다. 전통한정식을 유독 맛있게 만드셨는데 엄마를 따라 요리를 하는 딸은 하나도 없다. 동국세시기(1849년, 홍석모 저)에도 시월상달이면 김장을 하고 강정을 먹는다고 한다. 강정은 시중에서는 한과라고 판매하지만 맛과 질이 다르다. 찹쌀에 물을 부어 보름간 썩혀 빻는데 요즘 방앗간에서 절대 해주지를 않는다. 꼬릿꼬릿 냄새나는 찹쌀가루를 찜통에 넣어 익힌 후 꽈리가 나도록 일고 이후 평편한 바닥에 얇게 깔아 살짝 굳고 나면 손가락 모양으로 썰어 사나흘 말려야 된다. 이것만 해도 스무날이 걸린다. 이후 각기 다른 온도의 기름그릇에 굳힌 것을 넣어 부풀게 해야 강정 바탕이 되는데 여간 힘 든 것이 아니다. 바탕에 계피, 후추, 생강 등을 가미한 엿을 묻혀주면 거기에 깨와 흑임자, 다진 땅콩등을 묻힌다. 시중에 나와 있는 것들도 있지만 엄마 표 콩강정은 우리 집 만의 별미였다.

늦가을이 되면 왕십리에 있는 엿도가에 다녀오는 일로 시작된다.

당시 흰엿을 손바닥에 침을 묻혀 만든다는 이야기가 있었는데 누가 만든 이야기인지? 손바닥에 조금이라도 땀이 나면 만들 수 없는 작업이다. 갱엿에 녹말가루를 묻혀가며 엿을 켜는데 얼마나 혹독한지 손바닥에 물집이 생기곤 했다. 힘과 정성을 들여 한 두 시간 엿을 켜면 누런 갱엿이 하얗게 변한다. 농도가 중요하다. 엿에 생강, 계피 등으로 조미를 한 뒤 강정밑바탕에 골고루 묻혀 콩가루에 굴리면 환상의 콩강정이 되는데 어릴 때는 붓 솔을 이용할 생각을 하지 않고 그 뜨거운 엿물을 손가락으로 칠했기에 강정만 만들고 나면 손가락에 탈이 난다. 빈사과는 엿물을 묻히다 깨진 것들을 네모나게 모아 굳혀 썰어두는데 그 또한 별미다. 엄마 표 한과를 맛보신 분들은 사업을 하자는 말씀까지 하는데 엄마는 응하지 않으셨다.

엄마가 좋아서 하신다는 음식들이 우리에게는 고통이고 지옥이었다. 그런데 과연 엄마가 좋아서 하신것일까라고 생각해보니 글쎄!

　　엄마는 요즘도 제사가 되면 타래과만은 빠지지 않고 만드셨다.

　　외가의 제사는 특별하게 하인들의 제상도 준비하는데 거기에는 이유가 있었다. 정광필의 제삿날이었는데 외거노비가 남대문이 닫혀 밖에서 기다리다 제사가 끝난 뒤에 왔다고 했다. 그때 집안에는 제상에 배 하나가 없어져서 찾고 있었다. 노비가 말하기를 수각교에 도달했을 때 횃불이 보이고 대신이 평교자(네사람이 어깨에 메는 가마)를 타고 가는데 앞에는 하인이 파초선(파초 잎 모양의 부채)을 들고 있었다고 했다. 가까이 보니 문익공인지라 반가이 인사를 하나 공이 소매 속에서 배를 하나 꺼내주더라고 했단다. 이후 하인을 위해 문밖에 하인들의 상을 보는데 아파트에 살고 있는 지금도 사당과 함께그 전통은 이어지고 있다.

엄마는 운동경기를 시청하는 것을 좋아하셨다. 밤을 지새워 운동경기를 보고 피곤한 모습이 별로 유쾌하지 못해 제발 잠 좀 제대로 주무시라고 하지만 쉽게 잠들지 못하셨다. 엄마는 영화를 좋아하셨다. 결혼 전에는 극장에도 자주 다녔는데 결혼하고 영화도 못 보신다고 하셨다. 엄마랑 극장에 함께 간 것이 '워낭소리'였으니 그게 언제인지!

엄마는 꽃을 좋아하신다. 예전 저택에 살 때는 '남의 집 꽃을 보고 감상을 할 수 있지만 과실수를 바라보고 침 흘릴 수 없다'는 말씀을 하시며 집 마당에 온갖 과실을 다 심었다. 그러면서도 꽃만 보면 주방에 꽂아두셨다. 엄마는 참으로 여리고 고운 분이셨다.

책도 좋아하셨다. 혹 낮에 홀로 계실 때는 엄마 친정에서 내신 책들을 자주 보셨다. 원용대감의 일기장인 [경세집] 강신항, 정양완 교수내외의 책등을 자주 보셨다. 이모 댁에 모시고 가서는 이모가 보고 계시던 타사할머니의 꽃이 그려진 책들을 보고 좋아하셨는데, 집에 그 책이 있건만 내 책이라는 이유로 드리지 못했음에 반성한다. 요리를 잘 하시는 엄마에게 요리를 배우지는 못했지만 책을 좋아하는 엄마의 모습이 내게 보여서 다행이다.

『언택트시대, 자녀의 마음을 여는 부모의 대화법』이란 책을 쓰면서 문득 어릴 때의 내가 엄마와 자주 대립해서 글을 멈췄던 적이 자주 있었다. 지금 생각해보면 그 시기가 있었기에 엄마를 더 잘 이해할 수 있었던 것이 아닐까 싶다. 내 책을 읽어보신 엄마가 말씀하셨다. "내가 네게 그렇게 했니? 그때는 아이가 상처받을까란 생각은 하지도 못했단다. 사는 것이 너무나 힘들었고 다들 그랬으니까."

"엄마, 다 알아. 엄마 마음! 나도 딸을 키우는데. 그래서 엄마한테 더 미안해. 인영이가 내게 너무 잘해주면 자꾸 엄마가 보여. 난 엄마한테 그렇게 잘해드리지 못했는데 인영이한테 과한 대접을 받을수록 이 녀석이 나한테 반성하라고 그러는 것 같아. 엄마, 이젠 엄마의 인생을 사세요. 오늘이 엄마 일생에서 가장 젊고 아름다운 날이잖아요. 엄마, 존경하고 사랑해요."

어머니, 당신을 사랑합니다

엄마가 계시기에 그 누구보다 행복합니다.

"엄마, 아버지! 당신을 존경합니다. 그리고 사랑입니다"라는 말씀을 드리고 싶답니다. 지금 엄마는 아버지와 부스터 샷을 접종하고 남해에 계신 이모댁에 가셨답니다. 전화를 해서 아버지께 애 쓰셨다는 말씀을 드리고 엄마에게는 아버지께 잘 하라고 했지요. 6시간 운전해서 가시는 길이 쉽지 않을 것이라고요. 인생길처럼 아버지는 위태로운 상황도 많이 겪으셨을 거라는 느낌입니다. 그런 길에 엄마가 곁에 계셨다는 것은 아버지에게도 행복이시겠지요. 두 분이 함께 건강하게 80대를 살고 계심이 자녀들에게는 더없는 행복입니다. 두 분 손 꼭 잡으시고 오래오래 행복하세요. 금혼식에 예쁜 드레스 입으시고 다시 결혼하셔야지요.

존경합니다. 그리고 사랑합니다.

어머니, 당신이 희망입니다

1판 1쇄 인쇄 | 2021년 12월 20일
1판 1쇄 발행 | 2021년 12월 27일

지은이 | 김주현 박진옥 박현근 선학 오다겸 장예진
　　　　조아라 조은혜 최원교 최은희 추신형 홍명진

펴낸이 | 최원교
펴낸곳 | 공감

등　록 | 1991년 1월 22일 제21-223호
주　소 | 서울시 송파구 마천로 113
전　화 | (02)448-9661 팩스 | (02)448-9663
홈페이지 | www.kunna.co.kr
E-mail | kunnabooks@naver.com

ISBN　978-89-6065-313-9　03810

* 큰나 홈페이지 주소 https://keunna.com

* 백디와 백친의 100세인생 오픈채팅방
　https://open.kakao.com/o/gHF0MEuc